宋育仁：隐没的传奇

宋育仁：隐没的传奇

伍奕 多一木◎著

四川文艺出版社 成都时代出版社

图书在版编目（CIP）数据

宋育仁：隐没的传奇/伍奕, 多一木著. —2
版. —成都：四川文艺出版社, 2019.3
ISBN 978-7-5411-5272-6

Ⅰ.①宋… Ⅱ.①伍… ②多… Ⅲ.①长篇历史小
说—中国—当代 Ⅳ.①I247.5

中国版本图书馆CIP数据核字（2019）第027613号

SONGYUREN: YINMO DE CHUANQI

宋育仁：隐没的传奇

伍 奕 多一木 著

责任编辑 张庆宁
责任校对 奉学勤
封面设计 张 妮
版式设计 邹小工/四川经典记忆文化传播公司

出版发行 四川文艺出版社（成都市槐树街2号）
网 址 www.scwys.com
电 话 028-86259285（发行部） 028-86259303（编辑部）
传 真 028-86259306

邮购地址 成都市槐树街2号四川文艺出版社邮购部 610031
印 刷 三河市华东印刷有限公司
成品尺寸 169mm×239mm 开 本 16开
印 张 15.5 字 数 285千
版 次 2019年3月第二版 印 次 2019年3月第一次印刷
书 号 ISBN 978-7-5411-5272-6
定 价 48.00元

目 录
Contents

这个纠结的书生（代序）

■ 伍 奕

宋育仁何许人也？

课本中难觅他的名字，在成长过程中，我们没背诵过他的豪言壮语。

生前叱咤风云，身后落寞无名。他在历史中消失得如此之快，以至于让人难以相信这个人曾有过的精彩。

虽然你可以说宋育仁只是一介书生，但换成你我，在那个变幻混乱的年代，读他所读的书，见他所见的事，也许会一样忧国忧民，一样地奋发激励，却多半难以做到他所做过的一切。

让我们试想一下，把你放到1894年，到英国担任前途光明的公使参赞，你敢不敢以自身为抵押，借下永远都还不清的债务，私自购置一支舰队，企图万里奔袭，为甲午海战中一败涂地的中国翻盘？

这种近乎魔幻现实主义的传奇行为，真是想想都觉得不可思议，而宋育仁居然就这么干了，虽然付出了本来一帆风顺的仕途。

他一度赢得盛名，光辉灿烂。

挥毫写就《时务论》，引领维新潮流；贷款组织舰队，预备奇袭日本；首创巴蜀报刊，开启四川民智；推波宪政改革，义无反顾弄潮……这种种行为，他是新的、超越的、先进的，亮得耀眼。

如果沿着这条道路前进，宋育仁应该以更显赫的姿态青史垂名，绝不是像现在这样隐没在历史之中，提起这三个字，十人中倒有九个茫然。

他的恩师张之洞在去世后曾经得到这样的评价："十年前之谈新政者，孰不曰张之洞、张之洞哉；近年来之守旧者，又孰不曰张之洞、张之洞哉。以一人而得新、旧之名，不可谓非中国之人望也。"

在这一点上，宋育仁跟老师学了个十足，事业和策略上趋新，文化与礼制上恋旧，一生都在矛盾冲突。

当辛亥革命的巨浪一来，昔日之新迅速沦为今日之旧，宋育仁似乎也成了过时的、落后的，只能以落寞的姿态长吟"凭将万字平戎策，换得东山种树书"，年轻学子甚至认为他"老得霉臭"。

这是他被遗忘的原因之一，但这不该成为我们遗忘他的理由。

在19世纪末20世纪初的数十年里，中国迎来了太多的波澜壮阔，国家的命运竟然像个普通人一样大起大落，民族的英杰们在和平与血火中穿梭，各种理想和制度更迭轮替，从没有过一个确定的未来。

电影《十月围城》里，热血在革命青年李重光的胸中涌动，他说自己每晚闭上眼睛，脑海中都会浮现中国的明天。

宋育仁的梦中也有一个明天，那是清末大多数知识分子曾期盼过的明天。只可惜，横跨他的一生，体验了形形色色的改变，洋务运动、维新改良、君主立宪、民主共和……接触过许许多多的政治家，李鸿章、张之洞、梁启超、孙中山……每个人都自以为手握一把通向未来的钥匙，可宋育仁的梦、李重光的梦，乃至无数中国人的梦，依然似近犹远。

各有各的坚持，各有各的道路，谁对谁错？谁的未来，会真的到来？

宋育仁没有洞穿时空的双眼，当然看不透躲在光阴背后的今天，猜不透世界万千的幻变。他也曾怀疑过以往的坚持，可是更无法投向另一个不确定的明天，只好用人生末尾二十载的沉默，替代了之前半个世纪的求索与呐喊。不过，他怎么会闲着呢，晚年的文化坚守与作为，或许更是毋庸置疑的书生本色。

时间是历史舞台最好的清洁工，新的演员你方唱罢我登场，数十年过去，再没有几人还能记住一个提前卸妆的角色。

如果不是郭沫若在《中国史稿》中给予肯定，《剑桥中国晚清史》提到清末早期维新思想家时，将他排在首位，也许宋育仁真的就此隐没，安安静静地躺在黑暗之中。

当然，也许你会觉得这算不上多么悲哀的遭遇，历史永远在倒计时，在"滴答"声中被抹去的总是大多数。

无所谓，你怎么看都行。

笔者在本书中，只是想把宋育仁还原，让他带你在那段历史中穿梭，给你看看最后的古老中国，最后一批传统书生，他们的成长、理想、奋斗与失落，以及陷入时代漩涡的纠结人生。

或许你还可以发现更多，或许你只是不再对这个名字感到茫然——这就够了。

天降斯人：川南的意义

宋育仁的一生，都被这片地域文化与性格浸染，留下深刻的"川南"烙印。

川南"老四川"

　　1931年9月，日本策动九一八事变，拉开了正式入侵中国的序幕，一个关键的时间点，即将引出又一个风起云涌的大时代。

　　同年11月，国立四川大学正式成立。它的前身之一是尊经书院，作为唯一一个具有尊经书院学生和山长双重身份的蜀中宿老宋育仁，没有再为这个新学校做些什么。

　　实际上，无论是对国家、对家乡或是对其他曾为之奋斗过的一切，他都已经无能为力。

　　接下来的12月5日，清末维新先驱之一、四川报业鼻祖宋育仁，在成都家中走完了他74年的人生，挥别了家国天下、凡尘旧事。

　　这七十多年，可能是有史以来中国社会变化最多的年代，也是败落最为彻底的年代，恰如千年前蔡文姬的悲吟："我生之初尚无为，我生之后汉祚衰。"自然有不甘堕落的国人伸出双手，企图凭一己之力，帮扶正在倒下的国家，这其中，也包括宋育仁。

　　生于1858年的宋育仁，是四川人。确切地讲，是川南人。

　　传统意义上的四川（包括重庆），是个具有复杂地理和人文环境的地区，往大里说，简直就是一个中国的缩影。四面八方各地川人的语言文化、性格习俗差异，甚至不亚于很多省与省之间的区别。其代表人群除了以成都为核心、侧重展现出"尚文"一面的川西蜀人，以及以重庆为核心、更多表现出"尚武"气息的川东巴人，还有介乎巴蜀之间、包括自贡、内江、泸州、宜宾、乐山一带（大体与1950年设置的川南行署相当），以"尚仁"闻名的川南人。

宋育仁出生的地点、宋家世代所居住的大岩凼倒石桥，位于现在的四川省自贡市沿滩区仙市镇，历史上长期属于现今也在自贡市管辖下的富顺县。

　　在汉晋时期，川南地区一直是僰人的聚居区，唐宋时期则以僚人为主。随着农耕的发达，崇文重教之风悄然而起。这里在地理上远离荆楚和秦陇，不像巴、蜀核心区那样与强势的外邻交相往还，免不了染上秦陇文化和荆楚文化的色彩，因此保留下来的各种本土习俗和古风远较前两地为多。

　　明代地理著作《蜀中广记》载："蜀人亲爱之辞曰'幺'，以小儿女为'幺'。"说四川人长辈对年幼子女的爱称为幺儿、幺女、幺弟、幺妹等。清乾、嘉之际南溪（今宜宾市南溪县）有个来自福建的翁知县，在记录当地风俗的《南广杂咏》中也写道："笑煞幺儿无活路，倒骑牛背弄梅花。"该诗原注为："川人呼少者为'幺'。活路，工夫也。"现在川南地区的公交车上，照样能见到售票员跟年轻乘客打招呼："幺弟（幺妹），到哪？"走出这个区域，就很少听到此种称呼方式了。

　　川南居民的发音也与其他地方有异，更为重浊，具有的古代音调和词汇相当多，而宋育仁的老家自贡更以方言闻名全国，半个多世纪为人津津乐道的电影《抓壮丁》，其中主角王保长讲的就是一口自贡

位于四川自贡市沿滩区仙市镇大岩凼的宋育仁出生地

话。自贡方言跟成都、重庆方言差异较大，卷舌音极多，平舌与卷舌的发音方式和普通话十分相似，边音和鼻音才与广义的四川话接近，更像是普通话和四川方言的结合，所以自贡人的普通话一般都比较流利，跟成都、重庆的"椒盐"普通话大不相同。也很少有外地川人能学到一口地道的自贡话，一个成都人学自贡话，甚至还没有一个北京人方便，毕竟要想在发音时熟练控制舌头的平卷，对川西蜀人而言着实有些为难。

除此以外，元、明、清以来四川虽历经多次大型战乱，但总体来说川南地区遭到的摧残相对较弱，也留存下来了相对较多的原四川居民后裔。据调查，四川明末清初历经张献忠屠川、清兵入川、三藩之乱，不少地方十室九空，人口锐减，后来绝大多数人口是由湖广"填"来，清代之前的土著人口比例，最多在10%—15%之间。但放到川南看，《宜宾县志》对当地48大姓161宗支的统计表明，属于明代居民后裔的竟有约27%，达44个宗支，这在四川全境实属罕见，也说明川南人不管从文化和宗族方面来讲，堪称资格的"老四川"。

川人性格，巴、蜀也迥然。作为川西代表的成都人和川东代表的重庆人，前者阴柔似水，随遇而乐，后者阳刚如火，一点就着。而地处成渝中间的川南人，其性格兼备两者，刚柔相济，用"酒"来作比喻是再恰当不过了：酒就是水加火，或曰能点着的水或者不动声色的火。川南居民待人处事敦厚淳朴，古道热肠，较之川西地区少了市侩之气，较之川东则内敛了几分冲动。以礼待人，尊重外来之客，善解他人之困，是这一地区的传统道德风尚。根据《华阳国志》的记载，江阳郡（以现泸州市为中心）"少文学，多朴野，盖天性也"；僰人（以现宜宾市为中心）"夷中最仁，有仁道"。

这种朴实仁义的特性一直保留了下来。如对外来的各行各业人员一律礼待，尊称外地手艺人为"客师"，外地籍教师为"客座教习"，在茶馆喝茶时，当地人会专门招呼堂倌不能收客位的钱，堂倌如错收了客人的钱也一定要赶紧退还。正因如此，外地人大多愿意来川南定居，最经典的事例是在八年抗战时期，流离失所的外省人到宜宾居住的即有近2.5万人，同济大学、中央博物院、中央研究院等多个文化教育机构更是直接搬迁到宜宾李庄。文化名人黄炎培不禁发出"此地最宜宾住"的赞赏和感叹。

鉴于此区居民中保留的以"仁"、"孝"、"义"为特色的古风甚多，有学者主张将川南文化归纳为"孝义文化"，谓为"尚仁"。

宋育仁的一生，都被这片地域文化与性格浸染，留下了深刻的"川南"烙印。

替天传味的小镇

盐，诸味之母。学，百业之先。

宋育仁的故乡，正是曾因盐业兴盛富甲全川，又以"才子甲西蜀"的名气享誉四方的富顺县，位于长江支流沱江的下游。

富顺现今是自贡市下属的一县，历史上却正好相反，以至有富顺人笑称如今状况是"儿子管老子"。自贡"井盐之都"这个美名，完全源于富顺。自贡作为自流井与贡井两行政区合并起来的总称，自流井得名于清代，贡井得名于北周。清雍正时期，划贡井隶属荣县，自流井隶属富顺县。1911年自贡地方临时议事会产生，首次将"自贡"联结并称。抗战期间，国民政府军事委员会委员长蒋中正签署了自贡市政府成立的命令，时为1939年10月23日。而富顺古城的正式设立，则始于1500年前。

富顺的诞生离不开一个"盐"字。据南宋王象之编著的《舆地纪胜》卷一六七《富顺监·古迹论》，以及北宋《元丰九域志》记载，西晋太康元年（280），僚族人梅泽"因猎，见石上有泉，饮之而咸，遂凿石三百尺，咸泉涌出，煎之成盐，后人赖焉。梅死，官为之祠"。传说这就是富顺首个盐井富世井的由来，梅泽后来也被供奉于井神庙中，被人们视为这一地区的盐业始祖和井神。富顺县城中心一

宋育仁故里仙市古镇入口

条古老的街道，也因是富世井的所在而以"盐井街"为名。

富世井的黑卤白盐，引得不少人纷纷凿井办灶，渐渐人烟聚集，场镇兴起。久而久之，当地盐井数量渐多，出盐丰富，地方因而富饶。到了南北朝时期，富世井以产量高、盐质好而闻名巴蜀。北周统一四川以后，为盐政管理需要，于武帝天和二年（567），以"富世井"为中心，划出东西宽约45公里，南北长约65公里的地区，设置了雒原郡，并于此置"富世县"，把盐业生产置于官府的严密控制下，"富世县"从而成为四川省内第一个因盐设置的县。唐贞观二十三年（649），为避太宗李世民讳，改"富世"为"富义"。宋太平兴国元年（976），又因避太宗赵匡义讳，改"富义"为"富顺"，以后虽经多次行政区划变动，但无论是升州降监，抑或分自流井归属自贡管辖，"富顺"二字一直沿用至今。

富顺盐业经过一千多年的发展，在"川盐济楚"施行时达到了头一个顶峰。

清咸丰三年（1853），太平天国定都南京，淮盐不能上运湘鄂，清廷饬令川盐济楚，给川盐以广阔的两湖市场，为富顺盐业的急剧发展带来了契机。丰饶的资源、精湛的技术、广阔的市场、高额的利润，使富顺井盐业步入鼎盛时期，执四川井盐业之牛耳。

《四川盐法志》引李榕《自流井记》写道："井火至咸丰七八年而盛，至同治初年而大盛。极旺者，烧锅七百余口。水火油并出者，水油经二三年而涸，火二十余年犹旺。有大火，有微火，合计烧锅五千一百口有奇。"此时的富义厂"井之分段五，其名谓之埠。由大小坳口、豆芽湾至半边街、韭菜园、齐家坪，曰桐发埠；由大冲至香炉寺过河，曰龙埠；由东岳庙桥头至大安、久安二寨至斜石塔，转至马冲口、高硐、沙鱼坝，曰仙骡埠，俗名新埠；由川主庙、汇柴口至大弯井，曰长发埠；隔岸里许踞小溪场者，曰邱发埠，延袤四十余里"。在这里，"担水之夫约有万"，"盐船之夫其数倍于担水之夫，担盐之夫又倍之"，"盐匠、山匠、灶头，操此三艺者约有万"，"积巨金业盐者数百家"，"为金工、为木工、为石工、为杂工者数百家。贩布帛、豆粟、油麻者数千家，合得三四十万人"，盐业生产为地方经济带来了巨大的活力。

1868年，四川总督崇实的奏折中即称："四川盐井近来获利数倍，富顺尤为最旺。"到光绪初年，四川总督丁宝桢奏道："富厂产盐之多，远过犍为"，"富厂秋冬春三时，每日产盐在一百万斤以外，四五六三月较少，然通年合算，每日总在八十万斤"，"每年全厂所入，约银五百万两上下"。年征税银达170万两之巨，约占全川盐税收入的40%以上。

一口口盐井不断产出盐卤水，一条条盐道将富顺的盐运往四面八方，换回雪白的银两与各式货物。川盐济楚促进了富顺地区盐业的繁荣，使这里迅速发展成为四川井盐业的中心，"川省精华之地"。

而宋育仁宗族的繁衍之地大岩凼倒石桥，其所属的仙市镇，更是盐都皇冠上一颗熠熠发光的明珠。

坐落在沱江支流釜溪河畔的仙市镇是一座具有1400多年历史的古镇，古名"仙滩"，民间传说是因仙女在河中浴足成滩。此处滩多弯急水浅，致使运盐的船只上下颇费时力。下船放滩，坎上纤夫拉绳，脚后跟着地，仰面朝天，舵手小心掌握航向，让船只缓缓而下。船只上滩更加困难，要多一倍的纤夫拉绳，脚尖点地躬背爬行。既然是仙女的落脚之地，上滩时的纤夫们必须叫醒仙女，船只才容易上滩，所以船一到滩口，纤夫们便会不约而同地吼唱起来。伴随着盐河中优美动听的船工号子，仙女便会及时醒来，略施小术，让船只顺利过滩。"仙滩"一直到民国时才更名为"仙市"，仙市镇下通沱江，再入长江，直达荆楚、吴越，自古以来就是富顺自流井、荣县贡井地区井盐经水路出川的必经之地和第一落脚大镇。千百年来，万万千千船井盐浩浩荡荡，于此扬帆东出夔门。

作为川盐之路举足轻重的重要驿站和水码头，这里汇聚了南来北往的无数盐商和各界人物，镇上各地建筑风貌的祠堂、庙宇、会馆也便如雨后春笋。仙市的"四街、四栈、五庙、三码头"和"一鲤、三牌坊、九碑、十土地"远近闻名，至今旧貌依然，古韵十足，1990年代名列四川十大古镇。南华宫（建于1862年）、天上宫（建于1850年）红墙黛瓦，众鳌高翘，木雕飞禽走兽、花草虫鱼造型各异、栩栩如生。佛像雕塑林立，长年香火缭绕，古刹钟声回荡古镇。离镇1.5公里的"仙女峡"曾有"瑶池"之誉，内有摩崖石刻，石窟观音、月亮井等名胜古迹。

峡内岩下名士罗金声和宋育仁堂伯宋时湛等开辟的"馀洞"，记录了此地崇文的历史流韵。相传看破红尘辞官隐退的名士罗金声、宋时湛闲游到仙女峡，眼见四面翠竹环抱，绿树成荫，鸟语花香，认为这是一个隐居读书的好去处，便将传说中仙女住过的地方辟成六间石屋，改名为"馀洞"，门楣上刻着"避喧"两个大字，石门内还刻有"宋时湛读书室"六个大字。

仙市既是古盐道西入东行的运输分合口，又是陆路运输的重要站口，随着盐业的兴旺迅速发展。井盐从仙市运出，所至地区所产布匹、特产之类货物品也经这里运回。许多盐船在此或候着过滩，或停泊起载，高峰时期，每晚屯留于此的船只不下数十，上街吃饭、留宿的老板、船工、挑夫达数百人。陆路上过往仙市的商旅和马帮，更是络绎不绝。宋育仁出生之时，正逢"川盐济楚"，这里的商旅骤增，水路"帆桨如织"，木船云集，陆路"挑夫盈途"，盐担蔽街，人流如织，夜市灯火通明，正是仙市、也是富顺历史上流金淌银、最为繁荣的时期。

宋育仁虽然和当地盐业不曾有过什么直接瓜葛，他的存在，却与富顺另一大名声 "才子之乡"恰相呼应。

建县之初，富顺因地处边陲，汉僚杂居，盐业虽盛而文风未开。自隋朝设科举以来，至北宋初年的400年间，富顺没有出过一名进士，这一情况的改变，一直等到宋仁宗景祐三年（1036）。这一年，太常博士周延俊任富顺知监，他到任之后，兴教化、办学校、培育士子，仅仅6年之后，庆历二年（1042），富顺县终于出了历史上第一个进士——李冕。庆历四年（1044），周延俊又倡导士民集资，于县城中心的南门建成一座文庙，供奉孔子，时称"文宣王庙"。并在庙内立石质"雁塔碑"，将全县历次中试者的名字刻于其上，宋代即有67位进士刻名雁塔。

文庙立，文事兴。文庙的有形象征与精神传承贯穿了从此之后的全部富顺历史，延绵至今，影响了一代代富顺人。

元代，"文宣王庙"改称"先圣庙"。元朝至大四年（1311），富顺知州任显忠建立戟门，安置礼器，补修大成殿。元英宗时，县佐王纳速建御书碑亭。

明朝洪武六年（1373），知县钟铉重整庙坛，此后又经8次修补增建，明成祖永乐年间始称"文庙"。有明一代，富顺中进士者达139人，以区区一县之地，占据了这期间整个四川进士总数的十分之一。

明末清初蜀中大乱，文庙失修，残破不堪。康熙二十一年（1682），平定三藩后的第一任富顺知县钱绍隆重新整修文庙，修大成殿明伦堂，恢复祭祀和学校。乾隆二十九年（1764），知县熊葵向集资修建文庙外墙，重建两庑，砌日月坛。

至道光中期，文庙又经多次整修，但都属小修小补，其破败之状与以才子名闻全川的富顺县很不相称。民间传说，文庙残破是对孔圣不敬，导致文章风水不再。也许是巧合，清代立朝到道光中期，富顺仅出了11名进士，与明代相比实在不可同日而语。

清道光十六年（1836），富顺知县邓任坤决定重建文庙，并与富顺知名乡绅、贡生肖永升商议。肖永升慨然应允独力出资：为保富顺"文章风水"，愿尽儒生之责。还特派专人前往孔子故乡山东曲阜，通过时任县令的富顺进士张震，取回当地文庙的规制图纸，又从雷波、马边运回巨木，从江西景德镇定制琉璃瓦，历时四年建成。

富顺文庙自崇圣祠、大成殿、月台、两庑、戟门、更衣祭器所，下至棂星门、名宦乡贤祠、礼门、义路、泮池、桥栏、宫墙、外贤关、圣域门皆高广坚致，逾旧数倍，共占地10余亩。庙正面为一堵红墙，上书"数仞宫墙"四个大字。左右门分别叫作"圣域"、"贤关"，非祭祀不开。进门为泮池，池上架桥三座；中为九龙桥，不通行，左右便桥，为祭祀过道。池左右有"礼门"、"义路"二门，供平日出入，分别立有"文官下轿"、"武官下马"石碑。池后石坊"棂星门"，有三孔通入，坊宽22.4米，高12.65米，为全国之最，超过山东曲阜孔庙。

再拾级为"明伦堂"——即戟门，左右为"更衣祭器所"，戟门后有广场，场后有"日月坛"，中为九龙镂空浮雕，左右有石梯登台。台后为文庙主体建筑"大成殿"，殿高35米，为明清时期典型斗拱结构，画栋飞檐，精巧华美，脊龙昂首，跃然欲飞，琉璃金碧，映日生辉，壮丽凝重，古色古香。殿后有一院落为"泮宫"。再往后，是"崇圣殿"，左右有"龙池"、"风穴"，清泉常满，大旱不涸。

道光大修之后，富顺文庙总体格局再无大的变动，主体建筑留存至今，现已成为国家重点文物保护单位，也是全国29座、四川4座保存最完整的文庙之一。

"千年古县、才子之乡"富顺县的国家重点文物保护单位富顺文庙

文庙旧了可以翻新，但无人能料到的是，科举制度却在几十年后走到了自己的终点，清代富顺最终仅产生了31位进士，人数不到宋代文风初开时的一半。

富顺的"文章风水"，明代可谓大成之期。

从周延俊后，历任富顺知监、知县，多有热心文教者。久而久之，私塾和蒙学遍及全县乡村，明嘉靖四年（1525），还开办了一所西湖书院，富顺的科举和文化成就也在这时达到了高峰。

宋代的富顺虽有六十多名进士，但却没有在学术史上留下太多的成就。到了明代，富顺不但在科举考试中声誉之隆为巴蜀他乡所不及，而且出现了一批有成就的学者，其中领衔的当数晏铎、熊过。

晏铎，明永乐十六年（1418）进士。学识渊博，文采出众，与苏平、沈愚、王贞庆、刘溥等号称"景泰十才子"，事列《明史》，著有《青云集》《周易参同契解》《阴符经》等书。熊过，明嘉靖八年（1529）进士。以学术研究和诗、文扬名全国，与杨升庵、赵文肃、任少海并称"西蜀四大家"，又与唐顺之、陈来、王滇中、赵时春等合称"嘉靖八才子"。他的《春秋明志录》《南沙文集》等著作，均被编入《四库全书》。

晏铎、熊过的成就，使富顺声誉鹊起，以他们为代表人物的富顺学者群体的出现，标志着富顺文教事业达到了一个鼎盛时期，"才子之乡"、"才子甲西蜀"的声名，于明嘉靖以后即广为传颂。

有盛必有衰。

明末清初，富顺因兵祸受到毁灭性的摧残。康熙十九年（1680），知县钱绍隆在极端困难之中就任，一面与民休养生息，一面复教促学，力图再兴"才子之乡"。侥天之幸，以后历任知县如刘上驷、朱辖衣，以注释《说文解字》名扬天下的段玉裁，皆注重文教，富顺的文风才慢慢再次昌盛起来。在县城西湖钟鼓楼下，曾有"段玉裁先生公余读书处"斗大榜书耀然入目，表明了对这位大学者的景仰之情。

清代富顺"考试成绩"虽然远不及明代，但全县公、私办学之盛，却非明代可比。

清代中期以后，每逢岁、科两次考试，到县城赴考的生员常在两千人左右。据县志记载，清道光七年（1827），知县宋廷祯为了改善考试条件，发动士绅集资修建一所试院，规模广阔，考棚座号达到了三千二百有余。一个县有如此之多的学生踊跃参加考试，在四川范围可谓凤毛麟角，也证明彼时富顺的学风之盛。这座试院新中国成立之后成为县政府的所在，容纳全部科室仍绰绰有余。21世纪之初，试院竟被卖掉拆毁，令人叹息。与此同时，文庙正前方保护区也建起了超高违章建筑。这期间的富顺最高主政者后来因它事入狱，民间却有系冒犯风水、得罪文曲星遭报应一说。

由于文教事业的普及，清代乃至民国的富顺也形成了一个人才群体，保持了"富顺才子"的声誉。

据不完全统计，有各种文学、学术著作的，达40人以上。宋育仁被认为是历史上"四川睁眼看世界第一人"，他还和朱鉴成名列"蜀中词人"，在戊戌维新的"四川三杰"中，与刘光第共占据了三分之二。梁启超在评价"戊戌六君子"时，认为刘光第"性端重敦笃，不苟言笑，志节崭然。博学能文诗，善书法。诗在韩、杜之间，书学鲁公，气骨森涑严整，肖其为人"。最早的同盟会员雷铁崖，在东京创办了四川海外第一家刊物《鹃声》，鼓吹革命。国民党元老谢持，曾任孙中山大元帅府代理秘书长。其后更有被林语堂称为"近代之新圣人"的一代奇杰"厚黑教主"李宗吾，在思想史上展露出特殊的影响和冲击力。

富顺文脉，绵延至今不衰。新中国成立以来，在巴蜀乃至全国文化艺术界中，形成了一个实力雄厚、影响卓著的富顺方阵。而以富顺二中为标杆的富顺高考录取人数也长期在四川位居前列，闻名遐迩。

远道离歌　育仁三迁

身处"才子之乡"的宋氏家族，由从贵州迁来的始祖宋应举开始发轫，经过数代经营，在倒石桥已成为一个大族，还在宗祠中建有族学。族学通常由本姓富绅出资兴建，由祠堂公产来承担常年办学费用，还会对考试成绩好的学生予以奖励，以示祖宗对其读书求学的认可。成绩显著的学生毕业后，祠堂往往会提供资助，助其升入更高一级学校深造，宋氏子弟因此进学者甚多。

在中华传统文明里，家族是将人组织和团结起来的重要结构，也是社会的基本框架之一。而在绝大多数资源归于政府、官员具有最高社会地位的情况下，一个家族要想获得更大的发展，必须有人进入政府系统，且离官场金字塔的顶端越近越好，所以对有前途的族中子弟，往往是举族帮扶。自然，当有人在科举考试中突出重围，除了个体奋斗之功，也与家庭、家族密不可分，再加上中国人"叶落归根"的传统，成功者往往也愿意承担起对家族的相应责任。而重要回报之一，就是通过自身的努力，使家族中人获得荣耀、地位，以及随之而来在诉讼、税收等方面的各种社会特权。

在《清代朱卷集成》一书里，辑录有宋育仁于清光绪五年"乙卯科"中乡试举人第四十四名时的朱卷，在这上面，宋育仁以直系本支为主，清楚地列举了枝繁叶茂的族中亲眷，从中可以看出整个宋氏家族的不断衍变与上升。

所谓朱卷，本来是指明清乡、会试中，为防勾结舞弊，将应试者的原卷弥封糊名，再由誊录人用朱笔抄录一遍送考官批阅的卷子。另外，士子考中后，将本人在场中所作之文刊印赠人，也称为朱卷，《清代朱卷集成》所辑录的就是后一种。朱卷刊刻一般由三部分内容组成，格式较为固定。第一部分首先是考生履历，写有本人姓名、字、号、排行、生年、籍贯、功名，然后载有始祖以下亲属及兄弟叔侄、妻室子女，还附载受业、受知业师、房师的简况。第二部分是科份名次，包括乡、会试地点年份、取中的名次、本科各考官官阶姓氏及批语。最后一部分是考生的文章。清代科举乡、会试虽均有四书五经等多套试卷，但刊刻的朱卷一般都是选首场的"四书"文与试帖诗，宋育仁的也不例外。

宋育仁"光己卯科"乡试履历，首载"宋育仁，字子晟，号云岩，行一又行三，咸丰戊午年十一月二十三日吉时生叙州府富顺县廪膳生民籍"，接下来就以上栏记录家族谱系直系上行八代"一世祖"起的功名封赠，及下栏曾叔伯祖乃至再从堂侄孙的科举功名情况。

【朱卷上栏】一世祖朝贤。二世祖国臣。始祖应举，由黔迁蜀。太高祖天玺。高祖从殷，貤赠奉直大夫。高祖妣王、郭氏，例赠宜人。曾祖文开，敕赠武略骑尉，貤赠奉直大夫。曾祖妣欧阳、周氏，敕赠安人，貤赠宜人。祖廷许，国学生，诰封奉直大夫，敕赠宣德郎，例赠文林郎。祖妣罗、王氏，诰封宜人，敕赠安人，例赠孺人。

父时儒，布理问衔，镇海县县丞，敕授宣德郎，例赠文林郎。母高氏，敕封安人，例赠孺人。

【朱卷下栏】曾伯叔祖：文元、文亨、文利、文贞、文楷。

伯祖：廷蛟，邑武生，例赠文林郎，貤赠修职郎。廷璧，貤赠修职郎。廷辉，貤赠修职郎。廷樑，贡生，貤赠修职郎，诰封奉直大夫。

从伯叔祖：榕、份、伦、傑、俭。

伯父：时鑫，候选巡检，例赠登仕郎。时枢，国学生，例赠登仕郎。时玥，早逝。

叔父：时瑁，同知衔候选州同，诰封奉直大夫。

嫡堂伯叔：时明，贡生，诰赠奉直大夫。时昭，甲午科举人，国子监学正衔任平武县训导，敕授文林郎。时暄，邑庠生候选按经历。时暐，贡生。时窦、时敏，议叙盐大使。时浩，监生。时湘，光禄寺署正衔任中州垫江县教谕。时法，候选巡检。

壹　天降斯人：川南的意义

时湛，翰林院典薄衔，前任华阳县训导，现任汉州训导，敕授修职郎。时泮，监生。

从堂叔伯：时荣。时泰。时宽。时龙，监生。时春。时藻。时芳。时中。时华。时盈。时耀。时矩。时清。

弟：辅仁，业读。

伯兄：怀仁，贡生。希仁。

叔弟：煜仁，国学生。

……

从宋育仁的自述中可以看出，叙州府富顺县倒石桥的宋氏家族在迁蜀初期仍是普通家族，始祖虽名应举，但并未在科举上有直接成就，太高祖天玺也是白身。本支中首位有功名在身的是高祖从殷，貤赠奉直大夫。

在这里，需要简单回顾一下清代的官职和封赠制度。清代官职分文武两类，均为九品十八等，除此以外，官员还能得到朝廷授予相应级别的荣誉称号，而且可以惠及亲人，也就是俗称的诰命或敕命。虽然这些称号并非实职，但也是一种光宗耀祖的表彰形式，除显荣自身之外，更重要的就是惠及先祖、父母和妻室等。官居一品者追赠三代，到曾祖止；二、三品者追赠两代；四至七品只及父母妻室；八、九品只及自身。女子则依其夫或其子的品级而论，只有七个品级，依次为：一品夫人、夫人、淑人、恭人、宜人、安人、孺人。发放的对象不同，叫法也不同，如官员本身接受称号为"授"，其他受惠的生者曰"封"，死者曰"赠"，而五品及以上的封号称为"诰"，六品及以下称"敕"。七品以上官员也可以将自己所得封号，请求改授远祖、伯叔或外祖父母（八、九品只能请改授父母）等，称为貤封（赠）。

不过，据《清史稿》记载，道光三年起，许"貤封曾祖父、母，伯叔祖父、母，伯叔父、母，庶母，兄、嫂并嫡堂伯叔祖父、母，嫡堂伯叔父、母，嫡堂兄、嫂，从堂、再从堂尊长及外曾祖父、母，外祖父、

宋育仁乡试朱卷首页（邓佑云提供）

母，妻祖父、母。又许为人妇者，为其已故夫之祖若父捐职请封"。这规矩一出，上数四代以内的旁系亲眷基本都可以获得封赠了。

所以，现在只能知道宋从殷老先生是在去世后得的追赠，但究竟源自何支已无法探究。不过以奉直大夫封号作为起点可是不低，这是从五品的文官衔，虽然跟现在的公务员级别没法直接对应起来，但差不多可以看成享受副厅级礼遇。而且清代有非常完备的服章制度，从正一品到未入流的各级官员，服色、纹饰、帽子、配饰乃至房屋格制、丧葬待遇都属于国家管理的范畴，有了相应官衔就能以多种方式展示出来，整个社会都可以清清楚楚地看到这份荣耀。

其后是曾祖文开，敕赠武骑骑尉，赠奉直大夫。武骑骑尉也是宋氏家族中获得的唯一一个武职封号，为正六品。

宋育仁的祖父宋廷许成为国学生，而宋廷许的兄弟廷蛟和廷樑分别是邑武生和贡生，这也是谱系中记录的第一代秀才。另外，宋廷许也比先辈要幸福得多，诰封奉直大夫，在世时就享受了随之而来的尊荣，至少在见到富顺的县太爷时，气势上稳稳压他一头。至于敕赠宣德郎，例赠文林郎，则是在去世后因为自己的儿子、宋育仁的父亲时儒获赠。

对于父亲时儒，宋育仁写得比较详细："字子君，号味农，布理问衔升用知县，原任浙江镇海县县丞，辍学抱志以国学生屡赴乡试不得第，始援例出仕。著有《味农不定诗草》二卷，敕授宣德郎，例赠文林郎。"宋时儒没有自己儿子的文运，多次赴乡试却未中举，只好谋得一个从六品的布政使司理问衔，最后担任了镇海县丞一职。

可以看出，从始祖应举到祖父廷许这一辈，宋家正在从普通家族向以举业为主的士大夫家族转变。

祖父连同几位伯祖，个个都有功名在身，到了宋育仁的父辈，更是成了专职的举业人才。几位胞伯叔均有官衔，堂伯时昭更是近支中的首位举人，而时昭、时湘、时湛三位能够成为教职官员，也说明了宋家子弟在学业上的造诣。到宋育仁这一辈，他的堂兄弟和从堂兄弟从事举业的大有人在，族中的子侄辈乃至孙辈，也有人取得了秀才身份。除此以外，族中的伯叔弟兄是官身的也不在少数。

从宋育仁履历对家族女性的叙述中，也可以看出姻亲一方大都是书香门第。

首先是他的母亲："母氏高，己卯科副榜、例授修职郎、广元县训导讳廷俊字安山公女，科武举讳廷杰公胞侄女，国学生名元吉公、国学生名元善公胞妹，名元哲公胞姊，科武举号瀛洲公嫡堂妹。"他的妻子则是："陈氏，敕赠征士郎、候选监运司知事讳世猷公女，国学生名德辉、候选中书名作霖胞妹。"而姑姑："长适邑庠生李公名浓。次适国学生陈公名绍仪。三适洪公名照先。四早殇。"姊妹是："长适候选巡检申庵何公次子名显城。次未字。三、四，幼未字。"从这些记叙可以看出，即使宋育仁在成亲时尚未中举，但他以及他所在的家族，已经完完全全步入了士人阶层，而读书中举为官则是被最优先考虑完成的目标。

身处这样的家庭，宋育仁从小耳濡目染，日后自然走上了举业的道路。

在育仁6岁时，全家一起离开了故里，跟随父亲时儒到浙江赴任。

宋时儒少好诗文，精攻学业，一心要光耀门楣。但也许是对诗文的爱好影响了宋时儒的八股之心，多次赴考都不得意，只好谋求出仕，最终以"布理问衔升用知县"，任浙江镇海县县丞。

这个任用乍看起来有点怪异。布政使司理问是从六品的官职，是执掌一省行政和财赋的布政使的正式助手，负责勘核刑名案件。而县丞是知县的副手，仅为正八品，两者地位差距颇大，就好比省直部门主管出任县长一样稀罕。不过在清代后期，这其实是很常见的事情。

清代官场的进入渠道主要有四种：科举、荫袭、保举、捐纳。但宋时儒科考不第，祖上没有荫袭，而宋育仁的朱卷上连从堂兄弟因议叙（即保举）得官都有注明，却没有父亲获保举的记载，多半是走的捐纳这条道路。

捐纳并非清代首创，早在秦汉时就已出现。秦时就有纳粟一千石，拜爵一级的记录。汉袭秦制，晁错言及此事的《论贵粟疏》，在清代时就作为古文名篇入了《古文观止》。问题是鸦片战争后，由于赔款和镇压农民起义都需要大量金钱，朝廷越来越穷，咸丰三年（1853）时国库存银一度仅剩22万两，不足开销包围太平天国首都南京一个月的军费。咸丰皇帝在朝会时大放悲声，涕泪俱下，当堂哭穷，臣子们面面相觑后拿出的救时办法里，能见到急效的非捐纳莫属。自此之后捐途大开，科举不中，纳赀为官，也逐渐成为普遍行为。"戊戌六君子"之一的林旭，虽然18岁就中了举人，但其后连续两年会考落榜，20岁时干脆抛弃举业，捐纳为内阁中书，出来当官了。

清代后期的捐纳花样繁多，不但可以捐实官（从四品的道员、知府到未入流的县仓大吏，数百实职官缺分类标价，一手交钱一手交货），捐虚衔（按捐实官价六成甚至更低可得同等虚衔），还可以捐秀才身份以参加科举，为家人捐封典等。如果家中豪富，自然可以一步到位，但更多的小康之家却无法承受，最流行的做法是捐个虚衔以享受相应级别的礼待，然后再设法当个小官。

宋时儒的"布理问衔"多半是捐纳而来的虚衔，无法就任实职。而胞叔时珺未经科举，以同知（正五品）衔作为州同（从六品）的候选，可能也是一样。

成为镇海县丞后，宋时儒并没有孤身赴任，而是带着妻儿子女一起去了浙江。在浙期间，宋育仁于当地的私塾进学。不幸的是，没过几年，母亲和父亲先后在镇海去世，遗下几个年幼的孤儿，在异乡相依为命。

宋时儒一生平淡，没有在历史中留下闪光点，也没什么治绩能被人们传颂，还因为去世太早，也很难说他对宋育仁的成就有什么具体影响，如果不是有这个儿子，估计不会有人在故纸堆里对他的名字产生兴趣。不过，从他去世后的情况看，同事朋友们都实实在在地出力，帮了几个遗孤的大忙。由此可见，宋时儒有没有"为官一任，造福一方"不好讲，但却一定是个值得交往的人。

年仅13岁就父母双亡的经历很难用言语描绘，但宋育仁已经粗通世事，也一直都记得那些给予过自己帮助的人们。父亲昔日的直属领导镇海县知县黄敬熙，"先君卒于任，公出赀经营殡殓，抚恤周至，更为告助僚友，发凶闻于家"。父亲的同僚兼下属，镇海县典史史致道的恩情更重，不但在殓葬之时尽力帮忙，还将几个孤幼带到自己家中同住，亲厚得像一家人一样。而候选训导、老师曹学任一向对他期望甚高，在宋育仁父亲去世后便免了学费，让他依然跟随讲读。宋育仁在自己后来的文章中对这些恩人都没有忘记。

靠着父亲同事们的接济，宋育仁姐弟六人终于挨过了这段最艰难的日子。

第二年，丈夫早逝的二伯母陈氏遣人来浙江，接回了几位孤儿。在回归富顺老家后，陈氏把姐弟六人当成自己的儿女一样抚养，而他们也把二伯母当作母亲来对待，日后二伯母去世，宋育仁甚至依母丧之礼守制三年，不应科举。

幼年失亲，逼得人提前成熟。

宋育仁自幼聪颖，博闻强识——这简直是一定的，凡是在科举中杀出来的强人，基本在少年时都收获过一堆的类似颂词，只靠天才是不够的，还得加上"悬梁刺股"、"凿壁偷光"的狠劲。幸好宋育仁虽然少了父亲鞭策，但却从没对自己懈怠，比起前贤也不遑多让：他读书时担心久了容易遗忘，就把不够熟练的辞章摘录于便条，满满贴在房舍的墙上，当坐读疲倦时就起身来回走动，边走边看，以为消遣。

姐姐宋令修后来也曾对自己的儿子提到，当时家道已经中落，并不富裕，弟弟育仁终日手不释卷，节衣缩食备下灯油，读至午夜后稍作休息，又通宵攻读到天明。他书舍的屋檐由于始终有灯火和人的热气影响，在大雪天也不结冰，使得看到的邻居们非常惊奇，觉得天降异兆，都说宋育仁今后必然能中状元。

今人看到这样的苦读，可能会觉得诧异，但宋育仁的老同学、经学大师廖平绝不会感到丝毫奇怪。据廖平的学生胡翼记载，他上门问学至深夜，与时年已78岁高龄的老师同榻而眠，半夜翻身碰醒了先生，廖平便问他是否已醒？接着告诉他："如果醒了，就不该再睡。白天不懂的问题，晚上思考多能有所领悟。我生平著述，多得益于深夜思索。"

也许，对真正的学者而言，专注到自苦程度的习惯，正是他们的成功之道。

除了自己的刻苦，堂伯时湛也给了育仁很大的帮助。

宋时湛是当地的名儒，老家至今仍流传着他隐居仙女峪读书的故事，他曾就任汉州（今广汉）训导一职，辅佐学正负责一州之内的教育事务。宋育仁回到四川后，并没有在老家长住，而是再一次离开了家乡，随堂伯就读于广汉，受其教养数年后，学问日益精进，在17岁时（1874）参加童试，一举考上了秀才。

当我们沿着宋育仁的人生从后往前看，就会发现这次中试，称得上是他命运的转折点。

清代的童试并不简单，分为"县试"、"府试"及"院试"三个阶段。

县试在各县进行，由知县主持，一般在每年二月举行，连考五场，内容有八股文、诗赋、策论等，考试合格后才可应府试。府试由当地知府主持，考期多在四月。第一场为"正场"，第二场后可自由参加。又通过者便可参加院试。院试由皇帝直接任命的各省学政亲自主考，共考五场。通过院试的童生谓之"生员"，俗称"秀才"，算是有了功名。

这功名说起来很小，仅是漫漫仕途路的一个开端，离当官还早得很。但也不要看不起这个小小的功名，秀才可以免除差徭，不受里胥侵害，有见知县不跪、不能随便对其用刑等特权，算是正式进入了士人阶层。陈独秀也曾经在清代考取过秀才，他在《实庵自传》中提到，自从考上了秀才，亲戚邻居都另眼相看，几家富户竞相求婚，母亲乐得掉眼泪，简直是"一步登天"。

其他的暂不去提，当了秀才，接下来就是进入府学或县学，甚或到省城的锦江书院读书，再准备参加举人的考试。但恰在这个时候，宋育仁遇到了影响他一生的机会。

在宋育仁参加童试的前一年，同治十二年（1873），36岁的张之洞从翰林院被委任到四川，担当学政的职务。第二年农历四月，告老还乡的前工部侍郎薛焕等倡议开设讲习新学的书院，张之洞迅速采纳此议，和总督吴棠会商之后，在四川乃至中国历史上留下浓墨重彩的尊经书院，于光绪元年（1875）春在成都正式开办。

尊经书院以生员岁考的成绩为准，在全省进行选拔，宋育仁以优异的考试成绩成为中选者之一，赴成都就读。

这已经是年少的宋育仁第三次离开自己的老家，但同时也是他首次离开自己的亲族独立生活，从小相依为命、经常与他诗文唱和的姐姐宋令修，在《送芸弟赴成都》中依依不舍地写道："远道离歌秋更短，夜深磨墨冷相宜。殷勤寄语归来早，莫负重阳就菊期。"

从这一刻开始，虽然宋育仁一度离乡日远，也曾经使节万里，但他的一生，已经与尊经书院有了割不断的联系。

蜀都成才：一座书院的贡献

尊经书院一共只存在了28年，却造就出大批在中国近现代史上产生了深远影响的人物。

"石室重开"：张之洞再造蜀学

1875年（光绪元年）春，在四川学政张之洞的主持下，经退居叙府（今宜宾市）乡里的著名洋务派官员、前工部侍郎薛焕等人的筹划倡议，尊经书院在成都文庙西侧石犀寺旧址正式开办。

124年后，1999年出版的《四川省志·大事记述》关于尊经书院的记载有这样的表述："书院规模宏大，堂宇古雅，中厅有匾额曰'石室重开'。""书院设山长一人，总理全院行政讲学及一切院务……第一任山长为薛焕，以后历任山长都是博学之士，其中以王闿运和宋育仁的影响最大，王闿运是我国近代著名的经学家，宋育仁是四川维新运动的领导人。"

"四川维新运动的领导人"宋育仁，这年还只是一个尚未及冠的少年，而"石室重开"的伟大荣光，也要在多年之后才能由他承继，眼下那个满怀振兴蜀学热忱的人，是清代后期名臣、时任四川学政的张之洞。

"石室重开"只是谦虚的说法，张之洞一心要做到的是"石室重光"，自己成为新时代的"文翁"。而"文翁石室"，正铭刻了成都、四川以至全国一段开天辟地的历史。

文翁名党，字仲翁，西汉庐江舒县（今安徽庐江县）人。他在京城长安学习经书，精通《春秋》，以郡县吏察举入仕，在文、景时期，被任命为蜀郡太守。汉初的蜀地，虽经秦李冰开凿都江堰，成都平原"谓之天府"，但在文教方面仍然落后，"蜀地僻陋，有蛮夷风"。

尊经书院创始人张之洞

文翁入蜀，这位"仁爱好教化"的蜀地最高长官，即刻着手他的伟大工程。

公元前143年至公元前141年间，文翁首创蜀郡郡学，修建了周公礼殿，用石料修筑，以保护书籍，被称为"石室"。"立文学精舍、讲堂"，"招下县子弟为官学弟子"。

对蜀地而言，文翁办学促进文化发展之功，堪与李冰修筑都江堰水利工程相提并论。

两汉时期，"文翁倡其教，相如为之师，其学比于齐鲁"，儒学在蜀地得到广泛传播。从此蜀地人才济济，文章大雅，不亚中原。其中最有代表性的是"汉赋四家"中的三家：司马相如、扬雄、王褒，他们也是学有专精的经学家。东晋常璩撰写的《华阳国志》，则是中国历史上的第一部地方志。

汉晋之后，成都学风日盛。至唐代，"天下文人皆入蜀"。至宋代，成都府学规模之大，"举天下郡国所无有"，成为西南最大的教育中心。在府学的推动下，书院也如雨后春笋蓬勃发展，孕育出一代代理学、易学、史学大师，构成宏大的蜀学主体，"冠天下而垂无穷"。

两宋时期，在文学上，"唐宋八大家"的席位蜀人独得其三（三苏）；史学上，"隋前存书有二（《华阳国志》《三国志》），唐后莫隆于蜀（刘咸炘《蜀学论》）"；经学方面，更有程颐"《易》学在蜀"的感叹。以"三苏"父子为代表的"蜀学"，终与二程"洛学"（即理学）和王安石"新学"鼎足而三，共同构成当时中国学术的三大主流。由著名理学家、蒲江人魏了翁创办的鹤山书院，其藏书规模超过北宋的国家图书馆崇文院。

顶峰过后，好景不再。

南宋末年蒙古铁骑攻蜀，燃烧近半个世纪的战火不仅摧垮了四川经济，也对学术文化造成毁灭性打击。蜀中衣冠之士携带大量图书典籍一批又一批地举家出峡，在长江中下游流域的广大地区漂泊。明末清初，蜀中又遭大劫。国中学人对宋以后的学术，言必称东南。至于"天数在蜀"、"易学在蜀"、"史学在蜀"、"天下文人皆入蜀"一类的宏大场面连同"扬一益二"的美好时光，则成为川人记忆中的明日黄花。

直到清初的"湖广填四川"，巴蜀文化才开始了新的复苏。清康熙四十三年（1704），四川按察使刘德芳在石室故址上重建锦江书院，此后的100多年里，它一直作为唯一的省级学府存在。

既然已有锦江书院，为何张之洞还要兴建一座同样规格的书院？而且"石室重开"这四个字，无疑是直白地宣告了他对锦江书院的失望与不信任，认为它已无法代表蜀学，代表"石室"的精神，以至需要新建尊经书院来担当"重开"的责任。

这跟张之洞入川就任学政后的考察结果有关。

清代各省的学政是个非常荣耀的职务，必须由进士出身的官员担任，三年一任，不问本人官阶大小，由皇帝亲自任命，地位与督抚平行，主掌一省的文教事业。

1873年来到四川的张之洞已经不是第一次担任学政，自然驾轻就熟。他到任不久，就在《报到四川学政疏》中写道："四川省份，人文素优，惟棚场（考场）较他省为多，弊端也较他省为甚。"在考察锦江书院后，他指出："或空谈讲学，或溺志词章……志趣卑陋，安望有所成就？"再加上他目睹四川学子崇虚去实，"除时文（八股）外，不知读书，至毕业不知《史》《汉》"。于是决定大力整顿，改良教育，培育人才，振兴蜀学。可惜的是，锦江书院"年深日久，积弊难除"，就像之前曾经想要改革它的那些官员一样，张之洞也无能为力。

　　不过，张之洞显然具有更丰富的斗争经验，因为他早在同治八年（1869）任湖北学政时，就已经遇到过类似的事情。湖北原有一座江汉书院，规模不足以容纳太多学生，张之洞干脆和时任湖广总督的李鸿章会商，别建精舍课士之所，名为"经心书院"，学生则由学政从各府县诸生中亲自选拔。而在此时的蜀中，基本上，他只需要把这个过程再复制一遍。

　　很快，张之洞的想法就得到了贯彻。

　　同治十三年（1874）农历四月，薛焕偕省内官绅15人，上书总督吴棠与学政张之洞，称锦江书院以八股制艺为目标，与时事潮流不符，要求新建书院，以"通经学古课蜀士"。这一行动立刻得到了张之洞的支持，总督吴棠也迅速上奏清廷，同时拨款置地，商定名号。而学生先由省内各府县在有功名的秀才、贡生中选拔，书院当局再在其中择优而录。在不满一年的时间里，居然诸事齐备，到第二年春天，"尊经书院"就已经从纸面落地，正式开始行课了。

　　"务学莫务如求师。"尊经书院能达到怎样的高度，跟老师的水平有直接的关系。

　　按清代旧例，省级书院的山长或为大儒，或为本省一二三品之巨官。薛焕年高望重，品级到位，又在尊经书院成立一事上出了大力，首任山长由他担任合情合理，但薛焕并不以文学见长，那主讲的聘请自然十分重要。

张之洞先后向国内大儒张文虎、俞樾、王闿运等人发出了邀请。尤其是王闿运，他是张之洞心目中的第一流人才。同治十年（1871），王闿运进京参加会试，留在京师游玩，作《圆明园词》，一时满城传抄，洛阳纸贵。也正是在这个时期，张之洞与王闿运订交，其后由潘祖荫、张之洞召集，有大经学家孙诒让、甲骨文研究大师王懿荣、著名书法家赵之谦等17人与会的龙树寺聚会，王闿运作诗赠给张之洞，更是让二人的交情进一步升温。

可是，不但张文虎和俞樾婉辞了他的邀约，连正在湖南衡阳设帐授徒的老友王闿运也没有前来，一番周折后，最后尊经书院主讲由在总督吴棠处任幕僚的候补知县、浙江学者钱保塘（字铁江）担任，后来又由同样出自浙江的钱宝宣（字徐山）接替。

书院开课后，张之洞将心血都投注在了上面，选拔生员、制定学规、课程设置，他都事必躬亲，同时还捐出自己的俸禄，为书院添置了两百余部图书。张之洞提出"首励以廉耻，次勉以读有用之书"的原则，亲自订立了书院章程，又制十八条学规以规范学风，对办学方针、学习奖惩、教学方法等都提出了具体目标。他认为："凡学之根底必在经史，读群书根底在通经。"因此尊经书院与旧式书院大有不同，以研究儒家经典为宗旨，不课八股时文，在张之洞的设想里，还要设立天文、地理、算学等课，后因风气未开，师资缺乏，暂时作罢。

书院成立后，张之洞还亲自撰写了一部《书目答问》，以阅读目录的形式，分门别类地收录古籍中具有代表性或总结性的重要著作2200多部。本来这只是源于学生们的困惑，向张之洞提出"应读何书，书以何本为善"的问题，而他以著书的方式作答，无心插柳，没想到竟然成了张之洞最为人推崇的著作之一，作为探索中国古代书籍世界的指南针，面世后"翻印重雕不下数十余次，几于家置一编"。几十年后鲁迅在谈到读书治学的文章里也说："我以为倘要弄旧的呢，倒不如姑且靠着张之洞的《书目答问》去摸门径去。"而蔡元培干脆就把《书目答问》作为实用的购书目录。对于书院的学生，张之洞关怀备至，着意栽培，经常把书院的高材生"召之从行读书，亲与讲论，使研经学"。光绪二年，张之洞按试眉州（今眉山市），由学生杨锐等陪同登临刚刚竣工的苏轼祠，作《登眉州三苏祠云屿楼》一首，诗云："共我登楼有众宾，毛生杨生诗清新。范生书画有苏意，蜀才皆是同乡人。"而他也称得上慧眼识人，在诗里提到的学生们都没有让他失望，杨锐为戊戌变法死难的"六君子"之一，范溶、毛瀚丰等人也在历史上写下了自己的篇章。

1876年底，张之洞任满回京，依然对尊经书院和学生们念念不忘，他在回京路上致书继任的四川学政谭宗浚，以书院和学生的前途相托：

> 身虽去蜀，独一尊经书院，惓惓不忘。此事建议造端、经营规划，鄙人与焉。今日略有规模，未臻坚定，章程学规，俱在精鉴；斟酌损益，端赖神力。他年院内生徒，各读数百卷书，蜀中通经学古者，能得数百人，执事之赐也。

在漫长岁月里，张之洞与自己的学生们始终保持着密切的联系。杨锐在戊戌政变中被捕，张之洞多方奔走营救；宋育仁于庚子后郁郁不得志，也是他伸出援手；廖平数变所学，张之洞托宋育仁转嘱，以"风疾马良，去道愈远"令其自省……

这一片拳拳之心，令蜀人感敬，被蜀人追怀。

宣统元年（1909），张之洞逝世后，四川总督赵尔巽转呈四川籍翰林、前锦江书院和尊经书院院长伍肇龄等的奏折，对张之洞予以高度评价："教泽所及，全川化之。迄今学校大兴，人材蔚起，文化之程，翘然为西南各省最。盖非该大学士陶熔诱掖之力，断不及此。"

也许，比起世人所谓"洋务领袖"、"中兴名臣"的议论，川人对他兴创尊经书院、振兴蜀学人才的这种褒扬，才是自视为一个儒臣的张之洞最想要的肯定吧。

王闿运：巴蜀有幸迎先生

1876年底，令蜀中学风焕然一新的学政张之洞卸任回京了，大力支持他创办尊经书院的四川总督吴棠，也已于春天病故，而接任吴棠的人，是原山东巡抚丁宝桢。

丁宝桢给四川带来的，可不仅仅是"宫保鸡丁"这道现在世界闻名的中国菜，更重要的是他完成了张之洞当年没能做到的事情，给宋育仁们请来了真正的名儒——经学大家王闿运。

影响宋育仁一生的老师王闿运

晚清曾有说法，推崇湘潭出了名震中华的"一个半举人"，这一个就是王闿运，另外半个同列的，是湘潭女婿左宗棠。虽然同样是举人，都没能考中进士，王闿运却非此前任书院主讲的钱保塘、钱宝宣可以比肩。

王闿运生于道光十二年（1832），少负奇才，胸怀锦绣，《清史稿》里对他的评价相当高："年十有五明训诂，二十而通章句，二十四而言礼。考三代之制度，详品物之所用。二十八而达春秋微言，张公羊，申何学，遂通诸经。"

王闿运虽为孔子门徒，却长了一身纵横家的身骨，一心要辅非常之主，成辉煌大业，来往的都是当世奇杰。他28岁时（1859）一入京，才华便得到了清朝权贵肃顺的激赏，竟到了要跟他"约为兄弟"，帮他捐纳为官的地步，王闿运辞而不受，不过最终还是成为肃顺的幕僚。肃顺则是"奉之若师保，机要咸与咨访"。

咸丰十年（1860）四月，曾国藩署两江总督。薛福成《庸庵笔记》记载："文宗欲用胡公总督两江。肃顺曰：'胡林翼在湖北措注尽善，未可挪动。不如用曾国藩督两江，则上下游俱得人矣。'上曰：'善。'遂如其议，卒有成功。"

这是晚清几个"中兴"汉臣得以重用的开始。据此可知，荐曾国藩的是肃顺，向肃顺举荐曾国藩的人又是谁呢？流传于世的说法，指向王闿运。

王闿运与曾国藩既是老乡，又是旧友。21岁时王闿运就多次上书曾国藩，言太平天国事，获曾嘉纳，此后往来频繁，两人关系日益密切。1858年3月，曾国藩父亲去世，王闿运亲往吊唁；7月曾从长沙援浙，王闿运又至长沙送行。同年11月，湘军大败，王闿运赶到江西建昌湘军驻地，与曾国藩两次长谈至三更，此后才有入京之行和跟肃顺的相识。

另一个湖南名臣左宗棠也受过王闿运的恩惠。当时左宗棠还是湖南巡抚骆秉章的幕僚，被人在御前告了黑状，说他是"劣幕"，在暗中操纵湖北大局。咸丰帝大怒，准备派人查证后将左宗棠就地正法，还是王闿运在肃顺面前极力周旋，又运作翰林侍读学士潘祖荫上了道奏疏，其中"国家不可一日无湖南，湖南不可一日无左宗棠"两句打动了皇帝，左宗棠才逃过一劫。

1861年，王闿运回乡居母丧。农历七月咸丰去世，遗命肃顺等为顾命大臣，可慈禧很快就发动政变，斩肃顺于市。此时湘军之势已成，王闿运秘密致信曾国藩，劝他入朝辅政，申明祖制，免太后垂帘之事。话虽委婉，可里面分明隐藏着两个字：兵谏。曾国藩思之再三，终于还是畏惧事若不成反引祸端，不行此议。

王闿运已经不是第一次让曾国藩头疼了。1860年秋，他专程到安徽祁门，拜访已是两江总督，握有苏、皖、赣三省军政大权的曾国藩，在那里住了两个多月。两人共有14次长谈，内容却不为人知，但从曾国藩日记中尚可找到一些迹象。其中七月十六日一则："傍夕与王壬秋（王闿运字壬秋）久谈，夜不成寐。"类似的记载日记中还有。这期间，弟弟曾国荃和湘军将领李元度还给曾国藩写过信，提醒他"文人好为大言，毫无实用者，戒其勿近"。曾国藩何等人也？若只是随便聊聊，哪至于难以入眠，湘军高层又何必紧张兮兮？从多年后王闿运和他弟子的片言只语里才透露出，其时清廷已朽，太平天国内乱，他居然试图说服曾国藩拥兵自重，先坐观成败，再徐图进取，最终收拾残局，江山易主。

指点天下，挥斥方遒。然而，肃顺被杀后，王闿运最大的寄托落了空，此后十多年只好回家潜心学问，一肚皮的帝王策无处施行。张之洞以四川学政身份，托以书院主讲，这个舞台对他未免太小，自然是若无其事，直到丁宝桢就任川督，先后五次去信邀他入蜀，王闿运才又一次动了心。

丁宝桢素以具大略、敢任事著称，在山东巡抚任上扑杀大太监安德海让他扬名天下。在湖南岳州知府和山东巡抚任上时，丁宝桢就曾两次聘请王闿运入他的幕府，均因故未能如愿，此次连发五书约请，其意不问可知。王闿运也觉得火候到了，在致友人的信中谈道："稚公（丁宝桢字稚璜）折节下交，非为兴学，预知英人必窥西藏，欲储幕府材耳。"能一展胸中雄略而御外侮，正合王闿运之意。1878年底草创完《湘军志》后他即刻动身，并于1879年春节前夕到达了成都。

王闿运正式接任尊经书院山长不久，惊奇地发现，自己面临的居然是一个烂摊子。

尊经书院草创之时，张之洞曾经制订了一套完整的章程，但在他离任后的两年时间内，书院规章制度废弛，风气也大为败坏，师生多有吸食鸦片者。据费行简《近代名人小传》记载，主讲之一的钱保塘染上了"嗜烟"的恶习，以至于连擅长的辑佚考证都无力继续，学生中的情况更加骇人。王闿运不得不痛下狠手，"馆生三百人，吸烟者至二百七十余人，吾皆汰之，推举不吸烟者，得七十余人，自是馆生无嗜烟者"。

不仅如此，王闿运也看不上二钱的学问。钱保塘已经到地方上当知县去了，院中只剩下被他在日记里称作"浙派之潦倒者"的钱宝宣，但他仍然很快与丁宝桢商量，要求减少官府对书院教学的干预，同时削弱主讲的权力。有总督的支持，王闿运很快就理顺了环境，为自己学术主张的推行扫清了障碍。

应该说，王闿运的到来是宋育仁和他同学们的幸运。

尊经书院在王闿运到来以后，从江浙朴学的道路上偏离开去，走上了湖湘派今古文并采的方向，不然的话，宋育仁们很可能会投身于语言文字训诂之道，沉浸于典故考据与文献的审订，让世上多几个老儒，却少了一群有抱负的忧国忧民之士。

从宋育仁和同学廖平、吴之英日后的相关著述来看，他们均是以王闿运的学术思想为发端，那么，王闿运这样不安分的文人，会选择什么样的学问作为立身之本呢？

王闿运遍注群经，其经学体系自成一家，主张经世致用。他认定《春秋》及《公羊传》《穀梁传》是"经"（经学）不是"史"（史学），在"义"（义理）不在"事"（史事），而《左传》才是史书。经学的研究应着重阐释所蕴含的"微言大义"，其与现实政治关系密切，可以用之来治世救时。

王闿运胸有山川，宣称"学问并无前后辈。圣人，我师也。伏羲至孔子无尊卑而皆师之，余则友之。伊尹、召公亦我同学，百家九流皆我益友"。除了孔子与先圣，孟子以下都不在王闿运眼里，宋明理学更是被他讥嘲。有这样的老师，学生们自然容易走得更远，学成后纷纷著书立说，敢于疑古非圣，其思想由巴蜀至南粤，由宋育仁、廖平而至康有为、梁启超，以谈古制而实论今事，"托古改制"。

钱锺书的父亲钱基博先生在所著《现代中国文学史》中说："五十年来学风之变，其机发自湘之王闿运，由湘而蜀（廖平），由蜀而粤（康有为、梁启超），而皖（胡适、陈独秀），以汇合于蜀（吴虞）。"廖平是王闿运的高足，吴虞又是王闿运学生吴之英的得意弟子，虽然吴虞这样的"只手打孔家店的老英雄"（胡适语）门人未必是王闿运所乐意，但由此可见王闿运对蜀学振兴和近代文化影响之一斑。

王闿运执掌尊经书院八年，造就生员以千计，其间不乏影响中国的风云人物。他坚持自己的学派与思想，敢于藐视先贤，却又没有偏执一格，而是使院生各展天资，发挥所长，跟学生也非常亲近。

在这一时期的《湘绮楼日记》里，他常常提到自己的爱徒们，例如光绪五年六月，廖平、范溶、张祥龄等人从王闿运出游，一行"从曾园登舟，溯回溪月，遂至三更。竹蕉滴露，坐听鸡鸣"。其乐融融，见于笔下。同年九月乡试放榜，中试者竟达到23人："半觉闻炮声，起披衣，未一刻，报者至矣。院中中正榜二十一人，副榜二人，皆余所决可望者。……顷之，季平等入谢，已鸡鸣矣。谈久，乃还寝。"学生中举时的喜悦之情，王闿运感同身受。

在川八年，王闿运却始终没能通过丁宝桢一展奇策，而这也成了他此生最后一次尝试着染指政治，他留给时人的形象也只有对于蜀学的贡献："湘潭王壬秋先生主尊经讲席，一时人文蔚起，蜀学勃兴也。"

学海高人，他的大部分弟子也是这样定位他。王闿运于1916年9月逝世——正好是他离开书院30年，蜀中士人在尊经书院大规模公祭这位师长，祭文中盛赞他"学海经神"、"文翁再生"。

巧合的是，在他过世的前几天，陈独秀刚刚把自己主办的《青年杂志》改名为《新青年》，正在酝酿一篇篇抨击孔教的文章，一场影响中国未来百年的新文化运动开始发端，王闿运毕生经营的学问即将从根源上被热血的青年们所藐视。

不过，这些都跟他没有关系了，率性的王闿运早已给自己写下挽联："春秋表未成，幸有佳儿述诗礼；纵横计不就，空余高咏满江山"。他带着他的时代和几分遗憾一同谢幕，洒脱离场。

尊经少年谱

尊经书院一共只存在了短短的28年，做出的贡献却无可比拟，不但在张之洞、王闿运执掌时起到了育才整风、崇实去虚、振兴蜀学等作用，更在宋育仁手中成为推动和传播变法维新思潮的策源地，造就

尊经书院旧照

出大批在中国近现代史上产生过深远影响的人物。

　　"考四海而为儁，纬群龙之所经"。这副楹联曾长期镌刻在书院的大门两边，是王闿运执掌尊经时所作，上联出自左思《蜀都赋》，下联出自班固《幽通赋》。短短12字，气魄惊人，译成白话文的意思是："四海之内的卓越人才，在这里研解圣人经典真义。"

　　这副集句联蕴含着王闿运的雄心和自负，也寄寓着他对弟子们汇通四海的期盼。他确实没有失望，能进入尊经书院的学生本就是佼佼者，再加上名师教导，杰出之士纷纷脱颖而出，所以王闿运自己后来也说这副对联"颇与此书院相称"。

　　前边我们曾提到《登眉州三苏祠云屿楼》，张之洞在这首写于光绪二年（1876）三月的诗中自注："仁寿学生毛席（瀚）丰、绵竹学生杨锐、华阳学生范溶，皆高材生，召之从行读书，亲与讲论，使研经学。"张之洞提到的范溶以书法绘画闻名，张之洞《创建尊经书院记》碑文的楷书就出于他手，其余两人则是身列"尊经五少年"的英才。

　　张之洞这里没有提到宋育仁，因为这时尊经书院里还没有他。

贰　蜀都成才：一座书院的贡献

尊经书院的门不是那么容易进的，当时号称"蜀士三万，院额百名"，真正是千军万马过独木桥，一般秀才根本不可能入选尊经，基本标准就是成为廪生。

廪生又称廪膳生员，可以享受朝廷的银两补贴，是等级最高的生员。此外还有增生和附生，刚刚成为秀才的，全部都归入最低一档的附生，要想取得廪生的资格，必须在考中秀才后，再在岁考里获得一等前列的好成绩。

岁考并不是年年都有，所以宋育仁考上秀才之后，并没能立刻进入书院学习。据宋育仁乡试朱卷里的记载推测，这段时间他应该还是跟在伯父宋时湛身边读书（"先君没后，育即从公讲读，前后六年，教养兼至"），一直要到1876年的下半年，他才顺利通过该年的岁考，以廪生资格被选入尊经就读。

至于"尊经五少年"，这是张之洞在卸任以后提出的说法，他对继任四川学政谭宗浚表示："蜀才甚盛，一经衡鉴，定入网罗。兹姑就素所欣赏者，略举一隅。"他最欣赏的五位学生即绵竹杨锐、井研廖平、汉州张祥龄、仁寿毛瀚丰和宜宾彭毓嵩。尤其是杨锐，张之洞在信中称赞他"才英迈而品清洁，不染蜀人习气。颖悟好学，文章雅赡"。彭毓嵩、毛瀚丰后来皆走上仕途，张祥龄著述不少，为近代蜀词的代表人物之一。

谭宗浚到了四川后，对尊经书院的熟悉加深，于是将"尊经五少年"连同富顺宋育仁、华阳范溶、傅世洵，宜宾邱晋成，乐山张肇文，忠州任国铨，成都周道沿、曾培、顾印愚，犍为吴昌基，江津戴孟恂共16人，写成《十六少年歌》，其中夸奖年龄最小的宋育仁长于用典，文笔华丽："短宋词笔工雕搜，华缦五色垂旌游。"

王闿运自有自己中意的学生。

离开书院后他曾言道："入川办学八年，英才辈出，其尤者'宋玉'、'扬雄'。"

宋玉和扬雄的称谓指的是宋育仁和杨锐，两人的才华令王闿运感到惊讶，叹为宋玉、扬雄再生蜀中。

王闿运眼光的确老到。宋育仁日后中进士、点翰林、使节四国，以《时务论》《采风记》等书领风气之先，继而回川兴商办矿、开创报纸、呼应变法，被誉为四川维新运动的领导者、睁眼看世界的第一人。尊经书院在宋育仁执掌之时更是达到了鼎盛时期，成为整个四川维新运动的策源地。而杨锐在中国近代史上更是声名赫赫，离蜀后为张之洞赞襄军谋，后被光绪赏识任命为军机章京参与新政，最终于戊戌政变中以身报国，为"戊戌六君子"之一。

与宋育仁交往终身的廖平和吴之英也很得王闿运的赏识。

廖平继承了王闿运性格中狂傲的一面，自署楹联称"推倒一时，开拓万古；光被四表，周流六虚"，口气比老师还要大得多。他专注经学，其学说一生六变，早期著作《知圣篇》和《辟刘篇》直接引发康有为尽弃旧说、更弦易辙，最终产生《新学伪经考》和《孔子改制考》两书。吴之英在经学方面也有很深的造诣，王闿运曾言："诸人欲测古，须交吴伯揭（吴之英字伯揭）。之英通《公羊》、精《三礼》，群经子史，下逮方书，无不赅贯。"但他将主要精力投注在教育方面，多次出任蜀中书院和学堂的主讲、校长，桃李满天下，吴虞、谢无量、颜楷等都出其门下。吴之英还以书法著称于世，成都人民公园的辛亥秋保路死事纪念碑东面的文字就出自他的手笔。

宋育仁、杨锐、廖平、吴之英一度被并称为"尊经四杰"，四人之间也结下了深厚的友谊，多年来呼应往还，交流不断，还联手作出了一番事业。历史以事实证明，他们的确是尊经书院初期学生中最出色的人才，除了生命在戊戌年间戛然而止的杨锐，其余三人都是未来数十年间蜀学振兴的中坚力量。

当然，书院造就的人才绝不仅止于此，在中国近现代历史的重大节点上，都有尊经校友们的身影屡屡闪现。

辛亥年间，清廷欲把川汉铁路由商办收归国有，四川全民奋起抗争，保路运动风起云涌，同盟会趁机在四川荣县策动独立，全国第一个建立起革命军政府，"首义先天下"，牵动全局。清廷得到四川总督赵尔丰的奏报，急派端方率武昌新军入川镇压，导致湖北警备空虚，革命党人遂乘机在武昌起义，一举终结了清王朝。四川保路运动的领导人、保路同志会正副会长蒲殿俊和罗纶，皆是尊经学生。而同盟会派往荣县主持大局的吴玉章，更是尊经俊才中颇为耀眼的一员，他历经戊戌维新、辛亥革命、讨袁战争、北伐战争、抗日战争、解放战争而成为跨世纪的革命老人，与董必武、徐特立、谢觉哉、林伯渠一起被尊称为"延安五老"。在他六十寿辰的庆祝大会上，毛泽东亲临致祝词，称赞他"一辈子做好事"，"一贯的有益于广大群众，一贯的有益于青年，一贯的有益于革命，艰苦奋斗几十年如一日"。

还有新文化运动时期的干将吴虞，曾在尊经书院受教于吴之英和廖平，后留学日本，归国后任四川《醒群报》主笔，倡扬新学。1910年到北京大学任教，在《新青年》上发表《家族制度为专制主义之根据论》《说孝》等文，猛烈抨击旧礼教和儒家学说，在五四时期影响巨大。胡适称他为"中国思想界的清道夫"，"只手打孔家店的老英雄"。

在保路运动时崭露头角的张澜也是尊经校友，他的后半生一直为国家的民主与和平事业奔忙，创立了中国民主同盟，新中国成立后当选为国家副主席。开国大典上毛泽东身旁那长须冉冉的身影，在每个国人心中都留下了深刻的印象。

2001年出版的《四川省志·人物志》中，有尊经书院教育背景的人物就有二十来个，除了尊经四杰与刚才提到的几位，还有骆成骧、尹昌衡、张森楷、张祥龄、吕翼文、刘光谟、傅樵村、周翔、萧龙友等等。

骆成骧是清代四川唯一的一个状元；尹昌衡是四川辛亥起义领导人之一，四川都督府的首任都督；吕翼文主持重庆经学书院、江北书院，著《革命军》的邹容出其门下；傅樵村先后创办《算学报》《通俗日报》等，是成都报业大家和都市文明的开拓者，曾任成都红十字会会长；萧龙友曾任知县，后弃官在京行医，新中国成立后任中医研究院名誉院长、中华医学会副会长。

此外，还有海内知名的大学者邵从恩、谢无量、徐子休、刘咸荥、顾印愚等和其他一大批社会名流。

从1875年起，尊经书院创立28年间，一直是英才辈出，群星闪耀。直到1902年，在全国"废科举，兴学堂"的背景下，四川裁撤书院，改立学堂，尊经书院的华丽篇章在历史的书页上被翻了过去。然而，从戊戌变法、保路运动、辛亥革命、到开国大典，每一个近现代史上的重要节点，都有宋育仁及其校友、学生们的身影，虽然世界发生了翻天覆地的改变，但尊经书院为他们镀上的这层坚实底色，却永远不曾褪去。从另一个角度而言，书院虽去，气脉长存，后来承其源而生的四川大学又开始了新的旅程。

年轻校长与状元弟子

时光荏苒，很快来到了1879年（光绪五年）。

这一年是己卯，又一个乡试之年，从入读尊经书院以来，宋育仁一直潜心向学，等待着这一天的到来。命运对他的刻苦给予了相应的回报，农历九月，他和同学廖平等人一起，顺利通过乡试成为举人。

年纪轻轻能得中科举，不仅仅取决于个人才学，古人有句老话，科举是"一命二运三风水，四积阴功五读书"。照当时人的看法，要想科考得中，一靠命，二靠运，三要靠祖坟的风水，四要靠先辈积得阴功，这第五才轮到苦读出成果。《聊斋志异》作者蒲松龄是清初的考场前辈，19岁就中了秀才，在县、府、院试连拿三个第一，豪取"小三元"，眼看前程似锦，然后……就没有然后了，一直到他72岁那年，长孙蒲立德都中了举人，蒲松龄还在孤灯只影辛苦备考乡试，"无似乃祖空白头，一经终老良足羞"，这两句赠给孙儿的诗足见他心中的苦闷与羞愤。宋育仁是幸运的，22岁就迈过了这道重要的门槛，"十年寒窗无人问，一举成名天下知"，也算是圆了父亲时儒未曾如愿的科举梦。

还有一个改变发生在同一年，宋育仁娶妻了。有记载说他的妻子陈氏是好友同县进士陈钟信的妹妹，但从宋、陈朱卷中各自描述的亲属关系并未提到此点来看，至少不可能是近支亲眷。总之，从此宋育仁不再只是儿子、弟弟和兄长，而是成了一个女人的丈夫，未来还将成为孩子的父亲，他的生活中，有了一个家庭需要支撑。这一年，他22岁。

　　也许是还没有做好准备，光绪六年（1880）春，宋育仁入京参加他人生中的第一次会试，结果没有考中。不过这不是什么大问题，反正他还年轻，三年的时间正好用来磨炼提纯自己的学业。

　　可是，突如其来的变化打乱了他的安排。

　　1881年，24岁的宋育仁失去了生命中的又一个亲人，二伯母去世了。想当年，在育仁父母相继于浙江镇海去世后，是二伯母遣人去浙江迎柩，带回几个孤儿，又让他们和自己住在一起，悉心教养，可以说像真正的母亲一样做到了一切。宋育仁毅然决定把二伯母当作亲生母亲对待，为她丁忧守制三年，不去参加下一次的会试。

　　在丁忧的日子里，宋育仁依旧专心读书。1883年，他著成了《说文部首笺正》一书，这是一部有关部首检字的工具书，书中所列举的汉字，都同时给出了小篆字形和古文举要，后来被收入《问琴阁》丛书中，共1函4册，也是宋育仁早期的重要著作之一。

　　年仅26岁的宋育仁，已经是远近闻名的饱学之士。此时出现了一个来自资州（现为资中市）的三年之约，资州州牧高培谷展现出超乎常人的胆识与眼光，他聘请如此年轻的宋育仁担任艺风书院主讲，任期三年。

　　要知道，艺风书院可不是什么小私塾，与宋育仁老家富顺同属川南、共饮一条沱江水的资州也不是等闲之地。资州自古多才俊，历史上与富顺一样，都有过超出两百名的进士。但入清以来，资州文风渐渐趋于八股，生员孤陋寡闻，所识有限，高培谷就任州牧以来，拿出了自己的俸禄，并发动士绅集资，将资州北门外的栖云书院扩建为艺风书院，取习古文六艺之意，又购买了大量的经史子集图书一万八千多册，供学生阅读，同时不惜重金礼聘著名学者来艺风任课。

宋育仁正是在这种情况下来到了艺风书院，有趣的是，他有生以来第一次掌管书院，便教出了一位状元徒弟，而且是清代两百多年里唯一的一个四川状元。

这个徒弟就是骆成骧，骆成骧破了四川有清一代的"天荒"，家乡人对他倍感亲切，他金榜夺魁的荣耀也是尽人皆知。生于老四川江津县的聂荣臻元帅曾在回忆录中写道：

> 我记得很小的时候就听大人们说，清朝官员们扬言，"四川人想中状元，除非是石头开花马生角"，可见对四川人厌恨之深。可是四川人还是争了一口气，有个叫骆成骧的人考中了状元。这个人辛亥革命前就在成都办高等学堂，热心教育事业。四川人都觉得骆成骧给四川出了气、争了光，把他中状元的事情传为佳话，说什么"骆"字拆开是"马"字和"各"字，"角"字和"各"在我们四川是谐音，也就说成是马真的生了角了。

据《骆成骧年谱》记载："清光绪九年（1883），18岁，从宋育仁学于资州艺风书院。"这段师生之缘还有宋育仁老友们的功劳。在宋育仁主讲艺风书院的前一年，高培谷为革新试事，专程从尊经书院请来了杨锐等人帮忙阅卷，17岁的骆成骧参加秀才考试，"文如宿构"，杨锐看到文章后十分赞赏，随即向高培谷推荐。高培谷阅后十分惊喜，当即列为第一，试后又把他选入艺风书院，从宋育仁进学。

骆成骧不但与宋育仁有师生之缘，还有校友之谊。因为在岁考中成绩优异，骆成骧于1884年被荐选入尊经书院就读，直到1895年中状元为止。

除宋育仁以外，还有大批尊经书院的高材生陆续在艺风书院任教，廖平、杨锐、吴之英、范溶、蒲莹等先后受聘于此。他们抛开八股时文，对学生宣讲经世致用之学，引领资州文风，几乎把这里变成了又一个尊经书院，致使州县学子云集，一时有"文风甲川南"之誉。

资州文名渐起。等到1890年，宋育仁的姐夫、秀才易昌楣也暂别富顺家中的爱妻宋令修，来到艺风书院，在这里度过了他的四年时光。虽然姐夫与小舅子之间所接受的教育并没有根本上的区别，但中国一片模糊的未来让他们只能沿着各自认定的方向前进，无法回头。日后成为同盟会元老级人物、一度与汪精卫和彭家珍等人布局狙杀摄政王载沣的易昌楣，最终选择的是一条比宋育仁更加激进的革命之路。

在主持艺风书院的时候，宋育仁也没有疏忽在学术上继续进步。

中国时事日艰，求变之心渐成主流，他深受老师王闿运的影响，治学风格与其一脉相承，自然是主张"通经致用"，要用学术为政治服务。宋育仁这一时期推出了经学著作《周礼十种》，其《周官图谱》以复古而言改制，隐含维新变法，为"托古改制"提供了学术蓝图。

在此期间，廖平也完成了自己《今古学考》的出版，开始其经学六变的漫漫长程。在书中，他认为古文经学是孔子早年"从周"之学，今文经学是孔子晚年"改制"之学，平分今古。廖平以礼制区分今古两大经学流派，把两汉以来林林总总的纷纭经说，用《王制》与《周礼》来划分，把它们排列得整整齐齐，纲举目张，这是了不起的成绩。此书出版以后，大江南北士林同赞，誉为"魏晋以来，未之有也"，特别是《今古学考》还受到古文学派领袖之一俞樾的赞誉，以为它是不朽之书。俞樾根本是反对今文学派的，廖平能让反对派的首领站出来表示接纳和肯定，一代经学大师的形象简直是呼之欲出。

不过宋育仁对老同学这种纯知识性的研究倒是不怎么以为然，认为《今古学考》虽然展现廖平"经学功夫甚深"，但"于经术无得，未见制度"，并没有太多的实用价值。

在资州的时间过得很快，转眼又是三年，会试的日子到了。29岁的宋育仁做好了应考的所有准备，在士林的声誉也进一步升高，进京的机会已经成熟。在推荐了好友吴之英接替自己主持艺风书院后，宋育仁长辞故里，满怀希望地远行京师，去实现自己的梦想。

叁

翰林院：不安分的书生

西方人将翰林院比作中国的牛津、剑桥，庶吉士则是大清帝国的实习生、中央储备干部。

名声在外的"实习生"

1886年春，宋育仁第二次来到大清这个迟暮帝国的心脏——北京，他此后生命中30年的起伏跌宕，由这一刻开始。

虽然还只是一名应试的举子，但此时的宋育仁已非无名小辈，执掌一州书院的经历和《周礼十种》《说文部首笺正》等著作屡获士林称誉，都让他底气十足。

宋育仁擅词章的名声也在入京的第一时间就传播开来。《官场现形记》的作者李宝嘉在《南亭词话》中收录有一阕《金缕曲》，并提到了来源途径：

> 富顺宋芸子育仁，丙戌（1886年）春刊其问琴阁词一卷于都门。叶汝谐归途举示，录金缕曲云：门掩东风柳。甚长条，系春不住，系愁依旧。芳草无人深一寸，庭掩绿苔深绣。看扫到，残红一斗。花落如潮春如水，剩棟风，吹梦梨云瘦。听鹂去，载春酒。闲情坐与春厮守。镇难忘，影摇绛蜡，记屏银豆。搁下江关兰成笔，留下春三下九。问子细，春能留否。一架荼蘼开遍了，倚阑干，怕短铜壶昼。夕阳院，绿阴逗。

就在这一年的春天，宋育仁顺利通过了会试和殿试，位列光绪十二年丙戌科三甲第四十六名。

2009年冬，笔者曾踏访位于北京成贤街的孔庙，其"先师门"内有一方小院，矗立着元、明、清三代共198通进士题名碑，碑上铭刻了51624名进士的姓名、籍贯和次第，当然也有宋育仁的一份。可惜《清代朱卷集成》里没有收录他的进士卷，让我们无法欣赏被前四川学政谭宗浚赞为"固当使袁淑藏鹦鹉之篇"的华彩文章。

宋育仁所在这一科称得上藏龙卧虎。未来除了大学士、尚书、总督、巡抚等清廷高官，也出过一个中华民国大总统徐世昌；而柯劭忞则以一人之力，花30年时间编成《新元史》，名播后世；更有未应殿试的同年陈散原，不但和谭嗣同名列"维新四公子"，还成为清末民初的中国诗坛代表，被钱锺书在《围城》中以诗人董斜川之口称为唐后诗人第一。其余如陈夔龙、冯煦、宋伯鲁、杨士骧、王树枬等，也在日后声名渐彰。

这一年也许是宋育仁的幸运年。他厚积薄发，不但成为进士，还在朝考中表现优异，被选入翰林院充当庶吉士。

这是一个非常好的结果。

在清代，进士中除了一甲三人可以直入翰林院外，二甲三甲人员必须视朝考的成绩决定去向，最优者选为庶吉士，余者用为知事、中书、知县等职。光绪丙戌科共有进士319人，最终能选入翰林院的不过数十，其余人等要么在京都当个小官，要么外放到地方补个知县之类，和其余的大小官僚们处于同一水平线竞争，升迁的每一步都困难重重，简直可以说是对进士身份的极大浪费。

进入翰林院就大大不同了。

能被选入翰林院，自然就进了层次最高的士人群体。不仅在知识界享有崇高声望，升迁也较其他官员更为容易，而且与皇帝、高官有较多的接近机会，这就为未来建立了丰厚的人脉储备。而且对汉族官员来说，清代基本沿袭了明代"非翰林不得入阁"的习惯，清末汉臣之首曾国藩、李鸿章、张之洞等，均有翰林院的经历。此外，各省学政和乡试主考大都由翰林官担任，往往可以借机收得大批门生。在传统的官场规则中，门生与座师之间的关系牢不可破，座师是门生初入官场的引路人，而待到门生日后发达，也就成了座师的政治援手，如此往复，自然能织就一副文脉与人脉交缠的巨网，张之洞正是其中的代表人物。

宋育仁：隐没的传奇

位于北京成贤街孔庙内的进士题名碑之一，此碑上刻
有宋育仁的姓名、籍贯和次第。

046

庶吉士，也称庶常，庶者，众也；常者，祥也。名称源自《尚书·立政》篇中的"庶常吉士"，以此形容在官者皆是有德之人。翰林院会安排经验丰富的前辈为庶吉士充当教习，让他们先学习为官治政的经验，朝廷则在三年后的下次会试前对庶吉士进行考核，再授予各种官职。也就是说，庶吉士并非具体官职，在接受考核之前还算不上真正的翰林官，而是大清帝国的实习生，中央的预备役干部。

紧邻英国公使馆的翰林院，是中国一流文人学者的聚集出入地，这些翰林院学士在中国人心目中的地位，连西方人都知道："上至王公，下至乞丐，无不尊敬。"当时的西方人将翰林院比作中国的牛津、剑桥、海德堡和巴黎（大学）。翰林院内藏有卷帙浩繁的各类古版善本，举世罕见的珍品——《永乐大典》和《四库全书》的底本就曾珍藏于此，在1900年因义和团围攻英国公使馆而被焚毁以前，是当时世界上最大最古老的图书馆。

在翰林院的日子是相对清闲的，对于刚从四川盆地走出来的宋育仁而言，这是再学习的最好时机。古代有句老话，叫作"川人出川惊海内"，夸示四川人一出盆地，就能做出惊天动地的事业。按郭沫若的说法，长江在蜀地内只能蜿蜒曲折，但"一出了夔门，便要乘风破浪"。

从信息闭塞的四川来到国家政治的中心，来往的皆是饱学之士，所论尽是家国天下世界。宋育仁在与他们的交往中，眼界急速开阔起来，尤其让他着迷的，是部分人思想里已在崭露头角的变革之意。

当时正值中法战争结束不久，本来双方在军事上面互有胜负，法国打得清廷撤换了以恭亲王为主的军机处，冯子材的镇南关大捷也让法国的茹费理内阁垮了台。结果却是"法国不胜而胜，中国不败而败"，清廷与法国签订《中法会订越南条约》，放弃了在越南的权益。近年来先亡琉球，旋失缅甸，朝鲜"叛附"日本，法国吞并越南，藩属已侵削殆尽，一时间朝野为之震动，开明士人大多认识到，中国已至危急存亡之秋。

叁
翰林院：不安分的书生

从尊经书院历练出来的四川才子宋育仁，自然而然地成为了这些人中的一员。

时代的变革呼之欲出，守旧已经守不住国家与民族，必须有所动作。但"洋务运动"也让宋育仁产生了质疑，洋务派建工厂、仿器物，走所谓的"实业兴国"之路，但仍然是靠着外国行事，所做的一切都对列强有很大的依赖性。在宋育仁看来，"习于夷者未闻治道，不求其意，惟称其法；不师其法，惟仿其器。竭天下之心思财力，以从事海防洋务。未收富强之效，徒使国兴聚敛，而官私中饱。此不揣本而齐末，故欲益而反损。"（《时务论》）所以数十年下来，国家并没有像期望的那样有所突破，大清的制度依旧，腐朽也依旧。

宋育仁鄙视守旧派，也不信任洋务派，那就只能开始自己的探索，而他的"道"其实在四川时就已初见端倪：以复古言改制。

1887年，宋育仁最有名的政治著作之一《时务论》初稿落成，他讽刺守旧派，"闭目而塞听，耳食而目论……书生不问时务，又不求经术，故习其书，反亡其意"。同时又对那些"欲一切易中国以洋法"的崇洋派不屑一顾。他主张在学习和仿效西方之时，应该追本溯源，复古改制，而不是不顾实际地全盘照抄。即不肯定一切，也不否定一切，提倡改革应该因地制宜，因时制宜。他在开篇即明言：

> 以余观圣人之论治，先富而后教，由兵而反礼；其始务在富强，其术具在六经，而《周官》尤备……诚求外国富强之故，乃隐合于圣人经术之用，则言救时之策者，孰有逾于复古乎？

这就是宋育仁推出的著名论点"复古即维新论"。

他系统性提出的这些思想，在当时可谓快人一步，此论点刚一发表就受到士林的重视，让他的著作风行一时。著名维新派人士、后来的中国第一个维新组织强学会会长陈炽读了《时务论》后，写信称赞宋育仁"管子天下才，诸葛真王佐"。就是从此时起，宋育仁与维新人士开始了密切的交往，与陈炽、黄遵宪等往还唱和，十分默契，当

引起广泛关注的宋育仁新学力作《时务论》

时这些著名维新派人士的主要作品大都还没面世，宋育仁开风气之先，隐然有引领维新浪潮的气势，被人们视作"新学巨子"。

《时务论》的影响还远远不止在维新人士之中，甚至传入了宫廷。光绪帝师翁同龢便曾提起笔来，在自己的日记中录以备存："宋育仁……以所作《时务论》数万言见示，此人亦奇杰。"

在宋育仁四川老乡郭沫若主编的1962年版《中国史稿》里也提到：

这时，具有改良主义思想的人显著增多。一些资产阶级改良主义思想家比较明显地在许多问题上对洋务活动提出批评，不满意清政府妨害资本主义发展的政策，还普遍地要求在政治上作一些改革。他们的著作逐渐在知识分子中流传开来，资产阶级改良主义思想开始形成一种新的社会思潮。……宋育仁著《时务论》。改良主义思想特点：第一，不满于外国对中国的侵略。第二，要求为民族资本主义的发展开辟道路。第三，主张实行君主立宪制度。宋育仁说洋务派想要"盗威福之柄以愚天下"，所以只谈洋务而不谈君主立宪。

不过，看待宋育仁，不能仅仅将眼光投注在政治上，他在文学方面的才华更让人惊艳。时人称道宋育仁"谈新政最早，治经术最深，著作等身，名满天下"。这个"名"最初或许主要是指他的文名，这源于宋育仁在京城时的一次绝妙亮相。

光绪十五年（1889），光绪将行加冠、大婚、亲政三大礼，于是宋育仁挥笔写下数篇赋文，言此盛事。这就是洋洋洒洒合共两万余言的《三大礼赋》，分为《大婚礼成亲裁大政赋》《颂今上赋》等，赋文辞藻华丽，气势恢弘，一时名动京城，被誉为"二百年安有此才！"

为皇家大礼献上赋文，这一举动倒非宋育仁的首创。当年诗圣杜甫应进士不第，年届四十仕途依然艰难阻塞，恰逢唐玄宗在天宝十年正月连续三天举行祭祀玄元皇帝、太庙、天地三个大型的祭奠活动，诗圣一咬牙，写了三篇大文章，称作《三大礼赋》，上表说自己"适遇国家郊庙之礼，不觉手足蹈舞，形于篇章"，进献给皇帝。效果跟想象中一样，唐玄宗一看之下，当即让宰相在集贤院测试杜甫的文章水平，以便任用。杜甫也颇为自得，还作诗记载此事："忆献三赋蓬莱宫，自怪一日声辉赫，集贤学士如堵墙，观我落笔中书堂。"四川的老乡贤司马相如、扬雄两千年之前也有过完全相同的举动。

宋育仁的赋文可以说取得了比诗圣还好的效果，杜甫被宰相监考就兴奋异常，而他因此有了被帝师点名接见的待遇。当时的光绪读到《三大礼赋》，颇为欣赏，特意令翁同龢替自己接见宋育仁，勉励再三。这一下朝野哄传，宋育仁声名鹊起，朝中大佬、工部尚书潘祖荫深加赞赏，评其"雅管风琴，忠爱之忱溢于言表"；安徽巡抚冯梦华评曰"典丽乔皇，直逼汉京"；远在湘潭的老师王闿运在看到宋育仁特意寄送的赋文后，也颔首称道："有典有文，合于雅颂"。沈曾植、蒯礼卿当时在京师也以文章知名，开初见宋育仁骤得大名，不太服气，出言质疑，恰好珍妃的老师文廷式在座，禁不住说了句公道话："如三大礼赋，直大手笔，何可褒贬！"后来蒯礼卿等读到宋文，顿时"大相倾倒，置酒为敬"。据李定夷《民国趣事》记载，连权倾一时的李鸿章见到宋育仁，也连连夸他后生可畏，甚至还出人意料地指着自己的座位说："虚此待子矣。"

当然，朝中也有讨厌宋育仁的官员，而且非常倒霉的是，县官不如现管，其中一个就是他的顶头上司、翰林院掌院学士徐桐。

徐桐素以嫉恶新学、顽固守旧著称，要是给清末的大臣排个守旧榜单，徐桐稳进前三。他以理学家自命，对西方厌之入骨，据记载他"每见西人，以扇掩面"。还有一个例子，按理说翰林院掌院学士肯定是见闻广博的大知识分子，可徐桐竟死守天朝上国的心理，拒不开眼看世界，绝不相信"西班牙"和"葡萄牙"居然是两个国家，一力坚持那是英、法胡诌出来的国名，目的是在谈判桌上用来冒领更多的好处。不信也罢，这位掌院学士还振振有词地发话："西班有牙，葡萄有牙，牙而成国，史所未闻，籍所未载，荒诞不经，无过于此。"这样的人已经顽固到应该归入石头一类，自然会对倡谈变革的人深恶痛绝，徐桐把宋育仁视为"狂才"，而且帽子扣得奇大，说宋育仁是"少正卯"、"王安石"，动不动就排斥非难，给小鞋穿。

算得上幸运的是，声名鹊起的宋育仁不但在难对付的上司手里适应下来，还通过了三年一度的庶吉士毕业考，任翰林院检讨一职，成为一名正式官员。他作为政坛实习生的生涯，于此告终。

一群维新先驱的诞生

1889年春，刚成为翰林院检讨的宋育仁在北京迎来了老同学廖平。

廖平这次进京是来参加会试的，他与宋育仁同年考秀才、中举人，却晚了三年才迎来这次成为进士的机会。不过这几年的时间廖平并不全花在准备应试上，他在《今古学考》赢得盛誉后的第二年，就开始了新一次的学术变化，从平分今古转为尊今抑古。他认为古文经学是西汉时刘歆等人篡乱的伪学，只有今文经学才是孔子真传，沿袭古文经学一脉、被清政权推崇的宋明理学统统都走错了道；而六经（《诗经》《尚书》《仪礼》《乐经》《周易》《春秋》）没有上古的作者，其实都是孔子借古人名义写成的，以方便自己对当时的政教礼法实行改革。"春秋既作，周统遂亡"，孔子未居帝王之位，却有帝王之德，乃天授"素王"。廖平这次进京，也带上了自己按新学术思想写成的《知圣篇》《辟刘篇》两部书稿，不过他也知道自己书中内容太有颠覆性，不敢轻易拿出来示人。

廖平考中进士后，被任命为四川龙安府学教授（龙安府辖平武、江油、彰明、石泉四县）。在回四川途中，他先是到天津拜访了在李鸿章处做客的王闿运，又继续去广州见另一个老师、时任两广总督的张之洞。八月廖平到达广州，但这一次与张之洞的见面却不太愉快，张之洞对他翻跟斗一般的新思想很不满意，又拿出"风疾马良，去道愈远"的话来告诫他。廖平正闷闷不乐之时，却有一位佩服《今古学考》的读者找上门来与他结交，这个人，名叫康有为。

此时的康有为还不是后来那个名满天下的维新派领袖，他当时正在写一本《政学通考》，想在《周礼》中找出救时的方法，偶然间读到廖平的《今古学考》，大起知己之感，听说廖平人在广州，就主动上门拜访。一见之下，两人甚为相契，廖平于是拿出自己的新作给康有为过目。

廖平拿出来的哪里是什么文章，分明就是火药桶。康有为一开始也被其中的大胆言论惊住，难以接受，回去后写了一封近万字的长信送来。据廖平本人在《经话甲编》里记载："余以《知圣篇》示之，（康有为）驰书相戒，近万余言，斥为好名骛外，急当焚毁。"

廖平没有在意，心平气和地约康有为再次面谈，且主动上门拜访。这一次谈话，谈出个"两心相协"，谈得康有为翻然顿悟，谈出了引领中国变革的《新学伪经考》和《孔子改制考》。

廖平刚把火药传到康有为手里，就被后者制成了威力巨大的炸弹。康有为把没写完的《政学通考》弃而不顾，立刻召集新收的弟子陈千秋和梁启超，协助自己加班加点。很快，以廖平《辟刘篇》为主旨写成的《新学伪经考》于1891年出版，洋洋洒洒竟达14卷；三年后，另一部遵循《知圣篇》脉络写出来的《孔子改制考》也刊刻问世，两书论点在当时可谓骇人听闻，天下为之震惊。

廖平的文章一直都是书稿，到1897年才与世人见面，康有为反倒抢在了他这个开创者的前面。不过梁启超在自己的《清代学术概论》中证实："今文学运动之中心，曰南海康有为。然有为盖斯学之集成者，非其创作者也。有为早年，酷好《周礼》，尝贯穴之著《政学通议》，后见廖平所著书，乃尽弃其旧说……有为之思想，受其影响，不可诬也。"

被称为思想界大飓风的《新学伪经考》问世之时，宋育仁刚从翰林院检讨任上被派到广西省担任乡试副主考。从政治中心来到南方边境，一路上跨越数省，亲眼目睹内地疮痍满目，边境水陆门户洞开，给予了宋育仁深刻的印象。也就是在这一年，他继续完善了始于1887年的著作《时务论》，并增添了专论外交的《时务论外篇》。

1893年，宋育仁又添新著，一部《守御论》阐述了他的军事思想，提醒全国"上下竞竞，知敌国之环窥，而不敢苟安于无事"，提出"大治军旅以重边防"等措施，该文稿后来曾在《渝报》上刊登。

在此期间，宋育仁继续与维新派人士保持着密切的联系，而19世纪90年代的初期，正是西方文化对中国产生冲击的转折点。1840年以来，西学的扩散一直被局限在通商口岸范围内和数量有限的洋务官员中，人们对西方产生了一定的好奇，但精神生活和政治理念却始终建立在旧的儒学传统之上。而且对西方的好奇也十分有限，江南制造局于1865年建成，但它的译局翻译的西方出版物销路很窄，成立20年来，总共才卖出不到一万部。

叁 翰林院：不安分的书生

经历了数十年之后，这个思想鸿沟开始缓慢地发生变化，西方的思想价值观念从通商口岸大规模向内扩展，为19世纪90年代初士人们的思想变化提供了决定性的推动力，国人对西学的兴趣从"术"（技术知识）慢慢转向"道"（政治制度和思想体系）以及"教"（西方宗教）等方面。

　　这一切的变化，使得19世纪的90年代显得如此不同。

　　宋育仁的朋友们开始纷纷推出自己的著作，内容重心大多系于改革。宋育仁在为老朋友陈炽1893年出版的《庸书》撰写序言时，把陈炽比作贾谊一样的人才。陈炽是光绪举人，历任户部郎中、刑部章京、军机处章京，曾遍游沿海各商埠，并考察香港和澳门，主张学习西方以求自强，并撰写了《庸书》内外百篇，倡言"核名实、明政刑、兴教养，设报馆、办学校、兴工商"，以强兵富国。《庸书》至今名声犹甚，陈炽当年选择宋育仁为自己作序，从一个侧面显示了此时宋育仁的影响力已非同小可。

　　这一年还有一本维新派的名作面世，就是由陈炽作序、郑观应积20年思考而成就的《盛世危言》。陈炽在序言中认为中国处于不得不变的境地："闭关绝市而不能，习故安常而不可。"而郑观应这本书，就是在认真考虑如何从传统社会向现代社会转变，《盛世危言》是一个系统地学习西方社会的纲领，内容几乎包括建设现代国家和解决当前危难的所有问题。《盛世危言》出版时，正值中日之间战争一触即发，国内民族危机感极重，该书一出即以极快的速度传播。据说《盛世危言》曾呈给光绪御览，光绪下旨"刷印二千部，分送臣工阅看"。张之洞亦评："上而以此辅世，可为良药之方；下而以此储才，可作金针之度。"

　　近代的革新人士很少不受《盛世危言》的影响，包括康有为、梁启超、孙中山、毛泽东等。孙中山跟郑观应是老乡，两人交往相当密切，《盛世危言》中也收录过孙中山发表在报纸上的文章；《西行漫记》则记述了毛泽东在1936年回忆青年时阅读该书的感想："这本书我非常喜欢，作者是一位老派改良主义学者。"该书被重印20余次，是中国近代出版史上版本最多的书籍。

这一时期也是中国近代史上思想的爆发期之一，维新人士纷纷涌现，而宋育仁则是他们之中的佼佼者。

《剑桥中国晚清史》中说道：

> 19世纪90年代初期维新派的著作有其特色，他们和在此以前数十年中的那些人有肯定的区别。几乎所有维新派思想家都在不同程度上逐渐接受了西方的国民参政观念。这在他们提倡的议会制以及他们中有些人所称的"君民共主"中可以清楚地看出来。……他们当中最著名的是宋育仁、陈虬、汤震、郑观应、陈炽和何启。

但这些人之间也有不同，"与传统国家制度的广泛批评相比，这些改良者一般还没有批评旧秩序的信仰思想基础（即儒学）。事实上，他们中间有些人，特别是宋育仁，不惮其烦地以保卫儒家和维护纲常名教的正当性为己任"。

1893年，宋育仁眼界已开，向往着更为壮观的未知领域，心中萌发出游历西国、脚踏实地"睁眼看世界"的强烈念头。宋育仁很快就把想法付诸行动，找到兵部尚书孙毓汶举荐他为驻英、法、意、比四国公使参赞，出使欧洲。

所愿得遂，正在意气风发之时，宋育仁却接到了一个不幸的消息，与他感情最深的姐姐，年仅36岁的宋令修在老家溘然而去。宋令修弥留之际，封好自己平生所著诗词文稿四册，艰难地伏在枕上写下最后的留言："寄京请芸子三弟选刊，姐临终托。"

因为自幼就失去了父母，对于他这个家中长子，宋令修一向呵护有加，宋育仁当年离家就读尊经书院时，姐姐也经常来函探问。后来他孤身赴京，赶考入仕，这一别千山万水，再会难期，宋令修垂泪给弟弟赋诗："万里关河珍重去，明朝相忆在孤舟。"此后，还在病中作诗《上元夜病中望月忆芸弟》，寄语远方的亲人。

之前虽说相隔甚远，但既然功名初就，总会有衣锦还乡的欢聚之时，可没想到一时的暂别就这么成了永诀，宋育仁即将展翅欲飞，最亲近的姐姐却已经看不到他搏击长空的时光。功业的蓬勃欲放与亲人的遽然离去在这一刻交织，人生悲欢无常的滋味，莫过于此。

肆

1894：甲午之梦，欧罗巴

　　大清帝国尚有最后一点余勇可贾，英国观察家强调："亚洲现在是在三大强国手中——英国、俄国和中国。"

出使：先行者的哀愁

1894年，法国的卢米埃尔兄弟发明了活动电影机，顾拜旦开创了现代奥运的纪元，这是整个人类共同的福音，世界的文明史又往前迈进了一步。

但对于还没有成为世界大家庭一员的清朝人而言，新的艺术形式和体育运动都跟他们毫无关系，至于1894年，这个按传统该称作光绪二十年或光绪甲午年的数字，原本也没有什么特殊之处。

若是站在100多年后的今天乃至更久远的时间内，去回望19世纪以来的中国，1894年则注定成为人们心中一个难以释怀的年份。

这一年是中日甲午战争的开端，这场国与国的搏斗将直接确定亚洲的格局，失败者的血肉将成为胜利者崛起的补品，帮助后者从猎物提升到猎手的行列，列强们将关注的目光寄托在远东，像秃鹫向往腐尸一样饥渴地期待着结局的诞生，对败者的掠夺将成为一场集体狂欢的盛宴。

整场大战的序幕从丰岛海战拉开，中国朝野满怀信心地把希望寄托在数十年洋务运动的成果——北洋水师身上，在1894年，在这场彻底击碎大清帝国传统与自信的跨年战争的初期，其结果看上去仍是一团迷雾。

过去的几年，是中国在19世纪下半叶发展最稳定的时期。

中法战争结束到现在已有9年，期间内无大乱，外无强仇，与西方各国都处于比较平和的状态。而以"富国强兵"为目标的洋务运动，历经30年总算有了些成果，北洋水师从欧洲买来的火力在配备上看来堪称远东第一，主力舰"镇远"、"定远"各装305毫米口径的大炮4门，装甲厚度达到304毫米，是整个亚洲最令人生畏的铁甲军舰，其威慑力相当于今天的航空母舰。

当时中国的国势看起来似乎并不比经过明治维新的日本虚弱，老旧的大清帝国尚有最后一点余勇可贾，英国的观察家甚至强调说："亚洲现在是在三大强国的手中——英国、俄国和中国。"

中国貌似正在走向光明。

就在1894年春，时年37岁的宋育仁身任使节，扬帆起航，前往欧洲。他从未有过出国的经历，所谓的外交经验也无从谈起，驻外使节这个职位所包含的意味，更是复杂难言。那个时代的国人对外交的看法，是生活在现代的人们很难想象的，宋育仁的前辈、清代首位驻英公使郭嵩焘的遭遇，甚至足以让后来者裹足不前。

退回到20年前的1875年，清廷被迫派出了有史以来的第一任驻外使节，而当时不幸被摊派到这个职位的人，就是湖南人郭嵩焘。

郭嵩焘字筠仙，进士出身，太平军兴起时曾协助曾国藩建立湘军，后来又致力于西学，以精通洋务闻名。1875年初，英国教士马嘉理在云南与当地居民冲突后被杀，史称"马嘉理案"，清廷交涉后答应派出公使前往英国致歉，人选就是洋务高手郭嵩焘，结果舆论大哗，时人认为他"文章学问，世之凤麟。此次出使，真为可惜"。而郭嵩焘也因为没有誓死推脱，顺带被骂了个狗血淋头。

之所以有这种反应，是因为那时候人们心中并无"外交"二字，对外交官的看法更是离谱，将之视作丧权辱国的人质，天朝居然要向西夷送人质，简直是礼崩乐坏、国将不国。

宋育仁的老师、郭嵩焘的老朋友王闿运就是这么看的，他在《湘绮楼日记》光绪二年（1876）九月十八日记载："闻郭嵩焘刘锡鸿即赴西洋，衔命至英吉利，实以马嘉理之死往彼谢罪，尤志士所不忍言也。"湖南老乡们反应尤为激烈，觉得他出使外洋辱没乡梓，呼吁开除他的省籍，湖南士子也为抗议他出洋而罢考当年的乡试，还有人准备把他老家的房子付之一炬。虽然老乡们的反对行为并没有真正实现，但郭嵩焘从此被人看成"湘奸"，声名狼藉。

就是在这种巨大压力下，1876年12月，郭嵩焘从上海起程前往英国。出发前，清廷应总理衙门的奏请，命郭嵩焘将沿途日记寄送回国，他也如此照办。

1877年1月到达伦敦，郭嵩焘将几十天的日记题名为《使西纪程》寄回，从途经国家的风土人情，到土耳其开始设立议会，苏伊士运河正在用机器贯通……一一作了介绍，言中多有赞美。

总理衙门将此书刊行，这一下捅了马蜂窝，顽固派们轰然而上，对郭嵩焘口诛笔伐。依然是王闿运的日记告诉了我们当时国内的反应，据他记载："阅《使西纪程》，迨此书出，而通商衙门为之刊行，凡有血气者，无不切齿。……阅筠仙海外日记，殆已中洋毒矣……湖南至羞与为伍。"王闿运还记录了一副流传很广的羞辱郭嵩焘的对联，把他骂成"鬼使"："出乎其类，拔乎其萃，不容于尧舜之世。未能事人，焉能事鬼，何必去父母之邦。"

大家轮番上阵群起攻伐了一通，最后由翰林院编修何金寿用正规招数收尾，以"有二心于英国，欲中国臣事之"为理由弹劾郭嵩焘，清廷顺势下令将此书毁版，禁止流传。

郭嵩焘的副手、著名保守派刘锡鸿听到国内的风声，也在使馆中扬言跟他誓不两立："此京师所同指目为汉奸之人，我必不能容。"并且开始从外国向皇帝打小报告，列举郭嵩焘的种种"罪状"。

其内容荒谬之至，放到现在无需二次创作，直接就是上乘的冷笑话，比如著名的"三大罪"：其一，"游甲敦炮台披洋人衣，即令冻死亦不当披"。华夏之民，竟然敢接受夷狄的衣服，丧身辱国。其二，"见巴西国主擅自起立，堂堂天朝，何至为小国主致敬"。参加欢迎巴西国王访英的茶会，天朝上使郭嵩焘居然起立迎接，自甘堕落。其三，"柏金宫殿听音乐屡取阅音乐单，仿效洋人之所为"。听音乐会还要学着洋人看音乐单，崇洋媚外！

刘锡鸿告的状从侧面证实了郭嵩焘在外交礼仪方面进步神速，英国人按西方标准称誉他是"所见东方最有教养者"一点没错。不过由于外界的唾骂指责太多，郭嵩焘实在难以承受，只得在任期未满的情况下奏请因病销差，清廷立即同意，以曾国藩的儿子曾纪泽接任。

郭嵩焘在骂声中出使，也在骂声中回国，此后一直在家乡隐居，再也没有被朝廷起用。等他1891年在郁闷中辞世的时候，有官员请旨按惯例赐予谥号，但最终有旨意："郭嵩焘出使西洋，所著书籍，颇滋物议，所请着不准行。"

过于领先时代的人，往往会比落后者还要被其他人憎恶。

幸好环境总是在慢慢变化，中国又经过了二十年的文化冲击，新派人士也慢慢多了起来，大家对驻外使节已经可以接受，不再像之前那么抵触，这好歹让1894年的宋育仁不至于遭受跟他前辈一样的羞辱和侮蔑，至少老师王闿运这回很给面子，没有在日记里来上一笔"当逐出师门"之类的话。

不过就算老师这时候有什么意见，宋育仁也不会将之放在心上。这个出使的机会太重要了，他是主动写了《时务论外篇》等关于外交事务的文章，引起部分重臣的关注，再由兵部尚书孙毓汶向光绪皇帝上书举荐才得到的机会。

儒家的传人谁会没有"治国平天下"的渴望与舍我其谁的抱负？对意气风发的宋育仁来说，英、法、意、比四国公使参赞的岗位只是他建功立业的开始，国家虽然积弱，却正是有为者大显身手的机会。他虽然很早就提出对西学的看法，但毕竟从没有真正设身处地感受过这一切，现在有了出使的经历，加上未来的观察和思考，宋育仁深信，这一切都将成为自己尽匹夫之力帮助中国走上富强之路的重要积累。

1894年初，另一个人也像宋育仁一样在探索着今后的道路，这个人暂时的做法是向李鸿章上书。产生了这个想法的孙中山在1月份回到自己位于广东香山县翠亨村的老家，闭门十余天写成了《上李傅相书》，高谈中国富强之道：

肆　1894：甲午之梦，欧罗巴

窃尝深维欧洲富强之本，不尽在于船坚炮利、垒固兵强，而在于人能尽其才，地能尽其利，物能尽其用，货能畅其流——此四事者，富强之大经，治国之大本也。我国家欲恢扩宏图，勤求远略，仿行西法以筹自强，而不急于此四者，徒惟坚船利炮之是务，是舍本而图末也。

　　虽然孙中山早就开始倡谈革命，但这时的新学思想中，改良主义思潮占着绝对的优势，同乡郑观应更是著名的维新派，对他的影响不小，所以孙中山还是决定尝试一下自上而下的改革之路，满怀信心地准备说动李鸿章大干一场。他通过郑观应与李鸿章的幕僚牵上线，觉得事情有门了，"孙先生快乐极了，就到天津去见老夫子"（陈少白《兴中会革命史要》）。

　　结果李鸿章对孙中山的上书极为冷淡，基本不予理会。当时正值中日开战，他得到上书以后，只是随便地说了一句："打仗完了以后再见吧！"

　　孙中山失望之下甩手就走，重新出国去了少年时的求学之地夏威夷檀香山。他这次去的目的非常明确，准备向旧日亲友集资，回国实行反清复汉的活动。

　　也许这是李鸿章一生中最大的失误，他这一举动促使"革命派"在19世纪末的中国提前登场，并于"维新派"屡次失败尝试后逐渐成为社会的主导力量，最终导致了清政府的崩塌。

梦中的欧罗巴

　　当孙中山在考虑依靠李鸿章来改造社会的时候，宋育仁的前途掌握在自己的手中，看上去一片光明。

此时的清廷并没有与哪个国家建立大使级外交关系，外派使节统统都是以公使的名义。公使龚照瑗是李鸿章的合肥老乡，两人关系非常密切，龚照瑗能做这个公使也是因为李鸿章的推荐，不过他并不是一个值得特别关注的人，在近代史上几乎没有留下任何闪光点。

宋育仁作为公使参赞出使欧洲，实际上是整个使团的二把手。但公使和参赞并没有同时前往欧洲。1894年初，宋育仁先从上海坐轮船出发，路过香港，越马六甲海峡，入印度洋，经锡兰（现斯里兰卡）、埃及，穿苏伊士运河，跨地中海，最终抵达法国马赛。

这一路上，带着初出国门的新鲜，眼前所见一切都是那么的值得书写，宋育仁不禁诗兴大发，且行且吟。他的弟子赵炳麟在《柏岩感旧诗话》中有所记录："宋芸子师育仁，喜为诗，所刊《问琴阁诗集》，皆早年在翰林时作……余记其参使法国时各诗。"

且看宋参赞的行吟：

《渡地中海》：海中有物令人思，临海甘英渡已迟。今日地中真凿空，当年博望惜无诗。仰瞻斗极天垂处，挥手河梁日暮时。沙漏一程三万里，乘槎汉使不曾知。

《至巴黎》：树抱楼台海气青，江南四月雨兼晴。坊高日隐前朝字，车转雷喧昨夜声。日饮葡萄忘正味，古传桑艾失方名。绿瀛三变成田后，修到人天第几生？

《题拿破仑墓》：重橡四启象明光，下有幽宫葬故王。陪辇几人居此室，生天何处傍诸方？三年成椁名先灭，百战搴旗国早亡。幸免血流诸国土，夕阳愁照纪功坊。

从宋育仁的诗《至巴黎》和《题拿破仑墓》里我们可以看出，他在来到法国之前，已经对当地的风土人情做了相应功课。曾经有个笑话讲清末的科举考试，某年有个题目是《项羽拿破仑论》。有位考生实在不知拿破仑是何方神圣，冥思苦想半日，终于提笔破题："夫项羽，力拔山兮气盖世，岂有一破轮而不能拿乎？"实际上，并不是守旧的士人才能闹出这种笑话，在中国的洋务派里面，也很有一些推崇船坚炮利，却对西方的风俗与历史一无所知的人。

宋育仁在法国的时间并不长，他在巴黎短暂逗留后，5月初就渡海前往伦敦。

宋育仁抵达伦敦的时候，龚照瑗还在国内磨磨蹭蹭。虽然1893年11月初他就接到了任命，并且在北京做出高姿态："赶凉出发，以免薛使（前任公使薛福成）归帆受热。"但一直拖到1894年4月，龚照瑗才踌躇满志地登上了法国公司的轮船，起程赶赴欧洲，于5月18日晚到了马赛，等他从马赛到巴黎，再与薛福成交接完毕时已经是5月底。

薛福成是清末著名的外交家，甚至可以说是那个年代极少数懂得外交和国际法礼的中国人之一，他也是一个出色的改良主义政论家，在中国近代思想史上有不容忽视的地位和影响。可惜57岁的薛福成没能继续做出贡献，他在归国后因病去世，也让龚照瑗之前的高姿态显得十分尴尬。

薛福成任职期满，于5月底离开巴黎，往马赛登上了归国的轮船，7月初抵达上海。由于一路上饱受红海的酷热和闽洋台风之苦，弄得困顿不堪，所以一到上海就缠绵病榻，7月底，他更是忽然感染了流行性疫病，雪上加霜，深夜便猝然长辞。当时上海的各界人士还为薛福成举行了声势颇大的出殡仪式，来表示对这位思想家、外交家的哀悼之情。

龚照瑗到法国进行交接后，并没有急着前往英国。因为他担任的具体职务是出使英国、法国钦差大臣，在法国也需要投注相当的精力，于是先在巴黎开始了一系列的外交活动。本来他还考虑去意、比两国巡视一番，结果由于法国总统卡诺于6月24日在吕宋（今菲律宾）被暗杀，龚照瑗索性留在巴黎处理吊唁事务。一直到朝鲜局势紧张，日本又抢购了本是中国订制的"吉野"舰，李鸿章在国内如坐针毡，发电报催他前往英国购舰，龚照瑗才于7月中旬赴英。

　　与宋育仁抵英同年（1894）建成的伦敦塔桥，是大英帝国的象征，有"伦敦正门"之称。

这样一来，除了代替公使管理伦敦使馆和进行一些外交拜访外，宋育仁有了一段充分自主的时间。

　　这时的伦敦，跟国内的城市完全两样。19世纪末，第二次工业革命进行得如火如荼，欧洲强国的社会面貌正在发生彻底的变化，交通运输、工业、商业，乃至社会风气都有了重大变革，而中国还处于传统的农业社会中，工业和城市发展极为落后，使节们离开祖国来到欧洲，看到的就是这幅迥然不同的景象。

　　数任公使都情不自禁地对这片繁华景象发出了惊叹，心情大体上跟唐朝时来到长安的外国人也差不多了。郭嵩焘记载了自己初抵伦敦时的第一印象："街市灯如明星万点，车马滔滔，气成烟雾。阆阓之盛，宫室之美，殆无复加矣。"而薛福成则对巴黎留下了深刻的印象，他本以为上海汇聚了诸多洋人，风貌又与内陆殊异，算得上繁华的象征，但来到巴黎后被震撼得无以复加，觉得简直不可思议，"街道之宽阔，闻阓之宏整，实甲于地球"。

　　连那个往国内打郭嵩焘的小报告的副使刘锡鸿，都情不自禁被西方先进的工业文明所"腐化"。刘锡鸿在国内时对火车嗤之以鼻，誓死抵制，大有准备骑马坐轿穿越欧洲的架势，结果到伦敦破题儿头一遭坐了一回火车，顿时大为倾倒，在《英轺私记》中记载，"电驶风驰，仅及一时，已竟二百七十余里"。进一步体验英国的铁路交通后，他更是对能坐在车厢里从容阅读感觉上佳，手舞足蹈地描述火车"其贵者所乘，则锦壁、绣帘、文榻、画案，瓶添净水，盘供鲜花。虽轮行如飞，风霆贯耳，终不改书斋闲憩之乐"。

　　发生在刘锡鸿身上的变化其实并不出人意料，这差不多也是清政府的标准反应模式。就跟有了电报之后，没有谁会坚持只依靠八百里加急一样，再守旧的国家和人群，在面对提升人类生活质量的巨大文明成就之时，也只能被吸引同化。

　　对于宋育仁而言，所受的震撼远比刘锡鸿之辈更加巨大，国外的一切相对于依托国内现实产生的想象而言，显得更加不可思议。作为一名胸中有大抱负的知识分子，宋育仁不仅仅是对整洁的城市面貌和先进的工业文明发出感叹，他急于探索让这一切实现并不断前进的法统政治，并尝试将其与中国的现实需求联系起来，在传统道德框架下创造实现新时代文明成果的全新机制。让中国重新崛起于世界之林，这才是宋育仁对自己发出的终极挑战。

在伦敦期间，宋育仁积极与各方人士交往，不管是政治家、学者，还是工商界人士、记者，他都多方接触。宋育仁最感兴趣的是英国的议会、财政和教育制度，他频繁出入于议院、学校，多次带着翻译，由英国朋友陪同聆听国会的会议现场，对英国的政治构架和运作考察颇多，对社会风俗、宗教、法律等也都进行了力所能及的研究，归国后，他将这些交流情状与心得结集成书。

此前的驻英公使郭嵩焘、曾纪泽、薛福成等都以日记形式记录了所见所闻，偏偏龚照瑗没有留下片言只语，幸好有宋育仁的著述弥补。宋育仁的考察结果主要体现在他归国后所著的《泰西各国采风记》一书里，内容主要分为五类：一政术，二学校，三礼俗，四宗教，五公法，加上《时务论》一起发行。用哲学的理论来解释，《采风记》一书主要是反映宋育仁的世界观，《时务论》才是他阐述自己解决之道的方法论，所以宋育仁在写完《采风记》之后大幅重订了《时务论》，从13个方面论证了西艺、西学及西政在中国古已有之，又从14个方面论述了如何复古改制。

应该说宋育仁对当时的世界有着相当不错的认识，他把欧洲诸国分为帝国、君主国和民主国家，对各国实行民主政治的时间，以及近百年来势力格局的变迁都进行了准确描述。他著作里中西交融的观点很多，比如宋育仁极力推崇英国的议会制度，于是从周礼的角度出发，论证了中国应设议院，而且会比外国事半功倍；在研究西方宗教时，他觉得基督教和墨家学说相似，而耶稣座下殉教的弟子也颇有可敬之处，宋育仁更是以屈原来互比，但他也看到西方信仰渗透力的可怕，提出要译"六经"来反攻这种文化侵略。

据宋育仁记载，当时西方学者对中国文化感兴趣者甚为稀少，除了因国力差距带来的交流壁垒，根源在于以忠孝为核心的孔教文化和

宋育仁使欧著作《泰西各国采风记》

以信仰为核心的西方文化很难对接，向西方翻译中国典籍的传教士们只懂文字，不通经义，无法传达精髓。他以理雅各在牛津东方学会演讲《屈原传》举例，在座的英国学者都难以理解屈原的行为，甚至质疑其真伪。宋育仁恰逢其会，于是以耶稣门徒殉教类比屈原殉国，将中国忠君护民的价值观与西方的护教保教等同起来，众人才觉恍然。

《采风记》出版后在当时影响很大，蔡元培曾经在1897年7月28日的日记里写下自己的阅读感受，称宋育仁此书"宗旨是以西政善者，皆暗合中国古制，遂欲以古制补其未备，以附于一变主道之谊，真通人之论"。整整一个世纪之后，由钱锺书主编、北京三联书店1998年6月出版的《郭嵩焘等使西记六种》，将包括《采风记》在内的六种中国外交官直面西方的最初记录重新断句、注释，隆重推出。

《采风记》一书现在依然可读，从中可以体会一位真正的中国传统知识分子，在面对先进文明时的真实态度和真切反应，这可是中国人几千年来从没有过的经历。另外，宋育仁虽然是经学的忠实捍卫者，但他一贯主张经学研究要从现实应用出发，所以书中很多观点并非人云亦云，而是重申与强化了自己在国内就提出来的理论："西政合于《周礼》"、"复古即为维新"，并举出大量实例。这个理论现在的人可能不太好理解，但在那个时代却不失为有效的催化剂，可以为社会改革的实施抹去许多不必要的阻碍。平心而论，纵览全书的观察和论点，已经是19世纪末中国官员在理论和思维上所能达到的最高水准。

当然，宋育仁感受最深的还是"君民共主"的立宪政治。说到底，中国的士大夫阶层其实从内心深处认为，打理天下这种事情还是该交给自己，所谓"圣天子垂拱而治"，皇帝只需要代表国家的尊严就足够了。英国竟然以君主立宪的方式将中国知识分子的梦想变为现实，而且整个国家在这种制度下欣欣向荣，呈现出一片繁华兴盛，这让欣羡不已的宋育仁暗中下定了决心，经过努力，有一天，这也许会成为中国的未来。

没有硝烟的战争

宋育仁在欧洲感受西方文明的时候，一场战争正在逼近亚洲。

日本自明治维新后，国力提升迅速。1893年起，明治天皇又决定从自己的宫廷经费中每年拨出30万元，再从文武百官的薪金中抽出十分之一，补充造船费用。举国上下士气高昂，以赶超中国为目标，准备找时机进行一场以"国运相赌"的战争。

而这个时候，北洋水师的枪炮弹药却停止了更新换代。原因很简单，钱都投入了颐和园的整修工程。因为慈禧太后她老人家发话了：

"光绪登基时年幼，我不得不垂帘听政，现在我什么都不过问了，修修花园养老还不行么？"

1890年，北洋海军2000吨位以上的战舰有7艘，整支舰队规模共27000多吨；而日本海军2000吨位以上的战舰仅有5艘，共17000多吨。但到了甲午战争前夕，日本已经建起一支排水量72000吨的海军，全面超越了北洋水师。

1894年春，朝鲜爆发东学党农民起义，朝鲜政府请求清政府派兵协助镇压。清政府接到朝鲜政府请求后，派直隶提督叶志超、太原镇总兵聂士成率淮军2500人分批赴朝，日本也于同时派兵入朝。朝鲜起义事件平息后，清军要求日军与自己一同撤军，但日本此时已决心吞并朝鲜，借机扩大事端，向中国发动战争。

7月23日，日军攻占朝鲜王宫，拘禁国王李熙，中日冲突已不可避免。25日，日本海军不宣而战，在朝鲜丰岛海域击沉中国运兵船"高升"号，以丰岛海战拉开了中日甲午战争的序幕。

当时，"高升"号运载着1116名清军士兵由天津驶往朝鲜，途经丰岛海面，遭到日舰的突然袭击。护航的"操江"号被掳，"高升"号将士拒绝投降，被日舰"浪速"号击沉，除了船长、大副等少数英国工作人员外，"浪速"号对其他落水人员置之不理。最后只有200多人被路过的法国船只救起，近千名官兵殉难，史称"高升号事件"。

"高升号事件"发生后，十分吊诡的是，被偷袭一方的清政府像打了鸡血一样兴奋，偷袭成功的日本政府反而深为惊骇。首相伊藤博文当面痛斥海军大臣西乡从道，而日本外相陆奥宗光在写给伊藤博文的信中说："此事关系实为重大，其结果难以估量，不堪忧虑。"

这些不合常理的反应说穿了其实很简单："高升"号虽然在为清军服务，但它却是一艘悬挂着英国旗帜的英国商船，船上的主要工作人员也都由英国人担任，清廷只是向其所有者印度支那航运公司付费租用而已。"高升号事件"看上去是发生在中日之间，但也可以理解为日军向英国船只发起了攻击。从某个角度讲，这一事件很可能比中日战争的本身更为重要，因为它将直接影响英国日后的态度和倾向，而这完全足以决定这场战争的胜负走向。

实际上，不但英国国内民众群情激昂，巡弋在东亚的英国远东舰队也立刻做出了强硬反应，舰队副司令弗里曼特尔不仅派船前往出事地点进行搜索，还准备派遣舰船去找寻进行偷袭的日本舰队，同时通报了东亚海域内的英国船只，要为他们提供武装护航。

弗里曼特尔在发给英国海军部的电报中建议："我方应要求立即罢免并拘捕'浪速'号舰长，和那些在两国政府谈判期间指挥军舰卷入事件的高级官员。若不遵从，我应被授权实行报复。最重要的是，应当做些事情以弥补大英旗帜所遭受的侮辱。"

为了让形势偏向对自己有利的方面，中日双方的官员们集体忙碌了起来，无声而激烈的外交战争在各地打响。

李鸿章曾总结说："国际上没有外交，全在自己立地。譬如交友，彼此皆要有相当的资格，我要联络他，他也要联络我，然后够得上交字。若自己一无地位，专欲仰仗他人帮忙，即有七口八舌，亦复无济于事。"

弱国无外交，这个看法不能说不对。但当英国这个世界头号列强眼中的两个次等国家——中国和日本就同一事件展开运作时，技巧与能力就起到了相当重要的作用，而此时本来占据先手的中国，就犯了李鸿章口中的大忌，"专欲仰仗他人帮忙"，这其中也包括他自己。

李鸿章在天津接到"高升号事件"的消息后，迅速会见了英国驻天津总领事宝士德，强烈抨击日本人的行为，希望英国舰队司令对日本人采取断然措施，他在宝士德面前强调："他们打了你们的脸，击沉你们的船，一点也不把你们公使的调停放在眼里！"

消息传到北京后，总理衙门大臣、庆亲王奕劻也紧急约见了英国公使欧格讷，不过遗憾的是，双方都对彼此缺乏足够信心，对于开战的前景更是没有把握，谈话并没产生任何积极的成果。但总理衙门在事后向皇帝的报告中，居然臆造了英国公使欧格讷的表态，"既日本将英船击沉，或竟调水师前往，亦未可知。"

向英国人申诉过后，清政府仿佛看到了一丝曙光，开始期待从伦敦传来的好消息。

　　另一方面，日本政府的自救思路相当清晰，外相陆奥宗光立刻下令按照国际惯例对此事件进行调查。一周内，日方进行了大量的证据准备工作，形成了著名的"末松调查"。内容包括对日舰"浪速"号军官、获救的"高升"号船长和大副的笔录，以及其他一些证词，为日本海军的攻击行动开脱罪责，而且确实在英国政府的海事审判听证会上起到了很大作用。其次，陆奥宗光又对驻英公使作出具体指示，要求在伦敦展开危机外交，并提供了大笔活动经费，用于公关英国媒体和专家。同时亲自向英国驻日公使巴健特申明，日本将严格按照国际法办事，如果确定责任在于日本海军，则日本将承担所有赔偿责任。

　　抛开中日双方在外围的应对不提，英国政府的最终表态是关键所在，这场外交战争的决定性战场还是在伦敦，交手的其中一方是日本驻英公使青木周藏，他的对手正是龚照瑗和宋育仁。

　　不幸的是，双方的胜败一开始就已经被注定，因为中日之间外交水平的差距，比北洋水师和日本海军的吨位差更要大得多。

　　与日本将外务省置于一切政务部门之首、实施政府整体外交不同，清政府虽然不再将派驻使节视作羞辱，但主管外交的总理各国事务衙门听上去气势虽足，实际最多算得上一个"统战"机构，依然是让领导层觉得碍眼的存在。决策层的一些重要信息并不能及时、准确地通过总理衙门向世界传递，官员们也经常奉行鸵鸟政策，因循怕事，翻遍衙门都难以找到一个真正的外交人才，更谈不上什么建设职业化外交官队伍了。

　　具体到龚照瑗和宋育仁而言，可以说是"非战之罪"。从未经过专业外交训练的传统知识官僚，对国际惯例、对外礼仪、风土人情、世界局势等大多是一知半解，在交涉方面有着先天上的不足。至少宋育仁在关于出使的文稿中，并没有着重讲述过中方在"高升"号事件上的种种努力，说明无论是龚照瑗或他自己，都没有真正认识到这个节点在全局中的重要性，更不要说把这一事件和战争的胜负直接关联起来，从而围绕此事展开运作，尝试引导英国的舆论和决策。

而他们的日本对手青木周藏却是个世界一流的外交专家。青木是19世纪的欧洲"海龟"，不但在德国留学学习法律，还娶了一位德国妻子，英语和德语都十分流利。他对国际局势和相关法律都有着深刻的了解，还能灵活运用媒体舆论，甚至可以直接用外语为报纸写作。

在任驻英公使前，青木还曾担任日本外相，全面主导日本的对外政策，与日本国内最高决策层的沟通非常顺畅。对信息掌握充分，判断力和执行力都十分强大，能迅速将政府意图转化为外交行动，并通过一系列手段推动最终目的实现。青木周藏这样高水准的外交人才，当时的中国连一个都没有，不要说龚、宋二人，即便李鸿章亲自上阵也只有一败涂地。

"高升号事件"发生前十天，青木周藏刚刚与英国完成了《日英通商航海条约》的签订，收回英国在日本享有的治外法权，让日本成为亚洲第一个摆脱西方殖民控制的国家。这个成就辉煌得让人难以置信，一时世界瞩目，让他在英国各界拥有极高的人气。在"高升号事件"发生后，青木周藏立即约见英国政府首脑，连连道歉，并且低三下四地赌咒发誓，声称要坚决追究肇事海军军官的责任。但随着"末松调查"的出炉，日本大有希望摆脱责任，他又马上跑到英国外交部，强烈抗议英国商船不严守中立，并且对英国远东舰队要为东亚海域内的英国船只武装护航一事大加反对。

青木周藏还使出了盘外招数。他在战争之前就已经摸清了英国媒体的情况，此时活动经费在手，正好开展强力的"舆论引导"工作，争取到一些英国专家公开为日本辩护。8月3日，剑桥大学教授韦斯莱克（John Westlake）在《泰晤士报》上刊文为日本辩护，认为日本击沉"高升"号是合理合法的行为。6日，《泰晤士报》又刊登了牛津大学教授荷兰（Thomas Holland）同样论调的文章，称日本不需要向英国道歉，也不需要向"高升"号的船东、或罹难的欧洲船员亲属赔偿。格林威治海军大学教授劳伦斯随后也发表演说与他们呼应。

这一套青木氏组合拳下来，英国的舆论渐渐变了风向。先是8月的两次听证会结论都对日本有利，到11月，英国官方最终裁定：日本在此事件中不需要承担任何责任。

清政府所有的期盼就此落了空。

"高升号事件"是甲午战争初期最重大的国际政治事件，英国政府的处理结果，不仅影响到中国和日本，对英国的亚洲政策、俄国的远东关系、东亚的新格局建立都有着最直接的作用力，也为列强在东亚的利益地图勾画了新的格局。

此外，"高升号事件"还导致了一个没有显现出来的后果。不宣而战的行为给日本带来了良好收益，令他们沉迷于这种美妙的体验，从甲午海战到日俄战争、再到对华侵略、一直到偷袭珍珠港，日本像偷窃糖果的小孩一样，在被发现并严厉阻止以前，锲而不舍地试图复制这份甜蜜，而最终为之买单的大人，是包括英国在内的整个世界。

隐没的传奇：一个人的舰队

"高升号事件"发生不到一周，1894年8月1日，中日政府同时宣战，甲午战争正式爆发。

9月17日，双方在黄海北部海域展开了首次战役规模的激烈海战，最终以北洋水师损失5艘军舰，死伤千余官兵，邓世昌等将官力战阵亡为结局。

此前，龚照瑗一直遵李鸿章之命，在英国多方筹购军舰，忙了半天却只买到一艘鱼雷炮舰，还因为英国新颁布严禁向交战国双方出售兵船的法令，一直滞留原地，无法运回。海战后，北洋海军亟待补充。李鸿章购舰心切，电令龚照瑗抓紧着手，"克日订购，此机万不可再失。现在军情紧急，价值多寡，无关重轻"。

中日甲午海战中的日军舰队

龚照瑗也算尽心，不但在英国努力奔走，还曾设法求购其他国家的军舰，把主意打到了德国、巴西、智利、阿根廷身上，船的来路更是五花八门，大小新旧俱全。

此时的宋育仁正在密切关注国内的情况，不过他收到的都是些坏消息。

黄海海战之后，北洋海军被命令返回威海卫港内，保存实力，"不许出战，不得轻离威海一步"，如此一来，黄海海域的制海权被拱手让给了日本海军。10月24日，日本陆军第二军2.5万人在日本海军的掩护下，开始在旅顺后路上的花园口登陆；11月6日，日军进占金州；7日，日军分三路向大连湾进攻，因清军自行溃散，不战而得大连湾；日军在大连湾休整10天后，开始向旅顺进逼。

当时龚照瑗的堂弟、道员龚照玙驻扎在旅顺，为前敌营务处总办，共辖33营，约1.3万人。18日，日军前锋进犯，龚照玙竟置诸军于不顾，乘船逃往烟台。21日，日军向旅顺口发起总攻。22日占领旅顺口并血洗全城。

这是中日双方的关键一战。

旅顺口失陷后，日本海军在渤海湾获得重要根据地，中国北方门户洞开，北洋舰队又深藏威海卫港内，战局更加急转直下。

宋育仁看到国家一步步落入危局，心焦如焚，却又想不出办法。日军攻过鸭绿江的时候，他就曾主动联系后方，希望能够把自己召还国内，好为前线出力，后来战事越发紧急，宋育仁甚至决意辞职归国。正在左右为难，龚照瑗却突然被叫回国述职，因为他的匆忙离去，宋育仁暂时留守伦敦，担任代理公使一职。

正在这时，使馆翻译王丰镐引介来一位名叫哈格雷甫的英国海军预备役军官，宋育仁从他那里得知了一个令人惊诧的消息，哈格雷甫曾于此前向龚照瑗献计，由怡和洋行、哈格雷甫、龚照瑗三方立约，以哈格雷甫代购的方式规避英国在船只出售上的中立禁令，再就地募兵前往中国参战。

商议完毕后，龚照瑗却久久没有进一步回应，哈格雷甫摸不着头脑，只好找上门来。

宋育仁查阅了使馆的往来电报记录，才知道龚照瑗确曾把此事向国内汇报。但不知道出于什么原因，也许是兴趣不大，也许是难以决策，当然更可能是慢吞吞的国内官员们压根儿就还没对此事进行研究，总之是好几天过后都没有任何回复。龚照瑗可能对这个计划并不看好，没有什么耐心去做国内的工作，他也不跟相关各方进行商议，立刻就又发一封电报回国，声称此事作废。不过，这个消息被他吞到了肚子里，哈格雷甫对此一无所知，还在傻等回复。

此时此刻，无计可施的宋育仁对这个谋划产生了极大兴趣，立马与哈格雷甫进行会商，打算将行动继续下去。哈格雷甫也很积极，在怡和洋行与公使馆之间反复跑了许多趟，代为联络，最后却因为怡和洋行不愿意提前垫款，终究没能成功。

事情没有做成，宋育仁的思路却大受启发。

甲午战争刚开始，宋育仁就曾对局势进行了分析。在他看来，明治维新后的日本一扫颓唐气象，散发出勃勃生机，虽然国力有限，但君臣一心，节衣缩食建设海军，到开战之时，日本海军实力已稳居亚洲第一，中国要在海上取胜非常困难。而日本的弱点在于"兵少财乏"，这个兵是指陆军，日本当时的常备陆军只有六万多人，占领和给养能力有限，中国应该将重点放在陆地防御跟战略拉锯上，用时间换取胜利。

宋育仁把自己的看法告知了国内的翁同龢、孙毓汶两位朝中大佬，但出乎他的意料，局势的发展让人瞠目结舌，清军的战斗力已经堕落得没有底线，日本陆军势如破竹，不但迅速赢得平壤大战占领朝鲜全境，还顺势攻破鸭绿江防线，在海军的帮助下占领了旅顺口。

战争的走向超出了宋育仁的设想，以陆地防御为主的战略因为清军的无能已经失效，想为当前的局势解围，必须要有新的思路。

宋育仁结合日本"兵少财乏"的现状，敏锐地发现，全力进攻中国让日本本土显得有些空虚，尤其是作为面向中国的桥头堡和重要港口的长崎，保卫力量并不强大。就算陆军和海军无法直接抵挡日本人的兵锋，但实施兵法中攻敌之所必救的计策，长崎岂不正是一个绝好的目标？

进攻长崎需要一支舰队，中国没有多余的舰船和人员储备，制海权又被日本海军控制，不可能完全瞒过日本人对长崎进行突袭。诸多碍难让宋育仁的想法无法付诸实现，不过他并没有放弃，一直在试图解决这些问题。哈格雷甫的计策让他有了茅塞顿开的感觉：没有舰船好办，在英国就地采买；没有人手无所谓，招募素质更强的外国军人；无法突破日本的海上封锁线？太简单了！舰队根本不走中国海域，从菲律宾群岛直接北上，奔袭长崎。

宋育仁为自己的想法激动起来，不过他也清醒地认识到，这个计划不能先向国内汇报。朝廷会怎么看很难猜测，万一是否定的回电，抑或像之前对龚照瑗的电报一样拖而不决，都会让整个计划搁浅。他决心趁代理公使这段时间，好好利用手中的权限，靠一己之力促成此事，等到一切准备妥当，再行请示不迟。

此时此刻，一个国家的命运似乎放到了一介书生的手中。

宋育仁立刻行动起来。

通过比利时王后弟弟的介绍，宋育仁结识了前美国海军将领夹甫士。经过一段时间的交往，他发现夹甫士是一个能力出众的可信之人，于是向夹甫士和盘托出了自己的谋划，寻求帮助。为防万一，宋育仁假称自己奉有朝廷密令，正凭借代理公使的身份，暗中在英国谋求军事上的突破。

夹甫士虽然诧异于清政府的魄力，但完全没有怀疑"密令"的真实性，因为只要有过接触，就很容易得出结论，清朝官员基本缺乏自发的进取精神。他相信这个庞大的计划只可能出自高层的授意，否则的话，四处参观考察才该是宋育仁的正常工作。

夹甫士没有辜负宋育仁的信任，他很快就完成了计划的前期准备，先是介绍了前智利海军将领麦福尔来帮助购买船只。

龚照瑗此前曾试图向智利购船，本来已经谈妥，由于智利、阿根廷两国间局势紧张，智利担忧一旦售出军舰，海军实力减弱，导致海权不保，因此临时毁约。这次宋育仁双管齐下，干脆请麦福尔跟智、阿两国一并谈判，同时向双方购买船只，避免其中一方担心丧失海上主动权。麦福尔依靠过去积累的人脉，很快就有了进展，一共谈下来十艘军舰、两艘运输船，足以组成一支小型舰队。

宋育仁又通过夹甫士邀请了英国候补议员安杰华特参与筹划，安杰华特开动脑筋，倒是真的想出来一个好主意。

此时澳大利亚还是英国的属国，有不少的英国商人在澳经商，还组织了一个商会。中日战起，亚洲各国无不惶恐，澳大利亚离东南亚很近，商贸往来频繁，商会的成员们担心会无辜被战火牵连，一直在要求成立自己的护航舰队，以达到保护商船的目的。安杰华特告诉宋育仁，他愿意利用自己在议会的影响力推动通过此事，然后通过澳洲商会的名义暗中为宋育仁购买船只，明面上悬挂英国国旗，这就可以规避相关的战争禁售条例。

对宋育仁而言，澳大利亚的出现简直是天作之合，它的地理位置让绕道菲律宾直攻长崎的计划能顺利进行，其英国属国的身份又能避免麻烦的禁售条例。更巧的是，前北洋水师总教习、副提督琅威理正身处澳洲，这个因为倔犟去职，却在北洋水师中口碑良好的军官完全配得上宋育仁的要求，他可以就地招募士兵进行训练，等到船只弹药齐备，再一举北上。

为了说服琅威理参与这一计划，宋育仁专程从英国派人前往澳洲，面告琅威理本次行动背后的真正目的，在获悉内情后，琅威理欣然加入，还表示要为中国政府"立一功"。

事情进展得非常顺利，也许是看在代理公使的头衔或是子虚乌有的"朝廷密令"上，之前受阻于怡和洋行的贷款问题，也被夹甫士介绍来的康迪克特银行一力承担。十艘军舰、两艘运输船的购买，加上弹药补充和人手募集一共需要两百万英镑，事已至此，再艰难都得继续下去，宋育仁咬咬牙，借！

要知道，1894年的200万英镑，那可不是现在这种概念。宋育仁在自己的《采风记》里有记载，当时伦敦一个普通的公司职员，月入大约8英镑，而现在伦敦人的平均月收入可是3000英镑，提升了将近400倍。100多年前的宋育仁一借就是200万英镑，相当于现在的7个多亿，而且是英镑，再加上他还谎称奉密令办差，朝廷一旦翻脸不认，那真是身家性命难保！

正在他紧锣密鼓地筹备长崎攻略的过程中，国内糜烂的战局陡然恶化。

1895年1月底，日军水陆夹攻北洋水师根据地威海卫。2月3日，威海卫陆地悉数被日军占据；11日，提督丁汝昌拒降自杀；几天后，威海卫海军基地陷落，北洋水师全军覆没。

到了这一步，中日之战其实已经落下帷幕，对于几乎丧失所有海上力量的中国来说，突击长崎的大计即便成功，也没有多余的舰队可以配合反击了。不过宋育仁依然没有放弃，他的准备工作已经到了尾声，船只弹药都已交接完毕，琅威理的募兵计划也十分顺利，眼看就要打着澳洲商会的旗号出发，万里奔袭长崎。

正在这时，离开许久的公使龚照瑗突然返回了伦敦。这么大的事情，不可能瞒过使馆的主人，很快龚照瑗就获悉了宋育仁的全部打算。

龚照瑗惊得目瞪口呆，这位副手的行为完全超越了他最大胆的想象。趁他不在伦敦期间，宋育仁借下了一辈子都还不起的巨债，用一个人的力量组织起一支舰队，招募了一批外国士兵，打算跨过三大洲，穿越三大洋，去突袭一个远在万里之外的日本城市，这简直是活生生的天方夜谭！然而，如果清军稍微争气一点，把日军拖在中国战场，这个传奇计划并非异想天开，不是没有成功的机会，只要北洋水师能再坚持一个月，胜负就有改写的可能。

"这真是……何其壮哉！"作为中国人的龚照瑗不能不在心里为之感叹。

"这简直……荒谬不堪！"作为公使的龚照瑗发出了这样的怒喝。

宋育仁的所作所为已经严重偏离了外交使节的职权范围，但龚照瑗并没有处置自己参赞的直接权力，于是将一应情况电告朝廷。这次国内的反应很是迅速，立刻命令宋育仁中止相关行为，此前的准备统统作废，参赞一职也不准再当，马上回国。

宋育仁只能收拾行李，踏上了返乡的航程。

满怀希望前来，带着失落而返，让宋育仁不禁"抚膺而泣"，一路伤心。满腔热情不被朝廷接受，奇谋为国换来戴罪之身，反而是循规蹈矩者能留在伦敦，继续在使馆中颐指气使。

宋育仁没料到的是，龚照瑗的公使职位也没能保留多久。1896年秋天，龚照瑗顺利地在伦敦绑架了孙中山，最终却没把人看住，引起巨大的外交风波，旋即清政府被英国要求将其召回，走得相当丢脸。相反，孙中山出版了《伦敦蒙难记》，描述自己的遭遇和革命志向，因此名声大噪，变成了一位颇有知名度的国际政治人物。

在回国途中，心潮逐浪的宋育仁提起笔来，写下了详述此次谋划与行动的《借筹记》一书，或许这只是为即将面临的质询或审讯准备的一份辩护词，不经意之间，它却为中国激荡的百年史留下了一部可歌可泣、近乎异域传奇的真实记录。

事隔110多年之后，直到21世纪第一个十年，这段被湮没太久的秘史才得以重新浮出，露出冰山一角，并在国内军事网站上作为个案引起网友一片惊叹。

彼时彼地的宋育仁面对茫茫大海，知向谁边？一片茫然！

自己可以说是闯下了天大的祸事，不知道究竟会受到怎样的惩处。除了自身，他更关心的还是国内的情形，《马关条约》的签订可说是奇耻大辱，让远在异乡的他觉得悲愤莫名。听说今年应试的举人对此反应极为强烈，那个研究经学走火入魔、比老同学廖平还要疯狂的康有为，带着十八省举人联署了《上今上皇帝书》，这可是大清开国两百多年来从来没发生过的大事！

宋育仁隐隐觉得，有些跟以往大不一样的变化，正在中国的土地上酝酿，犹如自己脚下的大海，别看它一时平静，不露声色，深处的惊涛骇浪，顷刻间便会呼啸而至。

伍

死水狂澜：盆地1898

宋育仁这块不甘寂寞的石头，猛砸向一潭死水，巴蜀狂澜顿起。朱德、邹容、蒲殿俊等大批年轻人深受影响，在未来岁月里，逐渐成为开启新时代的风云人物。

先声：皇城风满楼

一场战争直接改写了两个国家的未来。

日本陡然成为了暴发户，开始实现自己跻身世界列强之林的愿望。

通过1895年4月签订的《马关条约》，日本获得战争赔款白银2亿两，再加上掠夺所得约8000万两，折合日元差不多有5个亿，是当时日本政府年度财政收入8000万日元的6倍。外相陆奥宗光洋洋得意地说："在这笔赔款以前，根本没有料到会有好几亿元，无论政府还是私人都顿觉无比的富裕。"此外，日本还占领朝鲜、台湾，有了进攻中国大陆的跳板，第一次出击的收获就是如此丰硕，这极大地刺激了日本举国上下的扩张欲望。

反观中国，此前努力经营出来的一点点中兴迹象，瞬间被打得粉碎。甲午战争是对数十年洋务运动的一次检验，洋务派打着"师夷长技以治夷"的旗号，结果师夷好几十年之后，不但治不了夷，反而被后起师夷的日本掀翻在地，政府和国民自信心所受打击之大，前所未有。一贯只能充当中国陪衬的"倭寇"竟在正面战场全歼北洋水师，巨额战争赔款更是让中国的财政破产，岁入不足9000万两的清政府只好大借附有各种条件的"洋债"，在经济上向西方列强举手投降。

不过，清政府丧失了对抗的信心，并不代表着中国的民众就会沮丧到底。相反，平稳的假象被打破之后，未来无比清晰地展现在每一个中国人眼前，再也没有多余的选择，要么奋起变革争取一线生机，要么就只有人为刀俎我为鱼肉，国将不国了。

《马关条约》里规定中国将台湾割让给日本。消息一传到台湾，即有大批民众在集市鸣锣，聚会示威，发誓"愿人人战死而失台，决不愿拱手而让台"。台湾士绅随后成立了"台湾民主国"，任命曾率黑旗军在越南与法国人作战的刘永福为大将军，坚决抵抗日本接收台湾。最后，日本不得已从本土调来两个师团，从6月初打到10月底，付出近卫师团长北白川能久亲王身亡的代价，以及跟甲午战争差不多的战亡数字，才终于拿下了这个小岛。

大陆的愤怒情绪也不比台湾来得少。

1895年是会试之年，4月份正是各省举人考完会试，在北京等待发榜的时候，突然间传来要赔款2亿两白银、割让台湾的消息。全体举人大哗，台籍举人不远千里上京应试，转眼却连故乡都被朝廷拿去送人，更是痛哭流涕。

4月22日，康有为、梁启超写成18000字的《上今上皇帝书》，18省举人响应，1200多人联署；5月2日，由康、梁二人带领，18省举人与数千市民会集"都察院"门前提请代为上奏——史称"公车上书"。除此以外，大批现职官员从4月中旬就开始接连上奏，劝朝廷不可与日本签订丧权辱国的条约，上奏浪潮持续到5月初都没结束，一时人人热血沸腾，为之踊跃。

就连被朝廷派去日本签订条约的李鸿章，虽然早有受辱的思想准备，也因在交涉中遭到强烈刺激，竟然发誓"终身不履日地"。两年后，他出使各国结束，从美国横渡太平洋，中途需要在日本横滨换乘轮船，结果他坚决不肯上岸，连摆渡的日本小船都不肯坐，随员急得跳脚，最后也只好在两艘轮船之间架了木板，让这个75岁的老头从海面上蹒跚着慢慢挪过去。要不是胸中之气真是憋闷不过，颇能忍辱负重的李鸿章肯定不至于如此行事。

宋育仁从欧洲回来之前，本以为国内或许是哀声一片，现在看到这样一副群情激昂的景象，倒颇有些觉得意外。他在伦敦做的事情太过惊世骇俗，想着没准朝廷要拿他重重开刀，所以赶紧在归途的轮船上写了《借筹记》，既是阐明自己壮志未酬之情，也希望能赢得士林的支持。

　　这一步棋倒是走对了，《借筹记》很快在京城传扬开来，宋育仁因此声威大振，人人都在感叹，一介书生居然能在海外默默运筹，做出这么一件惊天大事，不管最终事有未成，但其壮志实在可佩。

　　在湖南的王闿运看了弟子专程送过去的书稿，也立刻写信过来："海外之谋，闻者壮之，事虽不成，吾弟可以自慰，惟当饮酒读《离骚》耳。"老师这是边夸边担心，既表扬他干得漂亮，同时也担心有人会找他麻烦，引用陆游的《闭门》诗做典故（《闭门》：研朱点周易，饮酒读离骚。断尽功名念，非关快剪刀。），劝他暂时偃旗息鼓，居家读书免招祸端。

　　情况的进展倒是比师徒二人预料的好上很多。

　　清廷不是没有考虑要对宋育仁严加惩处，但却对其中的关碍有些缩手缩脚。首先是忌惮舆论影响太大，宋育仁在京城原来就广有名声，从《三大礼赋》到《时务论》，不但在清流中文名甚佳，更隐隐是维新派的领袖之一。《马关条约》签订后这些爱国人士的满腔怒火无处宣泄，只好将悲愤化作奏章，雪片也似的一封封上报。现在宋育仁因为《借筹记》一书威望更加提高，对他的遭遇深表同情者不在少数，朝廷一捅，绝对是个马蜂窝。

　　其次是担心牵一发而动全身。

　　宋育仁虽然明面上瞒着顶头上司行事，但封疆大吏如张之洞、刘坤一等都曾跟他函电往来，秘密商讨，很有可能默许甚至参与了此事。主战派领袖、军机大臣翁同龢也跟宋育仁关系密切，战争初期宋育仁就曾经向他上书建策，直言对中日之战的看法，谁知道翁军机会不会也在里面有什么直接的干系，搞不好惩处一个参赞，最终倒牵扯出来一大票高官显贵。

　　另外，对于发生在英国本土的事情，清廷也实在是有点气短。

　　"潜师袭倭"牵扯了那么多洋人，有银行家，有商会领袖，有海军军官，还有候补议员，万一收拾宋育仁的时候外国人跳出来反对怎么办？刚刚被日本人打了个兜头盖脸，要是又惹得英国人不满，引发交涉危机，谁能担当得起？如果因为处置一个外交官而导致外交被动，那朝廷的面子可就丢得大了。

说到底，之前是担心宋育仁的行动使得中日和议不成，所以要立刻命他废谋归国。现在条约已经签了，日本人暂时也心满意足，清廷当然不愿意没事给自己找事，于是先让宋育仁闲置了一段时间，看各方没有进一步反应，干脆当作没这回事，把他打发回翰林院，还是去当那个从七品的检讨闲职。

宋育仁有惊无险，面临的艰难关卡算是过去了，但国内沸腾的情绪远未平息。

络绎不绝的上书事件在年中达到了一个高潮，那些不甘的呼声在7月19日竟然得到了皇帝的回应。

爱新觉罗·载湉，大清帝国名义上的最高领袖、24岁的年轻帝王，再也无法忍受《马关条约》所带来的奇耻大辱。

光绪把满腔恼怒都化成圣旨，明确向全国昭告自己渴求富强的强烈愿望：

> 自来求治之道，必当因时制宜，况当国势艰难，尤应上下一心，图自强而弭祸患。朕宵旰忧勤，惩前毖后，惟以蠲除痼习，力行实政为先。叠据中外臣工，条陈时务，详加披览，采择实行。如修铁路、铸钞币、造机器、开矿产、折南漕、减兵额、创邮政、练陆军、整海军、立学堂，大抵以筹饷练兵为急务，以恤商惠工为本源，皆应及时举办。至整顿厘金，严核关税，稽查荒田，汰除冗员各节，但能破除情面，实力讲求，必于国计民生，两有裨益。著各直省将军督抚，将以上诸条，各就本省情形，与藩臬两司暨各地方官悉心筹画，酌度办法，限文到一月内，分析覆奏。当此创巨痛深之日，正我君臣卧薪尝胆之时。各将军督抚，受恩深重，具有天良，谅不至畏难苟安，空言塞责。原折片均著钞给阅看，将此由四百里各谕令知之。

伍 死水狂澜：盆地1898

光绪此诏一下，维新派简直是喜极而泣，深觉变法有望，中国自强不远！切身相关的各地督抚还没什么反应，他们倒首先站了出来。

　　最先以行动呼应的还是康有为。8月17日，他和《庸书》作者、宋育仁好友陈炽在北京安徽会馆创办《万国公报》（后改为《中外纪闻》），成为强学会组织的发端，这张报纸以"渐知新法"为宗旨，主要刊登海外新闻、时评政论和有关公文。

　　11月中旬，在帝党官员文廷式、沈曾植等支持下，经过3个多月时间酝酿和筹措，中国近代史上维新派的第一个政治团体强学会正式在北京成立，陈炽为会长，梁启超为书记员，宋育仁的老同学杨锐正在北京当官，"起而和之甚力"，也是发起人和骨干之一。

　　强学会还附设了强学书局，主要是翻译西方和日本的书籍，宣传维新主张。学会每隔数日集会一次，每次都有人发表演说，痛陈民族危机空前严重，号召国人发愤图强，正在翰林院坐冷板凳的宋育仁也参与了进来，担任强学会的都讲，以其多年的深思熟虑及睁眼看世界的切身体会，主讲中国自强之学和在欧洲考察的心得。

　　强学会成立之初，声势一时无两。

　　有了光绪皇帝倡议变法的圣旨打底，又有大批帝党官员在后面撑腰，高官重臣们争先恐后对强学会加以捐助，表明自己对皇上的忠心和对维新自强的支持。强学会的参加和赞助名单包括了一大批上层汉族官僚：军机大臣、户部尚书翁同龢，军机大臣李鸿藻，吏部尚书孙家鼐，直隶总督、北洋大臣王文韶，两江总督刘坤一，湖广总督张之洞，户部左侍郎张荫桓，提督宋庆，提督聂士成，刑部郎中沈曾植，翰林院侍读学士文廷式，翰林院编修沈曾桐、丁立钧、张孝谦，内阁中书杨锐、汪大燮，张之洞之子张权，以及在天津筹措编练新军的袁世凯等。而且还不止是中国人参加，长期在中国活动的英国著名传教士李提摩太也欣然加入了强学会。

　　特别值得一提的是原北洋大臣兼直隶总督李鸿章，《马关条约》签订后他被剥夺了诸多头衔，以入阁办事的名义闲置。此时他正居住在北京贤良寺，听闻强学会成立后倡议变法，朝中应者云集，李鸿章

强学会旧照

创刊仅5天就被封禁的《强学报》

也表示愿意捐银2000两入会，结果维新人士们觉得他名声太坏，竟然连送上门的钱都不要，毫不犹豫就拒绝了他。

强学会成立不久，康有为又南下与张之洞会商，在张的出资支持下成立了上海强学会，吸收黄遵宪、汪康年、张謇、陈三立、梁鼎芬等人为会员，同时开始刊行《强学报》，与北京强学会遥相呼应。两者一南一北相对，声势愈发浩大，隐隐有执维新变法牛耳之气象。

不过事实证明，根基不深的树木，长得快只能倒得更快，政治上也是如此。光绪皇帝只是一时的虚火上升，根本敌不过慈禧太后的老谋深算，强学会很快就成了太后教育皇帝的牺牲品。

慈禧没有亲自出面，登台亮相的是一个小人物杨崇伊，他是光绪六年的进士，也是李鸿章之子李经方的儿女亲家，不过他官运一直不好，在翰林院一待就是15年，直到光绪廿一年（1895）末才得授御史。这个人在历史上留下的名声很不怎么样，仿佛天生就是维新派的死敌，在慈禧发动的戊戌政变中他也起了非常关键的作用。

上任御史没几天，杨崇伊就呈上了第一道奏章，弹劾强学会"私人堂会，开处士横议之风"，慈禧从"善"如流，于1896年1月强迫光绪下令封闭北京强学会，消息传到张之洞那里，他马上停发上海强学会的经费，结果前者活动了四个多月，后者只存在了两个月，就轰然星散。

紧接着，杨崇伊再次出手，疏参翰林院侍读学士文廷式，"遇事生风，常在松筠庵广集同类，互相标榜，议论时政，联名入奏，并有与太监文姓结为兄弟情事，请立予罢黜"。

文廷式很快就被革职逐回原籍，永不叙用。慈禧轻轻松松连下两城，之前京城里充斥的激昂气氛骤然收敛，官员们开始谨言慎行。文廷式是珍妃的老师、强学会的主要组织者之一，向来被皇帝所器重，他的去职让维新人士更失倚仗，梁启超只好选择南下，到上海参与创办《时务报》，准备借助报纸宣传他的变法主张。

首任"四川公司"CEO

宋育仁把之前自己在欧洲的所见所闻写成《泰西各国采风记》一书发表，在当时传阅颇广。

在强学会遭到封禁后，宋育仁曾经向恭亲王上书。他提出"保地产，占市埠，抵制洋货，挽回利权"，力主扶植民族工商实业，抵制外国资本和商品，主张各公司、企业除照章纳税外，"地方一切支应差役，无庸认派"，结果恭亲王没有什么反应。宋育仁又归纳了自己对国家财政事务的意见，在1896年初通过翰林院上奏《呈请理财折》，提出开矿藏、铸金币、设银行、发行币票等几项主张。

作为一名务实的知识分子，宋育仁历来对国家的财政事务十分关心，《呈请理财折》只是他对理财发表看法的开始，其中蕴含的想法多是他在欧洲考察西方财政体系的所得。

他认为，一国的富强在于工业，商业是辅助，但纲在钱币，中国与外国商贸失败的根源在于没有流通自己的金币，外国金币兑换中国铜钱的价格又太高，是其本国兑换比率的将近40倍，致使洋商坐收渔利。同时外国人又通过在中国开设银行发行纸制币票，实际上限制了金银货币的输入，只见其出不见其入，长此以往，中国只能日益贫困，受制于人。

针对于此，宋育仁特别构思了一系列实施办法，指出"非开矿则金无来源，非铸镑则金无销路，非设行则公家之财为朽蠹，非行票则民间之用不流通"，希望能改善中国在经济方面被任意掠夺的局面。这实质上是一个抵抗西方国家经济侵略，挽救国家财政危机，促进资本主义发展的货币主张。

正是这篇奏折把他从翰林院的冷板凳上拉了起来。宋育仁所言是否能真正缓解清廷恶劣的财政状况尚未可知，但至少他对经济和货币的认识远超同僚，提出了一个新颖的解决方案，而不像很多大臣的奏折只会在税收上做文章，或是喊一些恤商惠工的空话。

伍　死水狂澜：盆地1898

站出来支持宋育仁的是国子监祭酒张百熙，他曾在四川担任乡试主考官，张百熙也上了个折子：

　　　　臣尝典试入蜀，于川省情形较悉……川省矿务处所，周回约二千余里，宁远、雅州、天全、会理、松潘、峨边、冕宁、荥经各府厅州县，矿苗素旺，土人无不周知，即外国已久生涎视……至川省土产素饶，今重庆既允倭人通商，准其随地制造，如不急兴商务，自保利权，无以护小民生计……

　　他的担忧很有道理。从1890年起，清政府便在《烟台条约续增条款》中给予了英国在重庆通商的特权，准许英国商人在宜昌与重庆之间用中国式货船往来运货。1895年，日本政府不但通过《马关条约》继英国人之后得到通商特权，而且还首次获得了以轮船驶往重庆的航权。这些年来，英国人以重庆一地为入口，展开了对四川全省的勘探和考察，宁远、雅州等一大批州县均被查明有金、银、锡、铜等矿藏。由于已允许英、日在重庆通商，如不急速振兴民族商务，大量宝贵的矿产资源肯定会被外国人所控制，张百熙因此上奏朝廷，请在四川开办矿务商务，进行资源保护。

　　在主持这一工作的人选上，张百熙很看好身为四川人、又有出使经验的宋育仁："臣查翰林院检讨宋育仁，究心时事，眷念大局，上年曾随使英、法、意、比诸国，充驻英参赞，精求外国富强之术，著有记载数种，俱能洞达情势，晓习利弊……且于川省情形最熟，兼本乡声望素孚……请旨充川省矿务商务总局监督。"

　　朝廷批准了张百熙的上奏，谕令宋育仁负责全川矿务、商务的提调与规划，"着即前往四川"。

　　宋育仁接到旨意后，很快就起程离京。1896年，农历三月，宋育仁踏上了长江之滨重庆的土地，这也是他10年来首次回归故乡四川。

　　当时四川的民族工商业十分落后，几乎为零。1890年，川商卢干臣、邓徽绩等将原来建在日本的火柴厂迁回内地，在重庆创办森昌正和森昌泰两厂，这是四川民族工业之始。随后的几年中，四川的民族工商业发展十分缓慢，新建近代企业屈指可数。同期，外国洋行和公司却趁着重庆开埠，如雨后春笋一般涌现。从1890年英商在重庆成立立德洋行开始，法国、美国、德国商人纷纷在重庆设立办事机构进行内外贸易，主要经营毛织物、棉纺织品的输入，以及各种四川土产原料的输出。

在清廷都能把眼光投注到四川的时候，西方国家自然不会落后。1896年初，宋育仁还没接到回川的任命，法国、日本就陆续在重庆设立了领事馆，以便就近处理内地的交涉和商务事宜，年底，美国也相继设馆。

宋育仁回到四川后，面对的就是四川工商业基础薄弱、进出口贸易为外商把持的局面，不过他没有迟疑，立刻投入到自己的新事项里。其实，这是他第一次从事地方的行政性工作，从考中进士开始，无论是检讨还是参赞，宋育仁一直都在从事文教方面的工作，并没有基层的行政经验。不过，当时的中国本就缺少专业人才，以他的条件，还真找不出比他更适合负责川省矿务商务的人选。

宋育仁来到重庆的头一件事，就是募聘专业人才，在重庆设立了商务局，颁布了相应章程，开始兴办企业。

在《四川商务局招股公司章程》里，宋育仁明确提出"不招洋股"，既要学西方，也要保主权，公司全由中国商人集股成立，"不动官款"，自行负责日常经营管理，商务局只行使信息备案、账目监督、政府协调等工作。他希望通过兴办企业在工、商两方面下手：工业实行"进口替代战略"，即选择民生需求大、进口最多的物品自设工厂，仿洋人方法进行制造，最终以自主工业产品替代洋货；商业上主要是通过公司和协会组织本地土货化零为整，自行转运出口，摆脱被外商垄断的命运，将议价权收回到卖方手中。工商双管齐下，最终达到"抵制洋货，挽回利权"的目的。

宋育仁非常注重行业协会在商业中的运用，他通过在欧洲的考察得出结论，"西国之上下通情，得力于协会"，协会联交结党，公司

伍 死水狂澜：盆地1898

谋利图财，两者互为表里，西方一国即是一大公司，而英联邦诸国、荷兰瑞士列邦等又合为一大协会。而对于中国的现状，西方通商诸国也像一个大的协会，彼此既有竞争，也互通有无，唯一目标是在中国谋求尽可能多的商业利益。

除了扶持民族资本介入工商业，宋育仁也非常注重保护公司的正常运营，他认为只有让公司自行治理，官方不要过多介入，商业才能真正兴盛。所以他对现行的一些苛捐杂役十分反感，规定只要公司照章纳税，就不用认派地方上的相关支差徭役，如果有小吏以支差的名目搅扰公司，那商务局就要立刻介入，会同地方官员一同审查。

这时候的宋育仁对工商业的认识在今人看来或许稍显粗糙，但以现代人眼光审视商务局的章程，那依然是一份很有公平契约精神的产物。宋育仁设计的公司运作情况包括股份的募集与发行、公司利润分配和账目监督、用人与纳税等方面，规定商务局不参与经营、不经手钱财，与公司也没有上下级统属关系，其形式更接近于一个政府服务平台，其超前性实在令人惊讶！

笔者曾看到过《证券时报》的一篇文章对这段往事有所提及，不过却是用于反讽，先是对宋育仁的进口替代战略加以贬损，再是讲述了他一个近乎搞笑的"事例"，看过后令读者觉得其人其事荒谬至不可思议。

19世纪末的中国，该采用进口替代战略还是像现在一样采用出口导向作为发展路径，没必要在这里讨论。但历史用事实告诉我们，工业革命以来的首批经济强国，进口替代战略多少都对其起到过不小的作用，甚至直接促成了整个国家产业的转型。例如19世纪初，英国的棉纺织工业落后于印度和中国，但是英国采取禁止东方产品进口、鼓励本国棉纺织品生产的方式，最终在纺织行业催生了产业革命，从而带动整个人类进入了工业化时代，纺织品也在整个19世纪成为西方列强冲击落后国家市场的最强劲武器。重庆开埠后，各国就用各种纺织品换取了大量金银，又在四川以低价采购麝香、药材、蚕丝、鸦片等原料，1895年全年重庆口岸的输出入贸易总值已达1325万两，土货的出口基本为外商所垄断。

此外，后起之秀美、德两国分别在19世纪末和20世纪初赶超英国，进口替代战略的效果明显。在19世纪末赶超英国最关键的数十年间，德国工业品进口的增长都慢于制造业的增长；而美国在1873年到1900年间的进口增长率远低于GDP的增长率，原因之一就是美国以高达30%—40%的总体关税率对国内产业进行保护，促进了相关产业的经济增长。

无需多言，一段历史会去印证另一段。

说到宋育仁的搞笑"事例"，该文引用《二十年目睹之怪现状》作者吴趼人《趼廛笔记》里的一例记载，以及《二十年目睹之怪现状》的部分情节，提到宋育仁在川省商矿监督任上，设立煤油公司大肆采办原煤，竟导致煤价高涨，外国领事前往询问，才知道他收购煤是为了从中榨出煤油来，不禁惊愕万分。原来宋育仁不知煤油是从石油中提炼，又把朋友欲购花生油榨取机听成煤油榨取机，致闹出此等笑话云云。

宋育仁有没有大量收购过原煤，相关记载不详，但煤油公司他肯定是参与开办过的，这在四川是一件大事，在当时为人关注。光绪二十四年二月《渝报》就曾载有《沪商拟办川省火油矿公司草章》，第三条里宋育仁大名清楚在列：

> 一、探闻川省泸州、叙州等处，火油矿山甚多，惟未得其详，拟先觅雇矿师，赴川勘探；二、创立公司，雇用矿师，与以后集股购运机器，皆由沪商认办，应设有本公司于沪局。及其招呼矿师履勘，接洽就地居民，及租购矿山，盖造矿厂，雇募矿丁等事，皆由川地绅商承办，应设有本公司于川局；三、本公司由沪商马成裕、吴谦益、张值盛等先行垫集资本，设局创办，随后再议招股，以充成本，其经理照料一切事务，沪局公请张子虞太史出名领袖，川局公请宋芸子太史主持。

伍　死水狂澜：盆地1898

6月下旬，《渝报》又刊载王以麟的《四川煤油应归土著自办论》：

> 说者谓中国之煤油最旺者莫如蜀，故前数年即有商民各地集股，拟为开办之举，为日既久，集股遂众……商务总局迄于本月在重庆设立煤油公司，复以重价聘请匠师，不日即当开办……

《渝报》上的相关文章讲得很清楚，不管宋育仁懂不懂煤油如何而来，但他尊重了起码的商业原则，首先聘请专业矿师进行勘探，此外也多方募集民族资本进行合作，并未一手包办，其行为反而颇有些类似改革开放初期地方政府的招商方法：你出技术与资本，我提供劳力和经营场所，再解决地方政策问题，合作模式十分清晰。而且由于民族企业很少，当时又习惯采用公开招股模式，所以前期即会在报纸上进行披露和宣传，要犯下前文所述的可笑错误，几乎是不可能的。这真是欲抹其黑，何患无辞！

宋育仁到重庆之后，除了兴办企业，最显著的成果还是立刻打破了外商对进出口贸易的垄断。他发动本地商家直接参与对外经营，不再只依赖洋行在其中周转。

据1999年《四川省志》记载，1896年，也就是宋育仁主持四川商务的头一年，全省即有31家商号开始经营进出口贸易，其中重庆27家、成都3家、嘉定1家。其经营方式是派遣合伙人或代理人到上海采购洋货，定期进货付款，雇佣外国轮船将货物送到湖北宜昌，川商在宜昌收货后再改用民船将货物运到重庆，以重庆作为四川对外贸易的主市场和分销中心。在每年的不同季节里，商人从四川的各个城镇采办土货运送到重庆，再将洋货运回各城镇，通过这种办法深入四川乡镇，并有相当一部分销入云贵两省。在后期，川商的进出口贸易越做越大，还在北京、上海、南洋各处设立了办事机构，近距离参与外地市场。

当然，宋育仁的商务思路也并非完全奏效。比如他大力推动将土货化零为整，增强议价权，摆脱外商垄断，其目的虽好，但没有设置根据市场情况及时调整的机制，最终是以一个垄断取代了另一个，还是给商户带来损失。1897年，重庆开办了玻璃公司，由该公司包销重庆各玻璃作坊生产的各色货物，如窗玻璃、鸦片烟灯罩等，初创时因为其垄断性质，所以销售利润颇丰。但没过几年，在竞争更加激烈的环境下，垄断包销反而阻碍了玻璃产品的自由流通和灵活议价，导致市场竞争力下降，以致发生了"销场阻塞，折本颇巨"的困境，重庆商家纷纷要求商务局撤销该公司。

总而言之，宋育仁在就任川省矿务商务监督期间，实施的一系列政策有力推动了四川民族工商业的发展。他推动开办了煤油、玻璃、卷烟、药材、矿产等30多家公司，让四川几乎为零的民族工商业基础大为提升，川省兴办实业由此形成高潮。再加上宋育仁同时办报纸、造舆论，引领内陆思想，四川的维新变法运动也以他回川为契机而兴起，新的风气在这个内陆的省份蓬勃传播开来。

在此后的十来年间，重庆、成都、泸州、广元、南充等地相继开办纺织、印刷、电力、采矿等企业108家，呈现出"商业潮流波及全川"的蓬勃景象。如果说四川的民族实业由他而起，稍嫌夸张，但因宋育仁而兴，确为中肯之赞。

巴蜀第一报

宋育仁回川振兴民族工商业，虽然干得如火如荼，为故乡的发展很是出了一份力，可内心深处还是有些许失落。毕竟，志向高远的他向皇帝的建言并非只为了一时一地，而是针对整个中国开的药方，自负若行之于世可以救贫起弱，朝廷仅以一省商矿相托付，在宋育仁而言颇有牛刀杀鸡之感。

伍　死水狂澜：盆地1898

跟宋育仁一样有失落感的中国士大夫或许不在少数。

由于之前慈禧的几个动作，1896年的北京已经从热烈的维新气氛中晴转阴。梁启超也出走上海，8月份在那里创办了《时务报》，自任主笔，由汪康年任总理。《时务报》名虽为报，实际上是中国人办的第一个杂志。1923年胡适曾在一封信中说："25年来，只有三个杂志可代表三个时代，可以说创造了三个新时代：一是《时务报》，一是《新民丛报》，一是《新青年》。"前两个都是梁启超创办的，可见他对于中国的影响。

《时务报》以变法图存为宗旨，设有论说、谕折、京外近事、域外报译等栏目。梁启超在上面连载自己的政论文章《变法通议》，这也是晚清政坛上名声最大的政论著作，称得上是维新变法时期改良思想的大旗。《变法通议》一出，《时务报》也显得卓尔不群，影响力迅速提升，最高销量达1.7万份，各省维新人士备受鼓舞，纷纷向其学习，自办报刊弘扬维新。

宋育仁一向看重报纸的作用，非常羡慕欧洲的知识分子可以通过报纸参与政治、引导舆论，他认为"报馆即其国清议所在，民得因此知国事"，现在中国的朝政腐败，民心涣散，唯有唤起民众自强之心才能形成大势所趋。他早有办报之心，回四川一年以后，商务局日常工作走上正轨，又有梁启超在上海做了榜样，他当然要迅速跟进。

宋育仁创办《渝报》的想法得到了当地士绅的支持。四川地处西南内陆，被山川高原环绕，数千年来大体过着自得其乐的生活。对于外边的世界，以前还属于隔山观望，但近年来重庆开埠，各国洋商、传教士和领事馆纷纷进驻，数年间变化之大令人咂舌。川人从自己的经历中感受到了列强在经济和文化上的双重压迫，外来者已经损害到川省各阶层的切身利益。从第一次重庆教案起，到1896年底四川共发生教案24起，为同期全国之冠。

连四川官员都对外国人的全方位进入不满。日本在重庆设立领事馆前，四川总督鹿传霖就听闻日本人有开办纺织工厂的打算，他赶紧让手下官员协助劝谕商户，采用官商合股的方式抢先办理。随着口岸开放程度的进一步加深,对这种由外国人把持新格局不满的人越来越多,有识之士也看出中国正面临拐点,大家都急于了解时局的进展,而川省虽大,却还没有一份报纸可以传播信息,宋育仁办报的倡议一出,恰合众意,正当其时。

《渝报》是一张纯粹的民营报纸,出版经费来自各方捐赠与销售收入。宋育仁率先捐银1000两,此后从私人和各公司、机构那里又募集了3650两,合共4650两,成都尊经书局也小有贡献。

《渝报》定为旬刊,每月出3期,对捐助者实行免费赠阅。宋育仁自任报纸总理,主持报馆一应事务,杨道南为协理,正主笔潘清荫,副主笔梅际郁,下设有包括翻译1人、缮校2人、司账1人、排字2人,所有人员"办事程度,另有详细条目,由总理拟定,以便照行"。

报纸不设专职记者,最多时曾在省内26个府州县和全国26个地区设有代派处,每处委托一人代为采访和售报,同时向社会征稿,也转载其他报刊的文章。报馆的出入账目"每月清结一次,每6月具报一次,附列报末,以征核实。年终仍具报司存案,在局者如有侵蚀,均须追赔"。从报馆组织、管理情况来看,已经具有了近代报馆的管理模式与经营规模。

《渝报》在前期筹办过程中还得到了《时务报》的大力协助。在《时务报》总理汪康年的《师友书札》一书中,收有潘清荫的18封来信,第一封即是为《渝报》的创立请汪康年代为购买印刷字模和订购各种中西报纸:"春间宋芸子检讨拟在敝郡蹱设报馆,招弟襄事……托购字模及中西报篇……"第二封信又希望汪康年能将《时务报》的规章制度惠赠一份,"贵馆办事程度经尊订者,乞饬抄一份,以便遵仿……"由于当时由上海运送物资到重庆需要经过汉口、宜昌转运,非常困难又费时,潘清荫在信中还多次谈到运输问题:"由沪运汉、运宜两次,轮舟水脚均希垫付……敝处已派人至宜守候,押运至渝。"所托各事,汪康年均一一帮忙并复函。

1897年10月26日（光绪二十三年十月初一），《渝报》在重庆白象街15号出版了创刊号。白象街自古以来就是繁华之地，位于望龙门和太平门两座水码头之间，与南岸的租界区隔江而望。1891年重庆开埠后，不少外国商人来到这里，但是被限制在南岸的租界区，未经许可不能到城里来，但又不能不办事，于是白象街就出现了四川的首批买办，慢慢就有洋人在此开办洋行，一些民族商人也纷纷在白象街建房做买卖。当然对宋育仁而言，最关键的还是重庆1886年建立的电报局就在白象街上。

《渝报》的纸张用土白纸，版面略大于新闻纸十开本，用木版雕印——汪康年代购的铜模印刷机此时还没运到，约30页左右，每页26行，每行32字，以丝线装订成册，样式仿照《时务报》，栏目有论文、上谕、奏折、译文等，从第二期起增加本省新闻栏目，第三期起又增加外省与外国新闻。

宋育仁在创刊号上写了一篇《学报序例》，阐述心中所求：

> 中倭之役，灵然创深，朝野发愤振兴，乃有京师官书局《汇报》，以通民志，继有上海《时务报》、湖南《湘学报》接踵而起……昔育仁从使泰西，丁中倭构难，洎和议成，辞使职返京师。值朝士开强学书院，旋改官书局，与从讲议……蜀中山水僻远，一行省所督异郡县或不相闻，得风气为最晚……乃就邦人谋兴学报，先即重庆通衢开馆，为风教之先。

从这段文字可以看出，宋育仁创办《渝报》，有着非常明确的目标，"为风教之先"。他在报纸章程中也提到："本局为广见闻、开风气而设。凡有关经世时务，中外交涉条约皆予刊印。"而这个时候的"时务"和"风气"，说穿了只有一个，那就是维新变法。

宋育仁毫不掩饰地通过《渝报》传播维新思想、批评时政，还陆续刊登出自己的著作和奏折，如《时务论》《守御论》《原学校》《债式议》《呈请理财折》等。

1897年10月26日，宋育仁在重庆创办的近代四川第一张报纸——《渝报》。

从第三期起，报纸开始连载他的著作《时务论》，大力宣扬西方的立宪议会制度，赞扬以商立国的经济政策，从政治、经济、军事、法制等各个方面提出了改革主张。这样的"回锅肉"，对于闭塞的川人，却是津津有味的"牙祭"，大有嚼头。《渝报》同时很重视国外的相关报道，专设译文栏目，将外文报纸的报道节译成中文，遵循"但录原文，不参论断"的原则，帮助读者及时了解世界的最新动向。

《渝报》主张变法自强，宣扬西方经济政治制度，但并没有对列强产生盲目崇拜，这跟宋育仁虽然倡导维新，却总以《周礼》为论据，推崇以复古之名实现维新自强是分不开的。

伍　死水狂澜：盆地1898

他一向宣扬外国富强之术皆暗合于中国古代圣人经术，西方的各种制度只是反过来印证了中国先圣经典的正确实施办法。《渝报》创刊号就刊登了宋育仁的《复古即维新论》，一开始便是：

> 今天下竞言变法：不必言变法也，修政而已；天下竞言学西：不必言学西也，论治而已；天下竞言维新：不必言维新也，复古而已。

那该从何人手呢？他认为，"今日救时之务，必先复古学校之制"。这句话若不加解释，会让很多人摸不着头脑，清朝时的教育体制难道不是从古代传下来的吗？其实，宋育仁要复的"古制"得倒推到夏商周时期，据说那时候的知识分子，从小就天文地理算学物化无所不习，和现在的八股文章截然不同，倒是类似西方学校的各种专业课程。

今天我们来认识育仁先生，实在要费些精力，找到钥匙。

宋育仁的提法有时候真是令人别扭，只看其观点，或许还有人以为他是守旧人士。

他一生抓住"复古"二字不放，印证的却是西学制度，目的又是变法改制、维新自强。由于他学识丰富，引经据典信手拈来，发起议论时把复古和维新的关系说得严丝合缝，连议会制度都能从《周礼》中找到渊源，无人可以反驳，最后谁也搞不清楚他的复古论调到底是出自本心认识，还是为推进维新变法而实施的策略，抑或两者兼有。

从头到尾，他只在《时务论》里露过一点口风：

> 证于外国富强之实效而正告天下，以复古之美名，名正言顺事成，而天下悦从，四海无不服。舍此再思其次，则无策以自救。

宋育仁不但对列强没有盲从，还时刻保持了对西方各国的警惕。当时仍有部分知识分子认为四川山河险峻，不像沿海城市完全是开门揖盗，外国人的入侵是"鞭长不及于马腹，城火无害于池鱼"，宋育仁于是以数年前写成的军事论文《守御论》在《渝报》进行回应。

《守御论》着重论述了西南边防的重要性，指出四川并非高枕无忧，"天下大势在印度，印度形胜在西藏"，若放纵列强侵占西藏，则四川"藩篱将撤，殆及萧墙"，清楚阐释了川省现今面临的局势。这篇文章成了舆论应注重贴近性的经典案例，赢得了巴蜀读者的广泛关注和热烈回应，很多川省士绅如梦初醒，纷纷撰文投到报社，抒发自己对西南边防的见解。

除了对时局和政治的关注以外，《渝报》还有个特色，就是对商业的高度关注，这也跟宋育仁时任川省商矿监督是分不开的。由始至终，《渝报》都大力呼吁振兴民族商业，以英国、日本的崛起为榜样，试图改变传统的重农抑商政策，给予商人更高的社会地位，减轻政府对商业的过分压榨，以促进商业的自由发展。

清末民初的重庆海关

《渝报》有个非常特别的栏目，也就是"渝城物价表"，宋育仁从第一期开始就用了整整9页（占全部内容的近三分之一）来罗列市面上各种商品的价格，包括五谷、五金、食物、药材、服装等，"上等米每斗制钱一千一百文；盐巴每百斤二两五钱；川茶每百斤二十两银子……"数十种物品价格被罗列得非常细致，在篇末还特意注明，尚未列完的以后还会续登。

从1897年10月到1898年4月，渝报连载了重庆市场上150种进出口货物的批发价，这部分关于物价的内容，其价值不亚于那些政论和时事新闻在巴蜀思想史、传播史上的价值，它们是极为宝贵的经济与民生信息，为今人研究与了解19世纪末四川的社会环境起到了重要的参考作用。

在19世纪末办报，最头疼的还不是内容与收入，而是如何在极其不便的交通邮传情况下，做好发行工作，将报纸送到订户手中。

当时识字的人有限，报纸的销量上不去，不可能在各地设立分印点，为了减少运送成本，大多数报馆多采用旬报甚至半月报的形式，降低派送报纸的频率，报纸之间也互相代派，以互补发行渠道的不足。

《渝报》就曾代派上海《时务报》《求是报》《译书公会报》《蒙学报》，以及湖南的《湘学新报》，最后连澳门的《知新报》都曾经应允代派。但就算如此，依然会有很多不可知的延误出现。《时务报》身处上海，水陆交通顺畅，但北京读者毛慈望竟然抱怨说，自己收到的报纸都是3个月以前的；《渝报》主笔潘清荫也不止一次写信给汪康年，告诉他重庆读者收到的报纸离出版日期已过了将近4个月。这样一来，新闻毫无疑问会变成旧闻。

发行难直接带来的影响是订报费用居高不下。《渝报》最开始实行"交银十两者，送报五年；交洋银十元者，送报三年；交银三两者，送报一年"，结果一次性收费太高，发行打不开局面。随后降为2两6钱订一年，尽量压缩利润。

为促进发行，《渝报》还经常在报末公布各代派处人员姓名地址，以便订购，并让出利润给各地愿代为派报的机构和人员，给予优惠："二十份以上只收费九成，五十份以上只收费八成。"

最终，《渝报》的发行量达到2000余份，很受欢迎，在当时这是一个很了不得的成绩。

《渝报》出至1898年4月下旬，共16期，因为宋育仁受邀到成都出任尊经书院山长而终止，时间虽不足一年，但对四川的影响不可谓不大。成都早期报人傅樵村1903年在文章中写道："在前十年，并无人看过报。到丁酉年（1897年），富顺宋芸子先生在重庆办商务开《渝报》，四川人才知道商务二字，成都人才知道报的样子。"

于今回首百年，《渝报》的最重大意义不仅仅在于傅樵村所言，也不只是宋育仁提到的开风气、启民智，而是一手发动了四川驶入维新之路的引擎，让身处内陆的川人不再闭耳塞听，从此开始投入到时代的滚滚洪流中，在中国的历史舞台上演出了大批可歌可泣的故事。

蜀学与维新

对宋育仁来说，1898年无疑开了个好头。

年初，皇帝下诏要改革取士制度，专设"经济特科"考试，命令由三品以上京官、地方督抚和学政推荐"洞达中外时务"、"通晓实学"的人才入京参试。四川推荐了经济特科人才4人、出使外洋人才5人，宋育仁同时名列被推荐的两类人才，湖北巡抚谭继洵（谭嗣同之父）也同时荐他为出使人才。

更幸福的时刻在4月来临，阔别母校十多年的宋育仁又回到了尊经书院，不过这一次他是以院长的身份归来：作为唯一由昔日的尊经院生变成的院长，这是宋育仁专享的传奇。

宋育仁··隐没的传奇

　　自宋育仁的老师王闿运于1886年作别蜀中后，尊经书院院长一职由锦江书院院长伍肇龄兼任了十年，其后又有刘岳云作为院长，为时较短。后来的尊经书院早已跟十年前判若两样，期间宋育仁的老同学吴之英和廖平曾担任书院襄校（副院长），对情况十分熟悉，据廖平年谱1892年一段记载，由于长期的管理松懈，书院竟然出现了"聚赌内室，放马讲堂"的情况，先圣的微言大义没有学到，学生们倒是把八旗子弟的纨绔作风抄了个十足。

　　"打虎亲兄弟"，宋育仁回到成都，想开创局面自然要把老同学们拉上，他把吴之英和廖平聘为都讲，共商革新事宜，第一个动作就是依托尊经书院成立了成都"蜀学会"，让学生都来感受变法维新思想的熏陶。

　　宋育仁在成都成立蜀学会，更是为了响应在北京的杨锐等川籍官员在全国大形势下的一种布局。

　　1896年，强学会被解散后，很多维新人士都离京远行，有的去上海，有的到湖南，有的到四川，不一而足。相同的是每个人都努力用自己的方式推广维新，办报纸、开学堂、做演讲，在地方上分析时局，启发民智。尤其是《时务报》诞生以后，梁启超连载的《变法通议》高屋建瓴，进一步完善了变法自强的理论基础，备受鼓舞的维新派纷纷跟进，在各地创办新派报纸以及学堂、学会，挥舞舆论大旗，两年间，各省所开学堂和报社累计近50家，维新思想不但没有因为打击被遏止，赞同这一观点的人反而越来越多。

　　1897年冬，中国又发生了一件大事，德国以曹州巨野教案为借口，武装占领了胶州湾。这一事件发生后，举国上下震惊，也打破了很多人对部分西方国家的幻想，国家和民族面临的危机之深重不再需要谁来提醒，事实已经清清楚楚地摆在眼前，维新变法运动的声势也随之进一步扩大。

　　胶州湾事变之后，康有为见大势所趋，又开始试探着在北京成立维新集会，不过这次他对斗争艺术的掌握明显娴熟了很多。1898年1月5日，他联合部分广东知识分子，在北京的南海会馆创立"粤学会"，名义上仅仅是同乡学会，骨子里当然还是宣讲他的变法思路。

粤学会顺利成立，没有受到什么阻挠，这一下，各省在京人士纷纷成立学会来团结维新志士，推动朝廷变法。一时间，京城学会林立，林旭的"闽学会"，杨深秀的"关学会"等相继问世。时任内阁侍读的杨锐岂甘人后，联合翰林院修撰骆成骧、刑部主事乔树楠等四川老乡，于1898年2月成立了"蜀学会"，将北京的四川同乡公所观善堂定为集会地点，以"讲新学、开风气，为近今自强之策"为号召，定期集会，讨论国是。

在刑部任主事的刘光第一开始并没有加入，这跟他性格内向、平常闭门谢客、不爱与人来往有关。但他非常赞赏老乡们的这一做法，在家信中说："吾川之京官曹者，亦将观善堂改为蜀中先贤寺，设立蜀学会，添购书籍仪器，聘请中西教习，讲求时务之学。至于语言文字，京官子弟亦可每日就学一二时。而京官中高才向学者，亦即于其中定期会讲。如此风气渐开，将来必有人才挺出为国家之用。"待到之后的蜀学堂建立，刘光第也顺理成章地成为了其中一员。

蜀学堂是蜀学会的进一步拓展。这几年光绪曾多次下旨令各省创办学堂，非常重视新式教育，恰逢湖广总督张之洞在1898年初出版了《劝学篇》，著名的"中学为体，西学为用"一说即出自此书，这本书很对光绪的胃口，特别下旨颁行了其中的六字宗旨"正人心，开风气"。

杨锐于是围绕之洞老师的这几个字做文章，上了道奏折说"窃谓非讲习正经正史，择精语详，力求实际，则人心无由而正；非兼习西国文字，期能语西人之书，通西人之政，则风气无由而开"。给皇帝讲这就是咱们在北京办蜀学堂的目的，教些什么也都是为了实践您提倡的东西。

为了筹备蜀学堂，杨锐在同乡中努力募捐，最后是四川邻水县人、记名道李征庸捐银两万两，然后李征庸又代杨锐在云南候补道韩铣等人那里募了几千两银子，学堂才得以成立。说来也巧，正是李征庸和韩铣这两位，戊戌政变后被清廷派到四川督理矿务商务，取代了宋育仁的职务。

杨锐、骆成骧等川籍官员在北京组建蜀学会、筹办蜀学堂的时候，宋育仁还在重庆，但他一直都很关注事情的进展，早有心加入其中。宋、杨二人既是同窗、亦为好友，骆成骧也曾经当过宋育仁的弟子，大家的政治态度又趋于一致，因此平常的函电往来十分频繁，康有为等人在京城掀起又一波维新浪潮时，杨锐就已经及时将消息告知了宋育仁，让他在到成都之前就有时间提前运作。

4月份，宋育仁到成都接任尊经书院山长，稍作盘整之后，就在5月初会同吴之英、邓镕等四川维新派人士，创设了"蜀学会"，这也是四川本地第一个有着政治倾向的维新团体。

该会的宗旨是"以通经致用为主，以扶圣教而济时艰"，除了成都总会之外，还陆续在各府、州、县设立了分会，学会以演讲集会为主要活动形式，最主要的演讲者就是宋育仁、吴之英、廖平。

按宋育仁的说法，演讲内容以孔子经训为本，分为伦理、政事、格致三门，"伦理以明伦为主；政事首重群经，参合历代制度、各省政俗利弊、外国史学、公法律例、水陆军学、政教农商各务；格致统古今中外语言、文学、天文、地舆、化重、光声、电气、力水、火汽、地质、全体动植、算医、测量、牧畜、机器制造、营建矿学"。

学会还与成都中西学堂算学馆合作，如果会员有对西学、算术等门类不清楚的地方，可以给算学馆去函获取解答。同时，蜀学会非常重视新的现代学科，鼓励懂行的会员参与讨论，"如有新得之学，新得之理，登报表扬"。

这个"登报表扬"的报纸也是蜀学会的自有平台。宋育仁来到成都后，把《渝报》的相关经验照搬过来，在成立蜀学会的同时通过尊经书局发行《蜀学报》，这也是成都的第一家近代报纸。

《蜀学报》于1898年5月5日（闰三月望日）创刊，由宋育仁任总理，杨道南任协理，吴之英任主笔，廖平为总纂，可以看作是《渝报》的延续。在4月上旬出版的《渝报》第15期，文章《本馆告白》宣布："现经同人议定，省中兴蜀学会，自闰三月起，接办旬报。"

宋育仁创办于1898年5月5日的《蜀学报》，
是成都第一家近代报纸。

同一期里潘清荫的文章也说，"自三月望后，旬报移设省门"。

　　创刊之初，《蜀学报》为半月一期，到第四期改为旬刊，在发行方面也采用了《渝报》的原有渠道，栏目设置跟《渝报》基本一致，只是不再刊载重庆物价表，又以更多的省内外和国外新闻内容取代了原有的"译文"栏目。

　　《蜀学报》主张强烈，议论大胆，属于新派思想的内容占90%以上，依然以政论文章作为主打，其质量较《渝报》又有提升。《渝报》更多的是阐明变法的重要性，为维新举旗呐喊，而《蜀学报》已经开始分析如何将最新的科技与产品应用到川省内，同时更注重刊载与民众生活相关的文章，如吴之英的《春秋书日食释义》讲述日食的科学道理以破除迷信，华阳王式训撰写《农战论》提倡科学种田，改进农具，鼓励发明创造等。

　　从呐喊着人们起来"做点事情"，到告诉大家"应该做什么"，不能不说是宋育仁报业团队在认识上有了新的提高。在新闻方面，

《蜀学报》更是比《渝报》增加了一倍的内容。《渝报》每个新闻栏仅有四五条消息，而《蜀学报》多则十二三条，最高达十九条。主要来自《时务报》《湘报》《国闻报》等全国各地的报纸，也包括本省各地采访员的报道，甚至还有一些社会新闻，信息量大为增加。

在成都打理尊经书院和蜀学会、报的同时，宋育仁一直都在关注北京的情况，因为那里发生的一切才能真正决定未来的道路。

4月份，康有为又吸引了全国的眼球。之前，有几个入侵山东的德国兵突发奇想，恶搞了即墨文庙里的孔像，把眼睛戳成了两个洞，又弄断了塑像的一根胳膊。康有为获知这件事后，写了一篇《圣像被毁，圣教可忧》的文章，文章指出，德国人妄图"灭我圣教"，如果不挺身而出，孔教亡而国随之亡。

也是清廷的运气不好，1898年又是一个会试年，北京城里再次充斥着来自全国各地的举人。康有为将文章在来京的举人中散发，引起了士子们的普遍共鸣，很多举子上书给朝廷，要求妥善处理此事，分明又是一场公车上书的景象。

事情还没完，康有为一不做二不休，干脆趁着举人在京之时，联络蜀学会、关学会、闽学会等各省学会，商议"成一大会，以伸国

《蜀学报》后，四川报纸相继问世。到辛亥革命前夕，成都公开发行的报纸已逾100种。

愤"，使"爱国之忱，为天下所共与"。于是，各方以康有为作为主要发起人，组织成立了"保国会"。

1898年4月17日，保国会在粤东会馆召开第一次会议，梁启超记录了当时的情况："集者朝官自二品以下，以至言路词馆部曹，及公车数百人，楼上下座皆满，康有为演说时，声气激昂，座中人有为之流泪者。"集会议定了《保国会章程》30条，以"保国，保种，保教"为宗旨，又规定了组织权限和入会手续，会员权利和义务等，已粗具政党规模。

康有为在《保国会序》里阐述了近年来中国丧权失地的情况，又指出列强瓜分之心日盛，大声疾呼，要卫护任人欺辱的中国，"惟有合群以救之，惟有激耻以振之，惟有厉愤气以张之，我四万万之人知身之不保，移其营私之心，以营一大公；知家之不存，移其保家之心，以保一大国"。

保国会跟强学会一样来势汹涌，自然受到守旧派的猜忌攻击。御史文悌上章弹劾保国会"徒欲保四万万人，而置我大清于度外"；荣禄公开扬言，康有为"僭越妄为，非杀不可"。幸好这时候光绪帝站出来表了个态："会能保国，岂不甚善，日本初兴，国会至盛，今非大一统守旧之时，可置勿论。"康有为才逃过一劫。

虽然频频遭到守旧派的打击，但保国会的宗旨和康、梁等人的政治演说，却被全国各地的维新报纸刊载，在全国影响极大，"各省志士纷纷继起，士心益加振厉，不可抑遏"。

宋育仁毅然在《蜀学报》第四期上转载了《南海康先生保国会序》，并在文后亲笔撰写跋语：

> 瓜分中国之说，曩散见于各报，未敢以为信，信矣未敢以为言。今者，事亟矣，变深矣，如火之燎毛，艾之灼肤，而痛不可忍矣。士大夫纵不为一国计，独不为一身一家计！断未有国不可保，犹得以自保其身家者！呜呼！此康君约会之旨所为声泪俱下也。然则读是文而不流袁安之涕者，岂情也哉！本馆用亟登之，

伍 死水狂澜：盆地1898

为巢于幕、游于釜者告，且记数语于后而助之哭。

这段话情文并茂，催人泪下，可见宋育仁忧国之深，期盼振兴之切。

同一期上，还刊载了《康有为呈请代奏及时发奋革旧图新折》，这是康有为托御史杨深秀代递（他自己官太小，没有直奏权限）的奏折，请皇上颁布谕旨，明定国是。随后不久，光绪帝就颁布了《明定国是诏》，开始了轰轰烈烈的"百日维新"，向全国宣布维新变法是大清帝国国策，要求王公大臣和各级官员必须贯彻执行，以加快自强步伐。

这些来自首都北京的维新变法消息和言论主张，对地处内陆、风气闭塞的四川无异石破天惊，在社会上产生了巨大的震动，也加快了宋育仁大力推广的新思想、新学术的传播。

在《明定国是诏》颁布之后、"百日维新"施行的短暂时间内，川籍官员一度成为了维新的领头羊。

湖南巡抚陈宝箴向光绪推荐了杨锐和刘光第，光绪召见两人后，十分赞赏他们的奏对，下令赏加二人四品卿衔，在军机章京上行走，与谭嗣同、林旭共同参与新政事宜。此令一下，蜀学会人士引以为荣，更加振奋，全力投入到维新运动中去。

"蜀学"体系积极参加维新变法运动，从而直接或间接地带动了一大批四川知识青年。

北京蜀学会成立之后，恰逢四川举人赴京应试，来往于四川会馆，和与会的川籍官员熟识，颇受他们的影响。据四川省志记载，1898年4月26日，杨锐、刘光第等人在送川籍举人回川的聚会上，特意嘱咐蒲殿俊、胡骏、罗纶等人，回乡去参加宋育仁组织的蜀学会、《蜀学报》，这几个年轻人在未来的十年里逐渐成长为新的风云人物，辛亥四川保路运动中，他们领导全川人民和清廷相抗，在历史上留下了跟前辈们同样显赫的一页。

开国元勋朱德曾对美国记者史沫特莱回忆，戊戌变法时他在仪陇县大湾私塾读书，那个塾师是变法维新的忠实信徒，不断鼓动学生们长大去外国求学，还设法找些新书新报，让大家了解时事。朱德回家后，就把自己从老师那里听到的消息向家人讲述，什么北京的变法运动之类，大人们都听得入神。

革命元老吴玉章在《辛亥革命》一书中也提到，他当时正在贡井旭川书院读书，由于热心宣传维新，人们给他取了一个外号"时务大家"。"当变法的诏书一道道传来，我们这些赞成变法的人，真是欢欣若狂。尤其是光绪帝三令五申地斥责守旧派阻挠上书言事，更使我们感到鼓舞，增长了我们的气势，也让那些反对变法维新的守旧分子哑口无言。"

此外，还有谢持、曹笃、张培爵、杨庶堪、邹容、雷铁崖等一大批日后的同盟会元老、骨干也被这些维新的消息所感染，逐渐走上了和千年以来四川学子们不同的道路。

更值得襃扬的是，成都、北京两地的蜀学会不仅仅是在变法维新方面展开合作，他们对家乡父老也有着深切的关怀之情，常常共同为桑梓解难谋福。

这年农历六月，四川沱江流域发生特大洪灾，宋育仁一面筹集赈灾款项，一面电告北京蜀学会。接获电讯，川籍京官立即在蜀学堂进行公议，决定将去年同乡会馆中所余银两万两电汇成都，交四川藩司按灾情分派。在1897年，川籍京官也曾把川东发生饥荒一事上报清廷，奔走呼吁，最终争得20万两白银赈灾款。

宋育仁自然不会吝啬于为这些善举张目，《蜀学报》上对相关情况都做了详细报道，为在京的川籍官员们赢得了良好的声誉。因此，当日后杨锐、刘光第在戊戌政变中无辜被害，立刻引发了川民们同仇敌忾之心，蒲殿俊、罗纶等更是亲身体验了蜀学会遭禁、《蜀学报》被焚的遭遇，滋生了对朝廷的严重不信任感，日后四川在他们的领导下率先爆发保路运动，也与前期的这些铺垫互为因果，大有关联。

伍 死水狂澜：盆地1898

仅存的戊戌变法新政硕果"京师大学堂"校牌（中国国家博物馆）

记录有四川戊戌君子刘光第、杨锐变法主张的清光绪年间《变法奏议丛抄》石印本（中国国家博物馆）

宋育仁等正在为变法维新运动慷慨激昂之时，光绪皇帝却从一开始就露了怯。

1898年6月15日，由翁同龢起草的《明定国是诏》颁布之后第四天，光绪就被慈禧逼迫着下了一道圣旨。这道旨意直指皇帝的左膀右臂，说户部尚书翁同龢"喜怒无常，词色渐露，实属狂妄任性，断难胜枢机之任……着即开缺回籍"。

苏继祖的《清廷戊戌朝变记》中写道，当光绪看到慈禧出示给他的上谕"底稿"时，"战栗变色，无可如何，惊魂万里，涕泪千行"，但最后还是只有照办。

光绪为自己习惯性的软弱付出了沉重的代价，三年前少了文廷式，三年后去了翁同龢，身边再无亲信大臣可以为他出谋划策，把握朝局。等到慈禧把二品以上大员的任免权也抓到手中，戊戌变法的成败已经完全脱离了光绪这个发起者的掌控。

这一次慈禧选择的快刀居然又是杨崇伊，三年前弹劾强学会和文廷式的成功经历让他驾轻就熟地再次充当鹰犬。

9月18日（八月初三日），御史杨崇伊通过庆亲王奕劻，到颐和园给慈禧上了一个500字的奏折，请求慈禧太后"训政"。慈禧随即于9月21日发动政变，软禁光绪，逮捕了谭嗣同、林旭、杨锐、刘光第四位新进军机章京，以及上书让太后还政的御史杨深秀和康有为的弟弟康广仁。然后发布谕旨，"罢新法，悉复旧制"，除了筹建中的京师大学堂因为预聘了大批洋人教习而得以保留，其他一切变革顿时土崩瓦解，"百日维新"迅速告败。

很快，湖广总督张之洞收到了北京大局有变的消息，他所挂怀的蜀中学人牵连甚深，他最亲近的弟子已经下狱。

张之洞像每一个忧心学生的老师那样行动起来，9月24日，他紧急发电报给宋育仁，"《蜀学报》第五册封列国以保中国论，又第八册五月学会讲议悖谬骇闻，亟宜删毁更正。此外各报谬说尚多，不可枚举。此后，立言选报，务须斟酌。否则必招大祸，切宜儆戒。"提醒他赶紧对曾刊载过的一些政论文章进行删毁更正，防止授人以柄。

对营救杨锐的工作，张之洞更加倾力投入。尊经诸少年中，张之洞最为欣赏、感情最深的就是杨锐。1884年，张之洞在两广总督任上招自己的这位得意门生当了幕僚，任湖广总督时也把他一并带上，1889年杨锐才因为考授内阁中书离开张之洞，前往北京就职。但此后两人一直函电往来不绝，杨锐近乎成为张之洞的北京代理人，若有什么事情要办，张之洞都是托付给杨锐，而不是同在北京的儿子张权。

收到杨锐被捕的消息后，张之洞立刻急电盛宣怀，说杨锐绝非"康党"，托盛宣怀请两位军机大臣设法解救："杨叔峤锐端正谨饬，素恶康学，确非康（有为）党。……弟所深知，海内端人名士亦无不深知。……务祈迅赐切属藥帅（王文韶）、寿帅（裕禄）设法解救……"

可惜的是，一向拖拖拉拉的清政府这一次表现出了惊人的效率，张之洞的营救行动刚刚开始就跳到了结尾。

9月28日，朝廷不经审讯，突然将事后被誉为"戊戌六君子"的谭嗣同、林旭、杨锐、刘光第、杨深秀、康广仁斩首，慈禧用血的事实宣告天下，只要权力还在她手中一天，中国的道路就不会以国民的意志为转移。

志士鲜血横流，天下悚然噤声。

被杀的六君子里，有两个川籍，且同为蜀学会的会员，一连出了两个著名"康党"的蜀学会岂有不被封禁之理？消息传回四川，成都蜀学会被迅速封闭，《蜀学报》也遭查禁焚毁。

老同学惨遭横祸，同窗们自然受到极大震撼，尤其是廖平。当时士林中已经有康有为学说源自廖平的流言，往常这只是个学术公案而已，但如果有人在此时上书指责廖平为"康党"提供了理论基础，那他得被斩首多少次才足以消太后之恨？廖平逼不得已，悄悄烧了部分著作，连新撰的《地球新义》也付之一炬，暂时谨言慎行，以保其身。

吴之英也因积极为新政呐喊而受到审查，好在他一直在四川活动，对北京的复杂局势全无影响，总算涉险过关。但他经过这场惊涛骇浪之后也逐渐消沉，辞别尊经书院回到灌县训导任上，转而研究医术，又在两年后回归家乡雅安，闭门不出。

作为蜀学会领导和《蜀学报》总理的宋育仁，自然不可能逃脱惩处。还算幸运的是，远处蜀中的他在慈禧眼里算不上什么关键人物，在戊戌政变之后两个月，一封让宋育仁"商务矿务勿庸办理"的圣旨传到四川，将他就地罢黜，事已至此，心灰意冷的宋育仁也只能在悲痛中黯然返京，等待着命运下一次不怀好意的玩笑。

陸

中华变奏：向左走，向右走？

　　宋育仁一直坚持他选择的宪政之路前行，沿途穿越辛亥的喧嚣和洪宪的闹剧，直至生命终结。

翰林院的火光

1899年，春。

京城里，什刹海水面的冰块已经消失不见，淋漓的雨水渐渐稠密起来，拂面而来的微风也不再夹杂有霜雪的气息，反而带出一丝杨柳新抽芽的清香，冬天已经过去，又到了万物复苏的季节。

对好些人而言，这却是一个前所未有的封冻时节。

"戊戌六君子"的鲜血还在人们心头滴响，大批帝党官员轮番受到惩处，京城里的政治气氛说不出的凝重。中国的维新派，这个因为共同理想而短暂聚集的松散群体，并没有任何的组织性可言，当如此艰难的局面来临，自然会有人在重压下做出别样选择。

在未来的保路运动期间担任川汉铁路大臣，本应率武昌新军弹压川省异动却最终掉了脑袋的端方，在戊戌政变时就是成功反水的"杰出"代表，并藉此机会在清末的政治舞台上渐渐成为显要角色。

1898年初的端方，仅是个有着开明称誉的普通满族官员，却在百日维新期间被光绪挑中，派去督办建立农工商总局，也因此被划入标准的帝党。他上任后倒是积极筹划，提出一系列振兴农业和工商业的具体方案，正在雄心勃勃地准备大干一场，结果不到一个月就遭遇了戊戌政变。农工商总局很快被下令撤销，主事者挨个倒了大霉，还好端方是正白旗子弟，出身根正苗红，没有被深入追究，不过才有起色的政治生命眼看是要就此了结。端方才30多岁，又是满官中不多见的科举出身，堪称人才，当然不甘心在家领份钱粮养老，于是毅然与维新伙伴们划清界限，四处托人打点，又发挥自己的笔墨功夫，精心创

118

作了一首《劝善歌》献给慈禧。

这首端方的呕心之作《劝善歌》昭示我们，一个人如果能豁出去不要脸皮，往往可以爆发出超乎想象的能量。只以效果而论，《劝善歌》确实比宋育仁年轻时的晋身之作《三大礼赋》好上太多。

> 祖宗功德说不尽，再说太后恩似海。太后佛爷真圣人，垂帘训政爱黎民。……太后知人善任人，救民水火全性命。从此天下庆太平，鸡鸣犬吠都不惊。试问此事谁恩德，重生父母还不能……

这种肉麻攻势犀利无比，连慈禧都招架不住，读后十分开怀，立刻转发给全国的高级官员传阅。这样一来，端方的前程立刻转危为安，不但顺利躲过保守派的政治清算，还被临阵提拔去了陕西当按察使、布政使，后又代理巡抚，他因此成为唯一一个在戊戌政变后不降反升的维新派官员。

当然，维新派里有在压力下投降的端方，也有慷慨赴死的谭嗣同，但更多的人在戊戌政变后的一段时间内，都是保持沉默。回到政治中心的宋育仁也成为沉默的大多数中的一员，他似乎消失在翰林院的小木屋和故纸堆中，毫无声息。

其实，这时候的慈禧，注意力已经不在维新派身上，她的脑海中，思考着皇帝废立的可能性。

戊戌政变之后，光绪皇帝被软禁在中南海的瀛台小岛，除了上朝时当个木偶，连表面上的权力都丧失殆尽。但慈禧并不以此为满足，她毕竟是比光绪大36岁的老人，如果不出意外，国家终究有一天会回到年轻皇帝的手中，这可是关系到自己能否"死得光荣"的大问题。

慈禧决定尝试做出改变。她召集王公大臣商议，宣布立端王载漪之子溥儁为大阿哥，作为同治皇帝的子嗣，甚至预定在1900年初逼使光绪皇帝行让位礼，由溥儁接位登基，改元"保庆"。孰料这一消息传出后，天下议论纷纷，封疆大臣们基本不表赞同，各国公使更是强

陆　中华变奏：向左走，向右走？

119

烈反对，声称不会承认溥儁的皇帝身份，慈禧的废立计划被迫搁置。

经此一事，慈禧惊恐地发现，作为名义上的国家最高首脑，看起来无用的光绪竟然还有着不小的号召力。她对西方各国的戒心也达到了前所未有的程度，深恨公使们对自己尊严发起的挑战。慈禧决定要给这些洋鬼子一点教训，让所有人体会到太后的愤怒和力量，而不幸被她选中作为反击器具的，是当时声势正盛的义和团。

义和团这个在中国近代史上赫赫有名的群体，诞生于19世纪末的山东。当时华北地方经济濒临崩溃，人心惶惶，秘密会社纷起，外国传教士在这一地区的活动又十分频繁，与国人之间的冲突时有发生，双方矛盾日渐加深。

1898年，义和团打出"扶清灭洋"的旗帜，用暴力手段直指在华的外国人和中国基督徒。开始的时候，清廷对此并不领情，发现一起镇压一起，特别是袁世凯接任山东巡抚后，管制更加严格，义和团逼不得已，从山东向直隶等地转移。1900年初，直隶地区的义和团运动风起云涌，甚至开始向北京渗透，西方各国大为紧张，在不断向清廷施压的同时，还强行向北京派驻了400多人的使馆卫队。

随着义和团势力的发展，朝中大臣们的态度有了分化，大阿哥溥儁的父亲端王载漪坚定地站在义和团一边，他笃信义和团，认为义和团是"义民"而非"乱民"，慈禧也开始觉得义和团的排外理念——尤其是反对光绪很合她的胃口，于是派出心腹刚毅前往考察。

刚毅本来就极端仇外，又一贯反对维新变法，对义和团的激烈排外行为自然是颇加赞赏，他根本没有亲自考察，只是派人到被义和团占据的涿州等地转悠了一圈。回京后，刚毅旋即向慈禧进言，说义和团绝无他心，只一力针对洋人，完全可以招抚，还进一步主张借其势力围攻各国使馆，最终达到废黜光绪的目的。

1900年6月初，在清廷自上而下的默许中，义和团开始大量拥入北京，对外国人抱有敌意的武卫后军（甘军）也被调入北京驻守，士兵们纷纷加入义和团。6月11日，日本使馆书记官杉山彬在永定门外被甘军所杀，以德国公使克林德为首的使馆区人员开始主动攻击路过的义和团成员，而义和团也以四处焚烧教堂和袭击教民回应，北京的局面完全失控。6月20日，克林德本人在去总理衙门交涉途中被射杀，作为享有外交豁免权的公使被杀的情况很少出现过，这就是当时震惊世界的"克林德事件"，也是战争的直接引爆点。

6月21日，慈禧发布了气势汹汹的上谕《谕内阁以外邦无礼横行当召集义民誓张挞伐》，要大家"同仇敌忾，陷阵冲锋"，清军和义和团遂开始围攻位于东交民巷的使馆区。

从被围攻开始，对于使馆人员而言，一直都是一面倒的防御作战。在北京的外国士兵人数不多，要突破清军的包围绝无可能，所以他们的要点都是在防御上面，挖洞筑垒、封街堵路、设置枪楼，营建了相当多的防御设施。

不过这些设施并没有起到太大的作用。战事开始不久，意大利使馆首先着火，防线被突破之后，清军又举着火把一路点名，奥地利、比利时、荷兰使馆相继被焚，使馆一方节节败退。在恐慌的情绪之下，各使馆人员于6月23日集中到了英国使馆，将指挥权交与英国公使，决定以英国使馆为根据地，共同作战。

有个中文名叫辛博悌的英国人也在这里避难，他原名伯特伦·伦诺克斯·辛普森（Pertram Lenox Simpson），1877年生于中国宁波，曾赴瑞士留学，能讲流利的英语、汉语、法语和德语，返华后在中国海关总税务司任职。辛亥革命后改任伦敦《每日电讯报》驻华记者，曾先后担任黎元洪、张作霖等的顾问，并于中原大战期间协助阎锡山接收海关，后来因为抵制日本人的走私活动，于1930年11月在天津遭日本特务刺杀身亡。

辛普森以日记形式写下了当时的情况，后来以普特南·威尔（Putnam Weale）的笔名集结成《庚子使馆被围记》一书，是关于使馆被围攻一事最为直观翔实的记录。根据他的记录，

> 英使馆之南及西方之半为美、俄使馆所遮蔽，其东则为法、德、奥、日本、肃王府所遮蔽，唯其余两方无蔽，但西方为上驷

院，乃一大草地，只有五六幢黄顶之房，若自此方来攻，极易以枪弹扫之，故难施攻。北方则为翰林院，乃不至于毁者，故亦无虑其自此来攻。

宋育仁此时正在辛普森所说"不至于毁者"的翰林院里老老实实地韬光养晦。虽然义和团进京后喊出"杀一龙二虎三百羊"的口号（"龙"指光绪，"二虎"指庆亲王和李鸿章，"三百羊"泛指洋人、基督徒和热心洋务的中国人），但谁又能看出宋育仁胸腔里跳动的是一颗维新求变的心？他对国家决策无力介入，跟战事本身又没有直接关联，就算义和团在使馆区杀个七进七出，也和他拉不上什么关系。只是他万万没有想到，人在院中坐，祸从天上来，一场突然而来的熊熊大火，让宋育仁供职多年的老单位翰林院，以及其中成千上万卷珍贵的古籍善本都陷入了灭顶之灾。翰林院被焚跟它的位置有关。翰林院遗址位于现在北京东长安街路南的公安部内，与当年设在东交民巷路北的英国公使馆毗邻而居，位于后者的北面，翰林院的南墙与英国公使馆的北壁紧靠在一起。

外交官们之所以选择英国公使馆为防御核心，固然是因为英国公使馆墙高砖厚，地理位置也好，不易攻破，但还有一个很重要的理由，就是北面紧邻翰林院。在战斗中，不知道是不是努尔哈赤凭着一部《三国演义》开国的缘故，清军继承了书中的光荣传统，对火攻运用得相当娴熟，一路走来一路烧，把各个使馆的家当几乎全部化作乌有。这也让公使们对防御火攻的问题相当重视，经过研究后他们一致认为，英国使馆北面的翰林院代表着中国文化的传承，其中藏有包括《永乐大典》《四库全书》底本在内的巨量珍贵古籍，清廷的高级官员多数也出身翰林院，"乃中国十八省之牛津、剑桥、海德堡、巴黎（大学）也"，这样神圣的地方，会有人敢向它举起火把吗？使馆区的洋人们都觉得，以翰林院为屏障，是最有力的安全保证。

6月23日，就在使馆人员躲入"最安全的"英国使馆当天，清军用铁的事实告诉了洋人们一个道理，在中国的土地上，只有想不到，没有做不到，心有多大，火就能点多大。

辛普森《庚子使馆被围记》24日的记载里写着：

> 昨日有一放火者，伏行如猫，用其灵巧之手术，将火种抛入翰林院，只一点钟间，众公使居住之英使馆顿陷于危险之域。……予前已述过，英使馆之东、南二面为别使馆所掩护，不能直接受攻。……西边因有上驷院之保护，亦不必十分设防，故敌人之能直接来攻者唯余二处：一为窄狭之北方，一为西南角，其间有中国矮小房子接于使馆之墙，彼中国人奇异之攻击，只能于此二处发展，初自西南角来攻，今则转其锋于北面，放火烧翰林院。

众公使大惊失色，根本没人想到清军会在攻击英国使馆之前，居然直接就点燃了自家的翰林院。"如谓此地可以放火，吾欧人闻之，度未有不笑其妄者。然今竟何如？在枪声极猛之中，以火具抛入，人尚未知，而此神圣之地已烟焰上腾矣。"

出其不意的火攻确实起到了作用，火势很快就从翰林院蔓延到英国使馆外围的房子，使馆人员手忙脚乱地挤到井边，不分男女老幼，拿着锅碗瓢盆齐齐上阵，汲水灭火。

但损失更大的还是翰林院这个大火的源头，由于清军大面积投火种，所以火势越来越大，难以遏止。

> 扑灭一处之火，又有一处发生，因中国放火人逃走之时藉树及房屋之掩蔽，一面逃走，一面抛弃浇油之火具，亦有且逃且放枪者。……火势愈炽，数百年之梁柱爆裂做巨响，无价之文字亦多被焚。龙式之池及井中均书函狼藉，为人所抛弃。有绸面华丽之书，皆手订者，又有善书人所书之字，皆被人随意搬移，其在使馆中研究中国文学者，见宝贵之书如此之多，皆在平时所决不能见者，心不能忍，皆欲拣选抱归，自火光中觅一路抱之而

1900年庚子事变中，翰林院所在被焚后的场景。

奔。……盖此等书籍有与黄金等价者。

两天之后，在辛普森6月25日的记载里，翰林院已经全然变了模样："英馆之北，今已有人驻守，置有沙袋等防御之物，阻隔敌人。此处毁坏荒凉之状，俨如坟院。"

这一场大火毁灭了19世纪末世界上最大最古老的图书馆，也烧断了宋育仁与翰林院的渊源。说来也奇怪，自从1886年中进士以来，宋育仁的正式官衔一直都从属于翰林院，从庶吉士得授检讨之后，品级就再也没有过变化，中间不管是当主考、当参赞，还是督办川省商矿，都只是些临时性质的差使，每次一有提拔的机会，就必然受到大局影响，倒像是该他在翰林院里扎根。

这次算是有了解脱，大火一烧，宋育仁只好离开北京市区，前往京郊的西山避难，跟着又追随皇帝的车驾远赴陕西，在那里获得了以道员身份外用湖北的机会，终于赶在1904年中国最后一批进士诞生之前，彻底告别了他的翰林生涯。

《庚子秋词》：悲怆交响曲

以翰林院被焚毁为节点，使馆人员与清军开始了近两个月的拉锯战，北京的局势进入胶着期。但这远远不是庚子年一系列变故的结束，甚至不是结束的开始。

在战事激烈的时候，翰林院烧了也就烧了，朝廷里没人顾得上关心这事，但这毕竟是一个无法逃避的问题，所以在一年以后，翰林院被焚事件又多了个小小的尾巴。

当时八国联军刚刚撤走，皇帝和太后都还在西安避难，翰林院掌院学士昆冈上了一道奏章，希望朝廷能拨下一笔款项，以便修缮被八国联军焚毁的翰林院。

奏章的内容不小心传了出去，各国公使得知后大为惊诧：八国联军进京是在8月中旬，翰林院6月23日就被引燃了，难道这场火还能烧上两个月？不然怎么会算到了八国联军头上。

他们立刻向奉命留京的全权大臣李鸿章和庆亲王奕劻发去正式照会，要求澄清情况，更正奏章中翰林院被焚一事关于责任方的错误描述。这个时候洋人说话可是管用无比，昆学士收到通知，立刻推翻前说，还在报上做了公开的更正声明。

本来昆冈只是在奏章里含糊一提，重点是方便要钱，反正清廷又不会去追究洋人的责任，总比说是自己人烧掉的脸上要好看些。哪想到公使们这么认真，逼得昆冈出来公开澄清事实，最终反而扫了慈禧的面子。

在慈禧看来，公使们真是标准的狗咬吕洞宾，不识好人心，早知这群家伙如此讨厌，还不如当初把他们全部干掉。要知道，使馆之所以没被攻破，跟对方的坚持抵抗其实关系不大，几万人对几百人，哪有拿不下的道理，纯粹是太后的火气过去了，不想把事情闹得太大。

据辛普森的书中记载，清军对使馆的围攻行动十分诡异，打打停停，反复数次，偶尔还会放行一两个信使，甚至有欲出洋的中国人跟随信使前来使馆申请签证。在7月中旬的一次间歇，双方人马一度做起了买卖，洋人们从清兵手中购得各式瓜果米面，有胆大的法国兵还孤身前去清军阵营游荡，在众人以为他必将性命不保之时，他却回来说自己受到了清军最高指挥、军机大臣荣禄的亲切款待！

这些奇怪的情况也印证了最高决策者慈禧的犹豫心理。朝中和战两派争吵激烈，对义和团的态度势同水火，心腹们也并不统一，端王载漪和刚毅支持用义和团对付洋人，军权在手的荣禄却屡请镇压，并要求保护各国使馆。慈禧始终在摇摆不定，到底该把事情做到什么份上？

在后来避难西安的路上，慈禧也曾经对人谈起她的想法："我本来是执定不同洋人破脸的，中间一段时间，因洋人欺负得太狠了，也不免有些动气。但虽是没拦阻他们，始终总没有叫他们十分尽意地胡闹。火气一过，我也就回转头来，处处都留着余地，我若是真正由他们尽意地闹，难道一个使馆有打不下来的道理？"

慈禧始终记得要为洋人留一份香火之情，对下属可没有那份闲心，对于没有站到她那一边的官员，下场只有一个。

这次遭殃的是宋育仁的老师、在1879年四川乡试中录取他的主考官许景澄。

许景澄多年从事外交，有十多年的时间都在欧洲各国担任出使大臣，时任管学大臣、京师大学堂总教习。他一向对义和团不抱好感，与太常寺卿袁昶不断上书，主张坚决镇压义和团，保护各国使馆，力阻义和团驻京。八国联军攻陷天津大沽炮台后，廷议和战，许景澄与袁昶等反对宣战，最后以"任意妄奏"、"语多离间"等罪名被杀于北京。

老师遭遇这种结局，宋育仁只能以诗歌抒发自己的悲愤情绪：

青蒲造膝泪空挥，荆棘铜驼事已非。

到死无言看日影，似闻白首慨同归。

在这首诗的注解里，宋育仁还详细说明了自己了解到的情况：

己亥立储，为内禅计，各国暗持保护义，乃因民仇教发难，围使馆，以逼内禅。欲宣战，召六部九卿集议御前。上持不可，顾问许景澄，且挥泪引其手，伏杀机矣。余往见问状，师云："见铜驼于荆棘耳。"且属避去。临辞再语曰："此语勿向人道也。"比师见收，尚拟营救，次日与袁爽秋太常同戮西市，师始终无言。

用记录当时情况的一些书籍（如公认内容翔实的《庚子西狩丛谈》）来印证宋育仁在注解里提到的内容，可以说相当合拍。《庚子西狩丛谈》里提到，在讨论是否宣战的廷议上，光绪持反对意见，却得不到大臣的拥护，一时情急，离开座位拉住许景澄要他建言，许景澄当然也是不愿开战，光绪闻言激动，与他执手而泣，袁昶当时正在一旁，同样面露悲戚之状。慈禧望见这等情形，以为三人有什么隐语密谋，因此杀机暗伏。

袁昶也是宋育仁的朋友，两人都是从小就成了孤儿，全靠发愤读书才有了今天的成就，因此平常颇有共同话题。他这次似乎提前猜到了自己可能的下场，事先就仿照嵇康的《幽愤诗》写了一首同名之作赠给宋育仁。

果然被他不幸料中，慈禧没多久就搬出"语多离间"的罪名，将许、袁二人一同收监，斩于西市。而宋育仁也只有在事后写下诗句，追思这位逝去的友朋：

开箧见君前日书，新亭泪尽到今无。

可怜垂白相逢日，幽愤犹闻话少孤。

许景澄此前的叮嘱已让宋育仁警觉，那句"见铜驼于荆棘耳"就不是什么好的预测。古代宫门外放置有铜铸的骆驼，《晋书·索靖传》中说："靖有先识远量，知天下将乱，指洛阳宫门铜驼，叹曰：'会见汝在荆棘中耳！'"后人于是援引"铜驼荆棘"来指代山河残破、国土沦陷的景象。

八国联军进逼北京，"天朝上国"的首都已无法改变自己的悲惨命运，老师和朋友的相继被杀令宋育仁彻底醒悟过来，京师已非安稳之地，一场灾难即将来临。已经变成一片废墟的翰林院给了宋育仁最大的自由，连旷工的借口都不用再找，他直接带着几名弟子，奔向京郊的西山。

西山是北京西部山地的总称，属于太行山脉，低山及山麓一带名胜甚多，香山、潭柘寺、戒台寺等都是著名的人文景点，并非山野荒凉之地。宋育仁在西山南隅安顿了下来，过了没几天，他就听到了八国联军已破京师的传闻。

八国联军是在8月14日这天进城的，联军先头部队很快攻占天安门，又于次日凌晨继续进攻。慈禧竟然对此一无所知，等她收到消息时联军已开始攻击紫禁城，慈禧闻讯后不胜惊骇，匆忙带着光绪皇帝，出北边的神武门后一路西逃。

在中国历史上，如果国都沦陷，基本上就可以视作改朝换代的开始。宋育仁在山中消息闭塞，无法得知皇帝的下落和京中具体情况，只能心情沉重地带着弟子蒲渊和刘复礼，翻越山路来到罗喉岭，在那里眺望京师烽火，他真切感受到了杜甫当年所言国破山河在的滋味，在日后的《感旧诗》中，他挥笔写下了当时那种沉痛的心情：

一听啾鹍感不胜，罗喉蔽日隐舳舻。

麻鞋行在翻无泪，独向青烽哭佛灯。

当时还有大批没能跟随皇帝西逃的官员，鉴于京师的危险局面，也在各自寻找安全之处，王佑遐在西山建有别院，此时自然发挥了作用，随后朱古微、刘伯崇也相继到来，在王佑遐处做客。

王佑遐、朱古微都是晚清的词学名家，朱古微后来曾当过汪精卫的老师，本以清新婉约见长，自庚子之后，二人词风为之一变，从山水风月走入家国天下，这跟他们骤经国变，在西山度过的煎熬岁月大有关系。

王佑遐、朱古微、刘伯崇与宋育仁有缘同居西山，经常互有来往，山居岁月长，无事可做的他们每天指定一两个词牌进行创作，互相唱和。神州破碎的现状让士人们的爱国忧时之心油然而生，在彼此的互动下，词里少了许多艳媚之音，家国之思、生民之痛倒是频见其中。在两个月的时间里，四人共得词三百零七阕，最后编为一集，于次年（1901年）刻印成书，是为《庚子秋词》。

《庚子秋词》中，宋育仁著有39首，忧愤之心，溢于言表。比如《清商怨·庚子避乱西山作》：

草间蛩语，离宫吊月伤心处。乱山无数，不见高城暮。极目桑乾，肠断回潮去。咸阳炬，可怜焦土！泪洒燕山路。

《庚子秋词》卷首的"题词"也是宋育仁所写，诗中流露出一股愤然大气：

大笑苍蝇蜕窍闻，联吟石鼎调翻新。
欲言不敢思公子，私泣何嫌近妇人。
隐语题碑生石闹，啸声碧火唱秋坟。
二豪侍侧何须问，镜里须看却忆君。

《庚子秋词》在晚清流传较广，有很多个刻本，但除了初版以外，后期的版本大多只收录了王佑遐、朱古微、刘伯崇三人的作品。这与他们素以词名显世，又朝夕住在一起，所作诗词较为集中有关，但主要的原因还是宋育仁中途离开西山前往西安，结束了与众人的诗词唱和。

　　在西山居住的那段时间，宋育仁始终在打探皇帝的去向，农历九月，他终于收到了确切的消息，圣驾已经平安抵达西安。

　　对慈禧来说，这是一段不堪回首的旅程。

　　八国联军进京的第二天，慈禧带着光绪仓皇出宫，身边只有几十个人，一路缺衣少食，狂奔到河北怀来县时才暂且停下，这时大家已经饿了两天，全都狼狈不堪。

　　在怀来知县吴永的努力张罗下，慈禧才进了一顿有生以来最寒碜的"御膳"：一锅小米粥、五个鸡蛋（分了两个给光绪）、几袋水烟。饥者易为食，贵人也不例外，饿得狠了，慈禧居然吃得很满意。吃完饭，她又让吴永赶紧把家中的衣裳统统拿来。吴永回家翻箱倒柜，把找出来的先母遗服和自己的长衫进献上去，结果不但慈禧笑纳了吴永去世母亲的女式夹袄，他的长衫也荣幸地穿在了格格们的身上："少间复传起入见，则太后及皇上均已将予所进衣服更换，威仪稍整；两格格亦穿予长衫，伫立门外闲看，不复如前狼狈矣。"

　　靠着这一番接驾之功，吴永很得慈禧的欢心，被任命为"前路粮台会办"，从河北到陕西一路随行，直到第二年起驾回京。这一年里吴永整天都在跟慈禧打交道，虽然官职低微，但知晓的宫廷大事却很多，在慈禧面前也颇能说得上话。后来吴永的浙江老乡刘治襄根据他的口述记录成书，出版为《庚子西狩丛谈》，这本书曾被译成英、法、日等多国文字，著名历史学家翦伯赞称该书为"西巡诸书中最佳之著作"，"中外推崇，视为信史"。

　　8月18日，车队从怀来县起驾，21日抵河北宣化，23日又继续西行。沿途不断有人赶来会合护卫，从北京逃出来的时候车驾只有几十人，9月10日至太原时已达数千，其后蚁附者更多。

慈禧在太原驻扎观望了一阵，正踌躇间，江苏巡抚鹿传霖奏称："太原不可居，西安险固，僻在西陲，洋兵不易至。"力劝两宫入陕。9月29日石家庄方面又传来德、法联军西进的消息，以慈禧为首的皇家难民团有如惊弓之鸟，决定逃往陕西。车队于10月1日再次从太原出发，当10月26日到了目的地西安，随驾官绅已达数万。

宋育仁来得实在太晚，从京师出发时就已是农历九月下旬，等他到了西安，城里已经挤满了王公大臣，根本没有他表现的机会。他在西安待了一阵子，写了本《骖鸾行记》来记录随驾的景况。

正在无所事事之际，慈禧竟突然发布了一道变法上谕。

也许是取悦西方列强，也许是为了收拾人心，总之，在光绪二十六年十二月初十（1901年1月29日），慈禧发布上谕，宣布将自己纳入变法者行列，她先是照例骂了康有为："康逆之谈新法，乃乱法也，非变法也。"接着口风一转，"世有万古不易之常经，无一成不变之治法。……大抵法积则敝，法敝则更，要归于强国利民而已。……法令不更，锢习不破；欲求振作，当议更张"。

幸福来得比想象中容易，宋育仁变法的热情又开始涌现，激动之下连上两道奏疏，一讲教务，一为理财。但他忽略了当时的大局背景，一个月前西方各国共同提出了《议和大纲》12条，清廷照单全收，如今正忙着跟洋人议和签约，怎么可能有兴趣去梳理旁枝末节的变法事宜，谕旨不过是随便意思一下，没想到还会有人当真！

奏疏递上去不久，很快就有了回音。一道旨意下来，将宋育仁以道员身份外放，遣往湖北就职。

宋育仁拿到这份升官的通知，真是哭笑不得，怨只怨自己太过天真，识不破朝廷的虚晃一枪，虽然转任外官在品级上有所提升，却跟他为国革新的抱负越发遥远。但到底上谕难违，升官也好，发配也好，他都只有带着郁闷的心情，重新背上行囊，去投靠自己的老师、湖广总督张之洞。

奔走在东南

与宋育仁在京师体会到的慌乱和西安的喧嚣不同，庚子事变后的湖北显得十分平静，以首都北京被攻破为结局的那场战争，似乎并没有给这里带来什么改变。

之所以能保持这种安稳气象，湖广总督张之洞厥功甚伟。

也许是尊经书院带给他的好运，1876年底从成都回京后，短短8年时间，张之洞就从一个正六品的小京官，成为了执掌一地生杀大权的封疆大吏。1889年，张之洞52岁那年，从两广总督任上调为湖广总督，此后的18年中，除了两次短暂署理两江总督外，他一直坚守这一岗位。

张之洞在湖北投注了大量心血，从1890年起，纺纱局、织布局、缫丝局、钢铁厂、枪炮厂等相继建立，奠定了湖北的工业基础。尤其是汉阳铁厂和汉阳枪炮厂，前者是中国近代最早的官办钢铁企业，后者生产的汉阳造步枪更成了近现代史上中国武器的传奇。从辛亥革命的第一枪，到南昌起义、八年抗战，从清朝编练新军，到北洋军、北伐军、中央军、红军，汉阳造作为主力武器撑起了无数的中国部队，直到朝鲜战争，仍有许多志愿军部队持着汉阳造，在冰天雪地中与美军拼杀。武昌的辛亥起义纪念碑和南昌的八一起义纪念塔上，均镌刻有汉阳造的图案。

这些成果得来不易，张之洞绝不愿意让它们毁于一旦，即便那是来自最高统治者的命令。

1900年6月，当慈禧作出向各国宣战的决定后，即刻通电全国，指示南方各省召集义和拳民，焚教堂杀教民，调兵勤王。

这道命令在第一个关口就遭到了抵制，在辛亥革命中充当了重要诱因、时任大清电报局督办的盛宣怀命令各地电报局扣下电报，只是单独呈给各地总督，随后他又给总督们发去密电，建议大家联络自保：

瓦解即在目前，已无挽救之法。……欲全东南以保宗社，诸大帅须以权宜应之，以定各国之心，……各督抚联络一气，以保疆土。

　　几乎所有地方大员的看法都与慈禧的命令相左，更具开放气息的东南毕竟与天子脚下的华北不同，义和团在这里无法成势。实际上，在清廷宣战之前，张之洞就一直在积极与洋人联络，表达和平意愿，现在看到这份几近癫狂的圣旨，大家一时都不知如何是好。

　　也是活该慈禧倒霉，疆臣悍然违抗圣旨，这种戏剧化的桥段竟然被她碰上，始作俑者正是曾经被她倚为干城的李鸿章。

　　因为签订《马关条约》背了骂名，投闲散置数年后李鸿章又被贬到两广总督任上。七十而从心所欲，这时的李鸿章已经要满80岁了，他反正谤满天下，已经无所畏惧，公然复电北京："此乱命也，粤不奉诏。"

　　这八个字对当时的中国真是重如泰山。

　　正在为难的南方疆臣们见有了领头羊，也就纷纷冒头。以李鸿章为首，两江总督刘坤一、湖广总督张之洞、四川总督奎俊、闽浙总督许应骙、福州将军善联、巡视长江李秉衡、江苏巡抚鹿传霖、安徽巡抚王之春、湖北巡抚于荫霖、湖南巡抚俞廉三、广东巡抚德寿联名合奏朝廷，表明了自己的态度："乱民不可用，邪术不可信，兵端不可开。"

　　其中最担忧战争爆发的人是张之洞和刘坤一，他们的辖地囊括了大部分的长江水域，一旦事变，洋人的军舰可以沿江溯流而上，完全无可抵挡。二者深知局势的危险，更是加紧了与洋人的联系。

　　6月26日，通过盛宣怀居中牵线，张之洞、刘坤一派遣上海道余联元与各国驻沪领事商定了"保护东南章程九款"，在条款中约定：南方督抚绝不支持义和团的举动，不奉清政府对各国的宣战之诏，并且努力保护洋人在华的安全和利益。作为交换，洋人不得在南方各省进行军事活动和其他过激行为，也不得在长江流域加派军舰。

这就是一国之中前所未见的"东南互保"条约，南方各督抚联结一气，拒绝服从政府的宣战行为和调兵旨意，在各国与清廷的对抗中严守中立，江苏、江西、安徽、湖南、湖北、广东、山东、浙江、福建、四川、陕西、河南都加入到互保联盟中。中国大地上上演了奇特的一幕：华北地区烽火连天，清军和义和团与八国联军浴血对抗，东南地区华洋之间却互不侵犯，共保平安。

应该说，从这一刻起，清室的权威已轰然倒塌，剩下的十多年时间，只是苟延残喘罢了。

对这种公然的违逆，专权而敏感的慈禧按理绝不能容忍，但在庚子年这场壮观的政治军事大戏中，她就像个举止拙劣的票友，还没正式亮嗓，就已经被凶恶的观众轰下了舞台。

现实破灭的速度总是比膨胀要快，最终丢尽颜面的太后，只能近乎哀求地让带头抗旨的李鸿章回京主持大局，而张之洞这样串联"东南互保"的"首恶"，也在战事过后被赏加太子少保衔，甚至在他数年后病逝之时，朝廷的官方评价还专门点出张之洞"庚子之变，顾全大局，保障东南，厥功甚伟"。

正在意气风发的老师，忽然有郁郁不得志的心爱弟子前来拜见，相识已二十多年的师徒重遇，这样的场面当然是怀旧而温暖的。

在晚清的疆臣中，与曾国藩和李鸿章分别倚重湘、淮老乡，形成具有宗族和地缘特色的集团不同，张之洞在用人方面有个明显特点，他的班底并不以血缘和地缘关系为主，而是以一定的学缘关系构建。这与他祖籍河北南皮，却生长在贵州，其后又宦游多省，家乡观念较为淡薄有关，但更主要的是张之洞重视兴学育才，多次创建书院，成就出众的门生遍及天下，在士林中称得上众望所归，从而拥有他人无法比拟的人才储备。

张之洞对宋育仁素来赏识，师徒二人在政治理念和文化取向上有很多一致的地方，这样的人自然要委以重任，他为宋育仁安排的职位是宜昌土药税局督办，也就是那里的一把手。

这是一个超级肥差，能够担任这个职务的官员，就像在身上贴了四个烫金大字：升官发财。

从19世纪中期进口鸦片贸易合法化以后，清廷逐渐明令对土制鸦片征收土药税，放宽了内地种植罂粟的禁令，准备用土制鸦片来抵制进口鸦片，同时也起到增加财政收入的目的，这一举措直接造成了各省的罂粟种植面积以不可遏制的态势蔓延。光绪初期，四川成为全国最大的鸦片产区，就连山林深处也处处盛开毒花；云南的产量仅次于四川，遍野罂粟；贵州则把罂粟当作庄稼一样看待，农民们都争相种植。20世纪初，据国际鸦片委员会估计，四川每年制成的土药有238000担（100斤为1担），云南为78000担，贵州约48000担，三省共计364000担，占全国鸦片产量的三分之二。

自1877年中英《烟台条约》增辟宜昌为通商口岸后，鸦片出口贸易开始在宜昌繁荣，来自云、贵、川三省的鸦片大量通过由洋人操控的宜昌海关中转。1897年，张之洞在宜昌设立土药税厘总局，在海关收税的同时，另行征收各省土药入境行销内地之税，还在各处设立分局分卡，雇佣巡丁进行查缉。

据记载，光绪二十六年至三十一年的6年里，通过宜昌海关的鸦片共计177151担，年均29525担。而光绪二十八年（1902），土药税局对每担鸦片征收52海关两，这正是宋育仁任职的时间段，以此推算，每年在他手中所过税银至少有100多万两。

张之洞在1891年就上奏朝廷，将这笔钱作为汉阳钢铁厂和枪炮厂的经费。既然收入就地消化，又是难以精确统计的按担征收方式，官员们当然少不了要上下盘剥，再用这钱打点上官，自然不难铺开一条官场的金光大道，所以有升官发财一说。

可宋育仁来了后洁身自好，丝毫不对这些过路银两下手，有多少缴多少，统统归于官库，又想办法改良税法，减少舞弊现象。老大讲清廉，弟兄们想贪污就很难办，自然会产生怨怼。而且宋育仁得罪的不仅仅只有下属，湖北官场中打这笔税银主意的官员不在少数，他的做法触动了一个大群体的利益。

在张之洞身边进宋育仁谗言的人渐渐增多，不过老师还是一如既往保持了对学生的信任。但不巧得很，1902年底，因刘坤一去世，张之洞被调往江宁署理两江总督，暂代张之洞职务的人，是以《劝善歌》获得提拔，又在陕西接驾有功升为湖北巡抚的端方。

张之洞一走，反对派们顿时无所顾忌，群起而攻之，将宋育仁说得一无是处。宋育仁不胜心烦，恰逢慈禧太后决定重开戊戌年间的经济特科，他得到唐景崇等人的举荐，干脆辞职一走了之，去北京参加考试。

经济特科在有清一代，这之前仅仅开设了一次，而且还是流产。

1897年，贵州学政严修就曾上奏，希望朝廷效仿前清举博学鸿词之例，在正规科举之外开经济特科，选拔各种专业人才，"或周知天下郡国利病，或熟谙中外交涉事宜，或算学译学擅绝专门，或格致制造能创新法，或堪游历之选，或工测绘之长"。朝廷于1898年初下旨，让京官三品以上，外官督抚、学政进行举荐，无论对方是否在职，有无功名，皆可参试，此举轰动一时。

当年宋育仁就曾被推荐应试，可惜还没开考，就随同戊戌政变的到来化为乌有，慈禧下旨说："经济特科易滋流弊，并着即行停罢。"

1901年的局面大有不同。这一回是慈禧主动重拾经济特科，她换了一个说法："为政之道，首在得人。况值时局阽危，尤应破格求才。"

既然太后打算鼓舞人心，臣子们自然极力响应，到1903年，全国被举荐的人才有近400名，其中张之洞一人就举荐了46名。无奈很多被荐者似乎不愿配合，最后应试者不到190人，有一半以上没来。

这也是有原因的，首先慈禧自己已经开始动摇。她本是身在朝不保夕的西安时下令开科，希望能一振朝政，但两年后已然还宫，"量中华之物力，结与国之欢心"，中外一团和气，还举行经济特科作甚？但求才的谕旨又被天下共知，正在办与不办之间，张之洞冒了出来，坚持认为"此事中外注目，若半途辄止，贻笑外人"，慈禧干脆顺水推舟，让他主持考试。

其次，在开考之前，京中又传出谣言，说是应试之人多为康梁一党，至少也是立场不稳，甚至有讲求革命的暴徒位列其间，这次齐聚北京，朝廷正好一网打尽。

有这些小道消息流传，自然让大部分明哲保身之人望特科而却步，干脆直接放弃。

1903年7月，经济特科正式在京举行，共分为两场，以第一场为正场，录取者再复试一场。

正场考试完毕，在张之洞主持的阅卷中，梁士诒、杨度、张一麟分列前三名，宋育仁居第四。

这几位都非等闲之辈，在中国历史上均有自己的一席之地，梁士诒曾在民国初期担任国务总理，杨度更是清末民初的政治奇才，一生争议之多，难以尽数。有趣的是，几个人都与袁世凯颇有关联：梁士诒和张一麟后来都担任过袁世凯的总统府秘书长一职，杨度更是与袁世凯恩怨缠杂，一度是他心腹中的心腹，袁还亲自题字赐匾誉杨度为"旷代逸才"，最终两人却分崩离析，还搞得袁世凯临死前大呼"杨度误我！"宋育仁也因一次上书事件，在民国时被袁世凯下令遣送回籍。

这个考试结果，最高兴的人可能是远在湖南的王闿运。宋育仁自不必多言，杨度是他辞别四川后亲自招收的弟子，拜师时才13岁，在《湘绮楼日记》中他常称杨度为"杨贤子"。更重要的是，杨度也醉心于帝王之术，在王闿运眼中就像年轻时的自己。

问题在于，凡是为这个考试排名而兴奋的人，在清末政坛上最多只能当个不明真相的围观群众，因为最终能决定一切的，不是实力，而是权力。

首先是军机大臣瞿鸿禨不知出于何等理由，对特科头名梁士诒痛下毒手。梁士诒本来跟梁启超毫无关系，结果瞿鸿禨在慈禧打听第一名来历时奏称："梁士诒是梁启超的兄弟，孙文的同县人，又和康祖诒（康有为的原名）名字末一字相同，梁头而康尾，定非善良之辈。"

陆　中华变奏：向左走，向右走？

能被人一举栽上跟清末三大"叛逆"有牵扯，梁士诒也足可自豪了，但代价也很明显，这经济特科算是白考了一回。

然后杨度也被人栽赃，说他是湖南人，可能与之前被张之洞擒杀的造反派唐才常有牵连，还曾经发表过不满朝廷的言论。这个罪名更大，杨度不但被除名，还被下令通缉，幸亏他见机逃脱，一举避到日本，否则下场难料。

接下来上演的是大场面，御史周树模可能觉得这些家伙诚可痛恨，一口气劾举了十多个应试者，也包括宋育仁在内，罪名无非还是老一套，康有为、梁启超同党之类。慈禧这回非常干脆，在复试时让人拆开试卷的弥封，凡是被举发的诸位，一律先行淘汰，正场取中的前四名只有张一麟幸免。

最后的结果让张之洞尴尬至极，他在正场录取的前几名几乎全被黜落，他推动并主持经济特科，囊天下英才为己用的谋划完全落空。在给幕僚的电报里，张之洞吐露了自己的郁闷心情："鄙人江鄂所保数十人，止得半人，直隶无一，此事意外阻力太多太巧，闷闷。"

事情还没完，慈禧本来准备遵循旧例，让这些好不容易才选出的应考者入翰林院，结果军机大臣王文韶站出来抗议，按他的说法是：这些家伙都讲求新学，总是喊着废除科举，那怎么能给他们科举人员的荣誉呢？太后赏他们碗饭吃就可以了。

慈禧在这件事上简直是从谏如流，立刻推翻了原有方案，下旨将有职位者略加提升，如张之洞推荐的人里唯一被取中的陈曾寿，本来在刑部主事位上学习，现在就算他学满毕业；无职缺者以七品知县用，稍差一点的只能当从七品的州判，还都是候补，没有现职。

实际上，慈禧给的碗里连饭都没有，候补遥遥无期，谁也不清楚自己会先饿死还是先补缺。大部分人只好去当幕僚，被逐的梁士诒和中选的张一麟站在了相同的起点——齐齐投靠了袁世凯。

后来有应试者评论："此科最失士心。"

算上在西安的那次奏折，宋育仁已经被慈禧忽悠了两回，留在北京毫无意义，他干脆应朋友的召唤，于1903年底一路南下。

邀约宋育仁的是时任江苏学政的唐景崇。他也是个新派大臣，一直对宋育仁颇为赏识，1895年《马关条约》签订后光绪下诏求才，唐景崇就曾上折保举宋育仁，后来又在经济特科开设时再次推荐，没想到事有不顺，反让宋育仁平白丢官弃职。

这时全国正掀起改书院为学堂的热潮，江阴的南菁书院也改名为江苏全省高等学堂。唐景崇对学堂章程制度进行完善，增添了科学、外文、伦理等课程，又新招了不少学生，正在对外延聘知名学者，恰逢宋育仁得闲，于是就邀他前往任课。

宋育仁在江阴南菁任职的详细经历已难以考证，据李定夷《民国趣史》记载，宋育仁"为江南南菁学堂监督兼总教习，始为分科教授之法。……以高足兼教授，而自寓沪上"。

《民国趣史》这一说法与其他的记载有些抵触。南菁书院现在已经变为江苏省南菁高级中学，据该校列出的校长名录，1904至1907年间担当校长（时称总教习）的是清末民初著名的教育家、方志学家金鉽，他同时也是南菁书院昔日弟子和唐景崇的得意门生，而分科教授的制度在1905年前后就已经推行。

直到1907年，江苏省南菁高级中学改制为高等文科第一类学堂，金鉽被两江总督端方差遣，准备赴日本考察教育事业，宋育仁才接任了校长（时称监督）一职。这些情况也和历史上关于金鉽的记载吻合。

不过也有充分证据表明，宋育仁在担任校长前已在江阴南菁学堂任教。在近现代学术史上有着重要影响的历史学家顾颉刚，在自己《顾颉刚古史论文集》第二册的《虞初小说回目考释》里明确提到：江阴南菁学堂半月刊《讲学类钞》在1905年刊载的《虞初小说》，正是他这篇论文产生的基础。《虞初小说》是一本以传奇笔法描述上古贤明君主"舜"的故事小说，《讲学类钞》上列出了全书二十四回的回目与第一回上半的正文，作者正是宋育仁。

至于宋育仁是否"以高足兼教授，而自寓沪上"，让弟子替自己充当教习，这倒是很有可能。从宋育仁1903年南下开始，到数年后重

陆　中华变奏：向左走，向右走？

新北上为止，他不但连续出版著作，内容涉及时政、经济、宪法等多种方面，还长期担任驻扎于上海的会办商约大臣吕海寰的幕僚，期间又一度应江西巡抚吴重熹之邀前往南昌，充任铜元局总办，这么看来，他似乎很难有固定空闲来讲授完整的课程。

无论是寓居上海，还是两地奔忙，虽然远离了京师，但宋育仁的政治热情并没有熄灭。他多年后的一段记载揭示，南下不久的宋育仁就参与到了政府改革货币制度的大事里。

他欣然就任了工部尚书吕海寰的幕僚。20世纪初的上海是中国最具活力的城市，租界里充斥着来自全球的冒险家，各国几乎都在这里设立了领事馆。吕海寰被任命为会办商约大臣，驻扎上海，专门负责与各国订立新的通商行船条约，这也是列强通过《辛丑条约》所取得的权利。吕海寰素以擅长外交闻名，曾任驻德国、荷兰公使，和宋育仁有近似的使欧背景，这也是他邀请后者担当幕僚的原因之一。

宋育仁来到吕海寰身边不久，就收到了朝廷发来征求意见的《中国新圜法觉书》。

自太平天国运动后，政府权力向地方转移，督抚们为了筹措资金，纷纷自铸钱币，让全国货币状况变得极度混乱。清廷一直想对此作出整顿，西方各国也基于自身利益，强调中国必须进行货币制度改革，在1902年《中英续议通商行船条约》、1903年《中美通商行船续订条约》和《中日通商行船条约》中，都提出了同样的要求。

英国的意见是组织一个由西方各国参与的专门委员会，来指导和监督清政府的货币改革。清政府有条件地接受了英国建议，在1903年设立了专门的财政处，着手财政、货币制度改革，为了谨慎起见，清政府向美国政府请求合作。

1904年初，美国耶鲁大学教授、金融专家精琦（J.W.Jenks）作为财政顾问来到中国调查货币状况，并向光绪提交了币值改革方案《中国新圜法觉书》，主张放弃银本位制，实行金本位制，在国内用银币作为流通货币，金币只作为国家储备使用，金银比价定为1：32，聘请外国人主持货币事务等。

对精琦的建议，朝中大臣的意见分歧巨大，尤其是该采用新的金本位制还是维持原有的银本位制度，连作为指导者的西方各国也无法达成统一。

朝廷暂时无法做出决定，只好先把矛盾下放，将《中国新圜法觉书》发往各督抚处，再让精琦从北京出发，到上海、广州、天津、厦门等地进行访查，与地方官员们交换意见，尤其是在上海主导商约签订的吕海寰、盛宣怀。

现藏于成都市温江区文管所的宋育仁多年后的一件书法斗方，记叙了自己为吕海寰拟文批驳《觉书》，并且当面诘问精琦的一段外交故事。

　　光绪末，美专使精琦来华议代中国理财政。由各国公推设"司泉"一职，以美代使沈凤楼咨外部会南北洋大臣共议。先接驻上海商约大臣咨到原议题为《中国新圜法觉书》一巨册。时余就商约吕尚书幕，为之笺驳《觉书》七十余条。因议采用其言，本国自理。精琦先与南洋开议，魏武庄督南洋，电沪道袁、海关吕尚书电致蔡侍郎约推余，时已就南菁高专校先约必终一年，遂覆电届商议，而径以得电，轮航而至端督府，议席已蜀列，猝诘以贵国币与我等重，何故倍价？满座皆惊失色，恐余失言。精琦乃逡巡惭谢曰："非吾国故增其值，以从金位定价故。"复诘："各国金价皆换银十五，今为同进金本位，代谋甚善，而定率以三十换，何故？"精琦复谢曰："非为谋不忠，良以中国金价素高出四十换，故须由渐减。"遂不再诘。精亦辍议与周旋作谈，询使欧两年未效英语乎？因云："古代各国语相同，后乃离异，答之闻之，事在旧约书。"遂不赴沪改约。先诣北洋为吕尚书书写奏稿，请定金位，整高银价。忌者漏其言，南皮因不主用金，出奏驳类议。此奏遂未上。精琦还至沪，怏怏去。此事知者稀。次修娴外交，复二十年，别素书为记，书此质之。育仁（印）

陆　中华变奏：向左走，向右走？

宋育仁：隐没的传奇

宋育仁参与建议实行"金本位"货币制度的手札

142

这确实是一件值得回味的往事。

精琦挟金融专家的姿态来到上海，虽名曰征求意见，但实际上大清的官员们没几个真正懂得财政，更不要说具体到货币制度。从宋育仁猝然发问"贵国币与我等重，何故倍价？"结果"满座皆惊失色，恐余失言"可以看出，其他与会者对货币问题根本无从置喙。

精琦也没想到会遇上这么尖锐的问题，犹豫半天，回复说两国本位货币不同，所以价值有此差异。

宋育仁当即又发一问，既然现在精琦提出清朝也该采用金本位制，与各国相同，但为何金银比价定为1:32，而不是国际通价1:15？

这一问好似当头一棍，直接对美国人的专业精神和用意提出了质疑，精琦只好解释以中国现有银价超过1:40，不宜一步调整到位，并且赶紧声明自己绝非对中国"为谋不忠"。

话已至此，意见也无法继续征求下去，大家只能聊天拖延时间。

散会之后，宋育仁立即为吕海寰拟定奏稿，指出精琦改革方案中的问题，在认可金本位制的同时，要求提高银价。虽然后来因为张之洞公开反对金本位制，吕海寰不欲与之争执，没有上交此份奏章，但宋育仁财政专家的名声还是传播了出去。当时在上海的会办电政大臣吴重熹后来调为江西巡抚，还专程将宋育仁请去核理全省财政，又委他出任江西铜圆厂总办。

这一名声得来并非突兀，只能算是又一次厚积薄发。

跟大多数传统儒家学者不同，宋育仁一向对财政问题很感兴趣。1896年他就曾上奏《呈请理财折》，提出开矿藏、铸金币、设银行、发行币票；1901年又上奏《请理财以疏国困折》，再次提出整顿财政，改革币制。1905年，他更是在上海出版了财经专著《经世财政学》，从农业、工商、货币等多个方面对清廷的财经制度进行探讨，系统提出了理财富国之策。

在同一时间，宋育仁还出版了《经术公理学》，完整阐述自己的政治主张。他始终相信，传统经术可以在新的历史条件下发挥作用，并且提倡渐进式的改良和君主立宪政体，认为"急变"和革命只能带来长久的破坏，于国无益。

宋育仁在上海期间，也是君主立宪呼声最高之时。

进入20世纪以来，昔日的维新派渐渐向立宪派转变，开始鼓吹君主立宪，日俄战争最终以日本取胜的结果，更是极大刺激了立宪的呼声，清廷的很多督抚也纷纷加入这一行列。连慈禧都不得不表示："立宪一事，可使我满洲朝基础永久确固，而在外革命党亦可因此消灭。候调查结局后，若果无妨害，则必决意实行。"

清末的宪政之潮，浩浩荡荡而来。

这是宋育仁十多年来的向往，"亦余心之所善兮，虽九死其犹未悔"，他毫不犹豫地投身进这场政治变革，此后一直坚定地顺着自己选择的道路前行，沿途穿越辛亥的喧嚣和洪宪的闹剧，直至生命的终结。

柒

京都尴尬：保路与保皇

川汉铁路之梦，悠然间已越百载。当年川人寄托其中的自豪、辛酸与血泪早已化去，只剩下一页保路的传奇，在历史中默默沉淀。

立不起的宪

20世纪初的十年，是影响中国未来道路的关键十年。

是革命？是改良？是民主共和？是君主立宪？

在今天看来顺理成章的选择，当时却令如宋育仁一样的中国知识分子迷茫纠结。

以孙中山奔赴檀香山开始，革命派在现身历史舞台的最初几年，很难取得人们的认同，以至于他深深感叹："当此之时，革命前途，黑暗无似，希望几绝。"直到庚子之变后，清室与朝廷威信扫地，九亿两白银的赔款令国民倍感受欺辱和绝望，不少人对政府彻底失去信心，转而寻求一种快速而彻底的改变，革命思潮才得以顺利传播。

1902年，孙中山好友、日本人宫崎寅藏的回忆录《三十三年之梦》面世，记叙自己与孙中山、康有为等的交往和共同经历。《苏报》主笔章士钊将它节译后改名为《孙逸仙》发表，秦力山在该书序言中清晰表述了这种变化。

秦力山1900年就曾与唐才常在武汉共组自立军反清，他写道：

> 四年前，吾人意中之孙文，不过广州湾之一海贼也，而岂知有如宫崎之所云云者。……孙君乃于吾国腐败尚未暴露之甲午乙未以前，不惜其头颅性命，而虎啸于东南重立之都会广州府，而当时莫不以为狂。而自今思之，举国熙熙嚷嚷，醉生梦死，彼独以一人图祖国之光复，担人种之竞争，且欲发现人权公理于东洋专制世界，得非天诱其衷，天锡之勇者乎！

章士钊也在《自序》中大肆夸奖孙中山：

> 孙逸仙者，近今谈革命者之始祖，实行革命者之北辰，此为耳目者同认。……孙逸仙者，非一氏之私号，乃新中国新发现之名词也。有孙逸仙，而中国始可为，则孙逸仙者，实中国过渡虚悬无薄之隐针。

1903年，随着章士钊发表邹容的《革命军》，积极鼓吹建立"中华共和国"，章太炎又在报上公开光绪为"载湉小丑"，清政府再也无法忍耐，"苏报案"爆发，邹容、章太炎入狱。

这一事件反而激发了大众的革命热情，越来越多的反清组织开始秘密成立，与之相应，清政府也加紧了搜捕活动。

由于日本距离中国不远，又有诸多文化和政治上的相近之处，被通缉的革命人士纷纷前往避难，再加上长期在那里活动的梁启超等维新前辈，一时间热闹非凡，倒成了中国反政府人士的大本营。

1905年，革命派在日本的活动达到了一个新高度。中国同盟会在东京成立，提出了"驱除鞑虏，恢复中华，创立民国，平均地权"的十六字纲领，推举孙中山为总理，黄兴为副总理，声势大振。

同一时间内，要求实行君主立宪的呼声响彻海内外，掀起的浪潮也更为澎湃。

君主立宪制度在中国从未真正实现过，在武昌起义后更是迅速被抛进了历史的垃圾箱，但它却一度是清末很多人的梦想所在，也是20世纪初中国的一个现实选择——不少学者回头掂量，甚至说它有可能是当时最好的选择。

众所周知，君主立宪派的旗手人物是梁启超，但很多人不知道的是，梁启超也曾几度反复。

戊戌政变后，梁启超虽然逃亡海外，却没有一日停歇过对中国未来的思考，把相当多的精力投入了对政体的研究。1901年，梁启超

柒　京都尴尬：保路与保皇

在自己主编的《清议报》发表《立宪法议》，把世界上的政体分为3
种：君主专制政体、君主立宪政体和民主立宪政体。他认为民主立宪
政体施政多变，总统选举竞争激烈，于国不利；君主专制政体君民对
立尖锐，互为寇仇，民众极苦，君臣极危；只有"君主立宪者，政体
之最良者也"，还首次提出中国应进行"预备立宪"的主张。

但与此同时，在日本的梁启超与孙中山等革命者交往甚密，逐渐
受到他们的影响，与康有为所坚持的保教尊孔、复辟保皇思想渐渐背
离。在提出预备立宪之后不久，他又在报上发表文章，开始倾向革
命，反对保教尊孔，称自己"昔也为保教党之骁将，今也为保教党之
大敌"，并且在《清议报》被迫停刊后继续创办了《新民丛报》，言
辞更趋激烈，不仅赞同"革命破坏"之说，甚至提出推翻满清，建立
民主国家。梁启超后来也说他此时的思想是"保守性与进取性常交战
于胸中，随感情而发，所执往往前后相矛盾"。

维新派宿老级人物，与梁启超亦师亦友的黄遵宪看到他的转变大
为着急，连连去信日本，极言革命共和之不可行，并以自身出使日、
美、英等国的心得与之分享。梁启超困惑之下，决定在1903年初赴美
考察，亲身感受民主共和国的内蕴。他用8个月的时间完成了这次行
程，考察了纽约、华盛顿、费城、匹兹堡、芝加哥等城市，与曾任林
肯私人秘书的国务卿约翰·海伊、总统罗斯福、哲学家约翰·杜威等
多方交流，于当年底返回日本。

这次美国的政治之旅给予梁启超极大震撼——来自于负面。此时
之美国，国力普通、政治秽浊、两党竞选时丑闻频发、时有流血事
件，整个社会对有色人种歧视有加，根本不是多年后打造的伟岸形
象。

梁启超美国之行后，立刻放弃了民主共和主张，在《新民丛报》
上连续发表文章，旗帜鲜明地期望中国向英国看齐，报纸思想也重新
定位于宣传君主立宪，希望逐步推动国内变革。这恰恰与皇室在庚子
之变后丧失统治权威，慈禧宣布实施新政后的中国大局吻合，相当部
分的官员开始接受外来思想，在维新改良基础上更进一步，赞同立宪

政治。

这其中当然包括宋育仁。

宋育仁的立宪梦和议会梦诞生得比梁启超更早，在出使欧洲时，他就不止一次前往英国议院观摩，其情形令他赞赏不已，发出"政非议不成，议非众不公"的感叹，认为欧洲富强的根源在于议院：

> 民举其贤者、能者，代民达隐，陈其所利，除其所害。故议院为欧洲近二百年振兴根本。自有议院，而君不能黩武、暴敛、逞刑、抑人才、进佞幸；官不能怙权、固位、枉法、营私、病民、蠹国。故风行景从，不崇朝而遍欧美。

回国以后，宋育仁将访欧心得与自己对《周礼》的研究结合起来，认为这种"君民共主"的政治制度最适合中国，而且其本源在古时早已有之，现在只需要修整恢复，就能比外国做得更好。

许多年来他一直在传播自己的议会政治梦想与君民共主观念，可惜应者渺渺，现在时机终于来临，他又怎能不欣然赞同。

1904年，驻法公使孙宝琦首先上书，明确要求效仿英、德、日，实行君主立宪。朝臣们轰动之下，深受鼓舞，纷纷随之而起。

立宪风潮刚开始涌动，1904年，日俄战争却忽然在东亚爆发，这场看上去跟中国没有直接关联的战事，却受到了举国上下的关注，其结果也极大地推动了中国的君主立宪之路。

曾组成联军侵略中国的八个国家（英国、法国、德国、俄国、美国、日本、意大利、奥匈帝国），基本囊括了当时世界上的强国，其中六个国家依然有君主存在于体制的最高端，身为民主共和国家的只有法、美两国。美国是由于立国晚，没有历史包袱，至于法国，从他们1793年干掉路易十六开始，到20世纪初的一百多年里，皇帝复辟的时间倒比共和年代还长，而存在于法国人记忆中最光荣的岁月，也还是19世纪的那两个拿破仑王朝。

在六个还敬奉着君主的世界强国里，除了俄国依然沿袭着沙皇掌控一切的传统，其余五国都采用的是立宪制度。

由此也可以看出，对20世纪初的政治家而言，君主立宪体制绝非今人眼中已该抛弃的政体，反而是一个极具说服力的现行体制，在一个专制国家面临未来道路的选择时，民主共和绝不会比君主立宪更能让人倾倒。

在这些世界强国里，中国最熟悉的是俄国与日本这两个有多年来往的近邻，当日本迅速崛起，成为改革派树立的榜样时，保守派也把俄国当作挡箭牌，每次争论专制与立宪的问题时，都会有人提出："若言专制不足以立国，何以俄国富强如此？"

所以，当日俄战争爆发后，中国朝野上下对此极为关心，报纸时时跟踪战事进程，一有最新消息，议论也随之而出。

战事出人意料，日本从头到尾都掌控了局面，俄国在海陆战场接连失败，不但陆军遭受重创，从欧洲增派的第二、第三太平洋舰队也几近全军覆没。更让人意外的是，俄国沙皇尼古拉二世在战争失利后，为缓和政治危机，于1905年宣布召集"国家杜马"，试行立宪，列强中最后一个专制政权也将改旗易帜。

《中外日报》《大公报》等发表文章说，"至于今，不独俄民群起而为立宪之争也，即吾国士夫，亦知其事之不容已，是以立宪之请，主者日多。""顽然不知变计者，唯有归于劣败淘汰之数也。"

日俄战争的结果让中国立宪派的情绪空前高涨，一个历来受中华文化影响的小小岛国，在实行维新改革后数十年，就接连掀翻了中、俄两个传统大国，除了宪政的强大威力，不可能找到别的解释！

一时间，宪政大潮席卷全国，大家异口同声赞成，"上自勋戚大臣，下逮校舍学子，靡不曰立宪立宪，一唱百和"。如果评选1905年年度最热词语，"立宪"二字绝对当仁不让。

官员们把立宪视作救时良药，湖广总督张之洞、两广总督岑春煊、云贵总督丁振铎等纷纷奏请立宪，直隶总督袁世凯更是表现活跃，直接建议朝廷"简派亲贵，分赴各国，考察政治，以为改政张本"。

在内外压力的刺激之下，慈禧也把审视的目光投向政体本身，既然宪政与君王存在与否并非对立，又有他国前例可循，她开始认真考虑将立宪定为"国是"。

自1901年颁布变法谕旨后，慈禧确实尝试着做出一些改革，办了好些维新派想做而办不到的新政，例如众所周知的废科举、兴学校。但种种举动在"三千年未有之大变局"面前成效甚微，苍老的中国还是显得彷徨迟疑，难以令朝野满意，大清的传承已经岌岌可危，若再无毅然举措，毁败即在眼前。

慈禧的行动力并不比他人差，一旦确定了立宪的可能性，她当即在1905年7月下诏，命镇国公载泽、户部侍郎戴鸿慈、兵部侍郎徐世昌、湖南巡抚端方、商部右丞绍英分赴东西洋各国，"考求一切政治，以期择善而从"。

舆论对这次考察行动非常支持，认为考察团里都是倾向立宪、思想开通的得力人物，各省督抚也很给面子，痛快地认领了出洋所需费用，两个月就筹集了80万两银子。

9月24日，五大臣在北京乘火车动身，结果不慎被革命党人吴樾混上火车，成功展示了革命的破坏精神，当场引爆人肉炸弹，炸死三人，载泽、绍英、徐世昌也不幸受伤，此事只好推后。

12月初，重新委派的载泽、端方、戴鸿慈、山东布政史尚其亨和顺天府丞李盛铎分批出发，戴鸿慈、端方前往美国、德国、俄国、意大利、奥地利等国，载泽、李盛铎、尚其亨前往日本、英国、法国、比利时等国。

这是清代规模最大、目的最明确、档次最高的一次对外考察活动，整个行程历时长达7个月。

考察有提纲，有记录，有成果（虽然考察报告是端方派熊希龄到日本，秘密拜请梁启超、杨度两位通缉犯代拟），绝非公费旅游。活动成功，成果颇丰，按现在的话来讲，出洋考察的几位大臣"震动很大、感想很深、收获很多"，最重要的是一致奠定了立宪之心。

端方考察归来后，在给宋育仁的信稿（《复湖北候补道宋育仁》）中肯定地表示："立宪政体几遍全球，大势所趋，非此不能立国。"又在和戴鸿慈的联名折中向现存的专制政体发炮："苟内政不修，专制政体不改，立宪政体不成，则富强之效将永无所望。……专制政体之国万无可以致国富强之理由。"

载泽也呈上密奏，强调立宪有三大好处：一是"皇位永固"，二是"外患渐轻"，三是"内乱可弭"。

连皇亲国戚们都赞同立宪，慈禧拿着考察报告思虑再三，反复讨论，终于认同大势所趋，君主专制已难以延续。

1906年9月1日，清廷下诏"预备仿行宪政"，决定仿效日本的成功经验，先从改革官制着手；1907年，宣布设立资政院，"以立议院基础"，同时令各省筹设咨议局，府州县设立议事会，准备在将来改为地方议会；1908年8月27日，颁布了中国历史上史无前例的第一部宪法性文件《钦定宪法大纲》，宣布将在1916年正式进行国会选举。

在这场宪政风潮中，曾被打压的维新派大多以立宪派的旗帜成功翻身，身处江南的宋育仁也在朝廷宣布预备立宪后打算返回北京，这时的保守派皆已偃旗息鼓，他身兼变法元老、学术大家、经世能员的身份，又有出洋背景，真正是炙手可热。

宋育仁的同门师弟杨度更是乘势而上，成为清末立宪派的扛鼎人物之一。

杨度在1903年经济特科试后避居日本。当时康、梁的保皇派和革命派正在争夺人才，杨度虽热心国事，却集中精力研究各国宪政，不太介入两派争论，又与梁启超、孙中山、黄兴、汪精卫、蔡锷这些近代史上的风云人物结为好友，声望日高。所以五大臣出国考察之时，才会托请他和梁启超捉刀代笔，完成了此行最重要的考察报告，清廷也是根据这些报告的讨论结果，下诏预备立宪。

梁启超把慈禧得罪太深，暂时不敢公开回国，只好在日本遥相呼应。1907年10月17日，他在东京召开政闻社成立大会，气势十足地宣称："今日之中国，只可行君主立宪！"

杨度的归途一路顺风，1907年，他回到湖南老家成立宪政工会，起草《湖南全体人民民选议院请愿书》，联络了不少湖南籍士人上奏，开了国会请愿运动的先河。接下来袁世凯和张之洞联名保举，说他"精通宪法，才堪大用"，让杨度陡然从一个举人变成四品的宪政编查馆参议，具体经手清末大部分的立宪文件。其后又被安排在颐和园开课，为王公大臣们开宪法讲座，补习政治知识，照此下去，二十年后成为中国首相，亦未可知。

　　往来皆大臣，谈笑有王公，凝聚了王闿运毕生心血的帝王之术，似乎就要通过自己的弟子一一展现。

　　——如果不是一切都戛然而止的话。

　　中国就像一列火车，正挟着不可阻挡的气势向成功进发，却在关键时刻陡然脱离了轨道。

　　1908年11月15日，把持帝国大权四十多年的慈禧太后永远闭上了双眼，此前一天，光绪也溘然而逝。

　　现在掌握大权的是宣统皇帝的父亲、摄政王载沣。很明显，如何维系一个走到末路的帝国，是完全超出他能力范围的命题，载沣很快暴露出他在政治火候把握上的巨大欠缺，只懂得以官场传承已久的"拖"字诀应付。

　　1910年，在全国不断展开的国会请愿运动压力下，载沣不得不调整之前的拖延政策，决定将原拟于1916年召开的国会提前到1913年（宣统五年），又在1911年5月8日宣布实行责任内阁制，公布了由十三名国务大臣组成的内阁名单。

　　内阁的人员构成中，皇族整整占了七席。载沣将立宪派想得跟自己一样幼稚，以为能敷衍过去，未免也太一厢情愿了。

　　对于"皇族内阁"的出台，不但举国上下为之惊诧，就连坚定的立宪派领袖梁启超也失望至极，对大清的最后一丝忠诚随之而去，他公开表示："诚能并力以推翻此恶政府而改造一良政府，则一切可迎刃而解。"还以预言家的口吻在报上宣称："将来世界字典上决无复以宣统五年四字连属成一名词者。"

果然被梁启超料中，中国历史上多了个民国二年，再也没有宣统五年。

经历了汹涌的宪政大潮之后，新的国家果然在轰轰烈烈中到来，却让很多人措手不及。这是一种从未有过的激烈变革，新的思想与文化源源不断地涌现，像是喷发而出的炽热岩浆，塑造出全新的环境与规则，坚守传承和过往的人，往往像是在坚守错误。在接连不断的风潮里，有人观望，有人沉没，有人迎风破浪而起，还有的人，则是徘徊不知所终，渐渐被时代的主流抛在原地。

保不住的路

宪政风潮大起，在上海的宋育仁也有些不甘寂寞了。

他先是北上投奔了老同年杨士骧。杨士骧虽然跟宋育仁同是1886年的进士，又一起在翰林院当了三年庶吉士，但明显比宋育仁更会做官，20年过去，已经到了直隶总督兼北洋大臣的高位。

杨士骧倒没有亏待老同学，不只是以幕僚相处，为了安置宋育仁，还专门在天津的北洋造币厂为他设立了总参议一职。

不过宋育仁在杨士骧那里留的时间并不长，他很快回到了北京。恰逢朝廷改革官制，改得众人眼花缭乱，许多新部门一一成立，诸如民政部、邮传部、学部、法部等，各部都缺少拿得出手的新式官员，宋育仁这种新政行家顿时成了抢手货，他分别在学部（一等咨议）、礼部（记名丞参，1911年礼部改为典礼院，宋育仁改任直学士）、民政部（图志馆总纂）、邮传部（二等顾问）、度支部（顾问）挂职（所谓"带职五部"），还在北京大学的前身京师大学堂任了两门课。

虽然官位很多，但大都是虚职，缺少实际权力。已过知天命之年的宋育仁倒也不放在心上，依然积极参与各项事务。

正巧有件大事，无论在公在私，都跟宋育仁息息相关，无可避让。

事关那条著名的川汉铁路。这条最终引发四川保路运动、敲响大清丧钟、点燃辛亥革命导火索的铁路，正在紧密筹备之中。

迈入20世纪，各省开始涌起自办铁路的呼声，新任四川总督锡良也受到影响。1903年，他计划修建一条从四川省会成都起，经重庆、万州，最后到达湖北宜昌的铁路，全长3000多里。1904年1月，锡良奏请朝廷后成立了官办川汉铁路公司，因为一切器械、材料都需从外省采购，由成都筑起会导致运输困难，所以决定先修筑宜昌到万州一段。

铁路的预算约需银5000万两，而当时四川每年收入才1700万两不到，欠缺实在太多。锡良灵机一动，采用了两个主要办法，一是到处出击，在四川本地富户和川籍官绅中集股——宋育仁就曾接到过锡良拜托他招股的委任状；二是在全川实行按租抽谷，约定按收租时的相应成数抽取租谷，照市价折银，累计满50两为一股，称为"租股"。费用筹措得还算顺利，后一来源占了所筹款项的绝大多数，按1908年的统计情况看，"租股"比例接近80%。

不过，要在清朝国有企业身上要求廉洁与效率，明显是不能指望的。公司成立两年后，款项虽筹了不少，不但铁路毫无动静，还被锡良挪用了300多万两去开办重庆铜圆局和充当军费。

这些事情锡良做得毫无顾忌，却激怒了在新式教育下成长，更具有进取精神的新一代四川学子，宋育仁当年播下的种子，现在已经破土而出。

1898年的蜀学会成员、在日留学的蒲殿俊获知川内情况后，约集300余位留日的川籍学生，于1906年成立了川汉铁路改进会，自任会长，与40多名学生联署发表了《改良川汉铁路公司议》，痛斥现存的种种弊端。又以朝廷新颁布的《商律》为依据，写成《川汉铁路公司商办建议书》，要求将铁路公司改"官办"为"商办"。还派出代表回国进行调查，将当局挪用路款的种种行为写成《调查报告书》，公

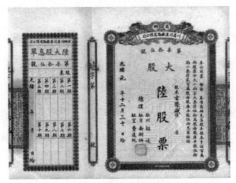

川汉铁路川境股票

布于众，呼吁全川人民"以实行不买股票、不纳租捐之策"进行抵制，同时把文章寄往北京各衙门和四川各地，争取舆论支持。

由于锡良采用大撒网式的筹款办法，无论贫富贵贱，几乎每个四川人都成了股东，只要是川籍人士，没有不关心川汉铁路建设情况的。

无论从自身利益还是维护桑梓出发，川籍京官和各地士绅群起响应留日学生，让锡良压力倍增。他担心会引发路潮，被迫归还了挪用的款项，又在1907年初上奏，将川汉铁路公司改为商办，同时制订了《商办川省川汉铁路有限公司章程》。

就在官办改为商办之时，川籍京官们趁机发起设立四川铁路议会，公推宋育仁为议长，负责在公司董事局正式成立前监督川汉铁路的筹备事宜。

自1907年成立以来，邮传部就担负着全国铁路的管理责任，宋育仁身为邮传部顾问，又是四川铁路议会议长，自然要对川汉铁路投以十二分的关注。

宋育仁是办理商务的行家里手，1896年就在四川打出"不招洋股、不动官款"的旗帜，以民间集资方式兴办企业，他非常清楚铁路公司的问题所在。

川汉铁路公司虽然名义上改为商办，实际上还在四川总督控制之中。当时公司由于行政、工程、采购等事务繁多，分别在成都、宜昌、北京三地设立总理，协调办理各项事务，总公司设于成都，统管一切。但《商办川省川汉铁路有限公司章程》中规定，"重大事件仍禀呈总督办理"，各地总理、副理及其他主要人选由四川总督奏派，并非股东选举产生。

更大的问题是，铁路所筹款项大多存放于各家银行，财务人员也是由总督直接委派，各地总理均无权指挥过问，连公司具体有多少钱都不确知，如此缺少监管的商办，哪能不滋生贪污腐败？又和官办有什么区别？

宋育仁就任议长后第一件事就是发起查账活动。1907年秋，经四川铁路议会要求，邮传部特派主事王宗元会同查账员费道纯，清理川汉铁路公司账目，但这次查账走了过场。10月，邮传部回馈了清查情况，说是没有发现什么问题。

宋育仁实在无法忍受这种混乱的状况，川汉铁路公司开办已近4年，还是寸土未动，照此情形下去，铁路遥遥无期。

1908年2月27日，他密呈了一份《川路条陈》给邮传部尚书，建议邮传部直接介入进行监管：

> 窃四川川汉铁路失败至巨，办法紊乱，进行无望。……各省商办铁路，四川最为糜烂，舆情甚愤，攻击甚力，而势处涣散，惟有望钧部主持。……即可径行奏派监督，实行其监察督率，以促商路进行，冀收桑榆之效。……以特派专员会同川路议会提取公司帐据，查实收支、存放全款实数为下手，以全提股款存放交通银行为归束。……而商路乃有进行之望。

在这份条陈里，宋育仁将可能存在的问题看得很准，强调"路政以款为主"，非常重视收支账目，提出希望有来自第三方的监督措施。可惜当时的邮传部成立不到一年半，却已经迎来了第四位主事者，过于频繁的换人影响了具体工作的开展，宋育仁此奏没能得到响应。

到了这年年底，川汉铁路终于有了进展。

由于川汉铁路公司章程规定，"延请本国人为总工程师"，而国内具备这样专业素质的人其实只有一个，那就是詹天佑。时任四川总督的赵尔巽于1908年11月奏任詹天佑为总工程师，后者这时还忙于京张铁路，只能先行派工程师前来测量，又逐渐从即将完工的京张铁路抽调工人到宜昌进行前期准备，一直到1909年11月底，詹天佑才首次来到宜昌，并于同年12月10日举行了开工典礼，开始修筑宜昌至重庆万州一段铁路。

自1904年川汉铁路公司成立，到铁路正式动工，已经过去了将近6年时间。

铁路动工后并非一帆风顺，公司的内部问题也迅速暴露出来。

1909年，四川欲成立咨议局，因蒲殿俊通晓新政，又在铁路问题上为家乡出了大力，各界人士联名去电邀请他回川，并于当年10月选举他为咨议局议长，选举罗纶为副议长。

11月，咨议局第一次会议就讨论了川汉铁路公司的情况，要求修改公司章程、清查账目。会议闭幕后，紧接着召开了川汉铁路公司第一次股东总会，选举了董事局成员，推举出查账员，对原有账目进行核查。

宋育仁所担心的监管问题不幸应验，经过长达半年多的仔细查对，公司暴露出非常严重的贪污腐败事件，尤其是在上海。

施典章自1905年起担任川汉铁路公司总收支及上海办事处保款委员，公司在上海的存款约400万两左右，施典章胆大包天，利用职权在其中舞弊，擅自将款项用来购买股票、地皮等，最后总计亏蚀近200万两。

川路公司的新任董事们十分愤怒，不但要追究施典章的责任，又将矛头直接指向曾代为主持公司事务的驻京总理乔树枏，发动在京的川籍官员甘大璋上奏清廷，要求"派员监察，除彻算追缴更换外，治以应得之罪"，否则"不足伸国法而息公愤"。

甘大璋在他1910年11月所上的奏章里还谈到了很多问题，尤其是出入款项均无报告，大宗银两去向不明，可谓"取民尽锱铢，局用如泥沙"。还着重指出，现有筹款方法以租捐为主，专虐农民，修路预算约"九千余万"，"租捐凑足此款，约在百年"。而且修路进展太慢也令众人不满，"路线延长计三千里……且现开工之二百余里，即需九年方能完工，全路工竣，需九十年。后路未修，前路已坏，永无绝期"。

这些问题有的是实情，有的指责却未必理直气壮，董事们既要挽回公司损失，也是对前总督锡良委任的乔树枏等人看不顺眼，务必要赶他下台。

令人始料不及的是，乔树枏居然没有过多纠缠，干脆利落地辞职下台，但这一场争斗最终严重影响到了铁路的修筑。

新旧势力更换期间，行政人员与工程人员之间的矛盾开始凸显，局面日见混乱，股东们的质疑虽然不一定符合科学规律，却会给一线人员带来巨大的压力，并直接干扰各项事务运作，到了后期，身为总工程师的詹天佑甚至失去了材料设备的招标采购权。1910年7月，宜昌至万州首段长约15里的路基筑成，开始铺轨，詹天佑亲手打下了第一颗道钉，但没过多久，工程就陷入了无休止的磨蹭与停滞。

就在川汉铁路公司内部风云变幻之时，朝廷里也在酝酿着更大的改变。

1911年1月，邮传部迎来了自己的第九位主事者，盛宣怀。

盛宣怀是未来激发川省保路运动的关键人物，他早年跟随李鸿章办理洋务，逐渐展现出在经营方面的天赋，中国的众多大型企业都是由他一手创办：轮船招商局、天津电报局、中国通商银行、汉冶萍煤铁厂矿公司、铁路总公司等，很多人称他"天下第一官商"，其实说他是中国近代企业之父也不为过。

由于盛宣怀多年代朝廷操持商业，在很多方面无人可以替代，因此不像一般官员唯上命是从，反而具有极强的自我意识。在庚子年的大乱中，他为维系东南一地的安宁，甚至敢扣住慈禧通令召集义和团

柒　京都尴尬：保路与保皇

的电报不发，又私下串联各地总督，置中央政府的命令于不顾，单独与外国缔结和平约定，取得了"东南互保"、半壁平安的奇特局面。

宋育仁很熟悉盛宣怀，早在上海的时候，他们就打过多次交道。但对于修筑铁路，两人在认识上存在一定差异，宋育仁支持尽量多地采用民间资金，这源于他长期以来的"与民共利"思想，而盛宣怀更习惯从结果导向来看问题，他认为民众集资修路只不过"徒托空言"，对于中国这样极度缺乏资金的大国，拒绝外资就是在拒绝发展，而且他自信，只要在谈判时"严格限定，权操于我"，就能最大限度地杜绝举外债修路的弊端。

基于这样的考虑，盛宣怀上台伊始，就一门心思推动铁路干线国有政策，准备收回粤汉、川汉铁路。

1911年5月，经过多轮谈判，盛宣怀与英、德、美、法四国订立《粤汉川铁路借款合同》（全称为《湖北、湖南两省内粤汉铁路、湖北省境内川汉铁路借款合同》），借款600万英镑（合银4500万两），年息5厘，40年还清。中国不以日后修成的粤汉、川汉铁路作抵，而以两湖的厘金、盐税收入抵押，同时要求优先购买汉阳铁厂所产国产路料、钢轨及配件，若购买外国材料则由外商经理，但核准权在中国方，四国享有两湖境内两铁路的修筑权，以及两铁路在延伸时继续借款修筑的优先权。

纯粹看这份借款合同，盛宣怀倒不失为一个精明的谈判家，相比清廷之前签订的各种条约，这份引进外资的合同真的要好得太多。

外款既然搞定，必须立刻将铁路收归国有，否则岂不是要白付利息。不过让盛宣怀没能料到的是，在他眼中非常简单的这个问题，其严重性远远超出了所有人的想象。

宣统三年四月十一日，也就是1911年5月9日，成立"皇族内阁"之后的第二天，清廷发布了第一道上谕，将铁路收归国有——

邮传部奏：遵议给事中石长信奏铁路亟宜明定干路支路办法一折，所筹办法，尚属妥协。中国幅员广阔，边疆辽远，绵延数万里程途，动需数月之久。朝廷每念边防，辄劳宵旰，欲资控御，惟有速造铁路之一策。况宪政之咨谋，军务之征调，土产之运输，胥赖交通便利，大局始有转机。熟筹再四，国家必待有纵横四境诸大干路，方足以资行政而握中央之枢纽。从前规画未善，并无一定办法，以致全国路政错乱纷歧，不分支干，不量民力，一纸呈请，辄行批准。商办数年以来，粤则收股及半，造路无多。川则倒帐甚巨，参追无著。鄂则开局多年，徒资坐耗。竭万民之膏，或以虚縻，或以侵蚀，旷时愈久，民困愈深，上下交受其害，贻误何堪设想。用特明白晓谕，昭示天下，干路均归国有，定为政策。所有宣统三年以前各省分设公司集股商办之干路，延误已久，应即由国家收回，赶紧兴筑。除支路仍准商民量力酌行外，其从前批准干路各案，一律取消。至应如何收回之详细办法，着度支部、邮传部凛遵此次，悉心筹画，迅速请旨办理。该管大臣无得依违瞻顾，一误再误。如有不顾大局，故意扰乱路政，煽惑抵抗，即照违制论，将此通谕知之。钦此！

时过境迁再回首，不能说盛宣怀的做法就是完全错误，交通是一国枢纽、国民经济命脉，各省商办铁路数年，几乎一无所成，反而给普通民众增添了租捐负担，换一种做法未尝不可。不过，大道理管小道理，他解决问题的时机和方法太不凑巧，这份威风凛凛的"铁路国有"告示，实际上成了一道战书，对象是所有被不靠谱的"皇族内阁"所激怒的中国人。而盛宣怀面对民众激烈而复杂的情绪反应，还在一味强调铁路建设问题，不讲政治，倒像个斤斤计较的商人、喋喋不休的老太太。一场崩溃终于从这个局部蔓延开去，撕裂了整个大清帝国。

上谕公布之后，两湖、广东等地的绅民立刻要求朝廷收回此谕，态度强硬地声称："如有外人强事修筑，则立即集全力抵抗，酿成巨祸亦在所不顾。"

柒　京都尴尬：保路与保皇

5月16日，四川以川汉铁路公司董事局名义向邮传部发了封电报，希望能维持商办，结果没收到丝毫回音，反而招来了停收租股的命令。5月下旬，两湖和广东等地的消息渐渐传来，都是些"拼死力争"、"万众一心力争商办"，甚至主张"有劫夺商路者，格杀勿论"的强硬话语。四川遂于5月28日举行了临时股东总会，参与者有咨议局议员和公司董事局成员。

这时的四川其实还没能统一意见，革命派坚决反对国有化，主张"保路"，立宪派觉得由政府出面修路也未尝不可，只要全额退还股款，还能用于兴办其他实业。股东会中并没形成决议，而是在散会后以四川咨议局和公司董事局的名义，请四川总督王人文代商朝廷，希望能暂缓派员接收铁路。

王人文还算有点民本精神，于5月31日询商于内阁，结果盛宣怀第二天就以邮传部名义复电拒绝。王人文抹不下面子，当天又回一电。盛宣怀没再复电。6月2日，圣旨到了，旨意中严斥王人文，又痛骂川汉铁路公司"定有不可告人之处……亏倒巨款，殃民误国"。

同一天，王人文还收到一份电报，是盛宣怀和川粤汉铁路督办大臣端方联名发来，这份电报王人文根本不敢公开，被他悄悄扣下。结果端方在几天后直接发电报到铁路公司询问意见，王人文才无奈抄示于众，刚一看到电文的内容，股东们顿时就被激怒了。

这份电文是通告川汉铁路现有股款处理办法，也彻底粉碎了立宪派的幻想：朝廷不但不会为收回铁路而填补公司在上海的亏损，对之前的投入和现有存款，也一律以国家铁路股票进行折换，概不返现。

得知朝廷既要"路"，也要"钱"，全省舆论大哗。端方、盛宣怀还在不知趣地催促清查公司账目，以便接收款项，消息在四川传开，人人都痛恨这两位大臣。

说起来端方其实比较倒霉，他此前因为"拍照事件"被免职，5月份刚被起用，很多决策跟他并无关系。

这个人跟宋育仁颇有缘分，自从庚子之乱后，陕西、湖北、江苏、上海，宋育仁每到一地都能碰上端方。他游走在后党与维新派之间，从陕西按察使、湖北巡抚，一直升到两江总督，还被派出洋考察宪政。开了洋荤的端方常羡慕地跟人说："欧美立宪真是君民一体，毫无隔阂，无论君主、大总统，报馆访士，皆可随时照相，真法制精神也，中国宜师其意。"他倒是以身作则，竟然在慈禧出殡时派人沿路拍照，结果被朝廷以"大不敬"罪名革职，闲置了两年，这次刚一起复，就卷进了川路事端。

6月16日，铁路公司举行紧急股东会议，这次的会上只剩下一个基调："保路"。

17日，川省绅民在铁路公司办公地点——成都岳府街举行了大型集会，成立了保路同志会，决心抗争到底。王人文于同日致电内阁，描绘其情状，"到者约两千人，哭声动地……哀痛迫切之状，实异寻常"。

19日，大量人员再次集会，巡警到场弹压，结果所有人哭成一片，"巡兵听者亦相顾挥泪"。川人的悲情连总督都被打动了，王人文上折参奏盛宣怀出卖路权、欺君误国，又将2000多川人批驳铁路借款合同的联名件一起呈上，并附片自请处分。

铁路国有的政策将四川点成了一团燎原烈火，将相关人士统统席卷进来。

虽然远处北京，铁路议会又在公司董事局成立后自动失效，但宋育仁仍然想找到解决问题的方法，以免川民血汗虚耗。问题是，这一次人算不如天算，他犯了跟盛宣怀同样的错误，从而不知不觉站到了四川沸腾民意的相反一边。

在铁路国有政策刚颁布之时，宋育仁就明了盛宣怀的心意，知道国有化和借外款都是不可动摇的决策，再三苦思之下，他决定还是在"国有民办"上下工夫，从中斡旋，提出"民办仍不妨属于国有，国有亦不妨多附民股，是为国与民共利"，"只争股款，不争路权"。

经过仔细研究，宋育仁发现借款合同里签订的只是川汉铁路宜昌至万州一段，万州至重庆、重庆至成都两处尚无归属。由于成渝段比之宜万段造价相对低廉，于是他建议将四川已筹集的款项转移到成渝

清末成都东大街

段的修筑上，渝万段则另招商股，三管齐下，所有权归于国家，经营权分属股东，总结起来就是"路收国有，募集商股，与民共利，分段接修，以期速效"。

宋育仁的想法也许没错，他的提议甚至是一团酱缸之中可能争取到的最好结果。但问题在于，朝廷前期过于轻率的处置已经惹恼了四川民众，后续的强硬态度更是让对立变得异常尖锐。就股东们而言，"保款不保路"已经变成了一个伪命题，谁不站在"保路"的立场上，谁就是四川的敌人。

宋育仁在6月中旬将自己的想法呈文给邮传部。为了争取更多的支持，他找到曾上折要求追查川路公司亏空的甘大璋等人，因甘的官职高列首位，宋居其次，又联署了四十多位川籍京官之名，连上两呈，首呈称同乡联名赞同将川路公司款项附为国股，第二呈中则明确提出用这部分费用修筑成渝段。

盛宣怀6月16日向朝廷代奏了首份呈文，因第二份呈文提出以民股修筑成渝段，实际上等于国有民办，他认为"中多碍眼语"，暂时压下。

这份盛宣怀代奏的呈文犹如一颗威力巨大的炮弹，在川籍人士中轰然炸响，甘大璋列名首位，顿时引火烧身。

也是宋育仁等人做事不够周到，因为时间紧急，写完后没能一一询问意见，就将平时关系密切的朋友列名其上。结果此事闹得沸沸扬扬，三十来位被列名的川籍京官公开发表声明，称"甘大璋等……私窃职等衔名，罗列其中。苟无正式委任，而遽越俎代庖，众怨所归……"

北京的全蜀会馆也对此呈有些摸不着头脑，值年京官赵熙于6月20日致电成都询问："甘大璋等以蜀民愿附股呈邮部，是否由川众决委任？速复。"

赵熙是荣县人，荣县紧邻宋育仁老家富顺县，两人是地道的川南老乡，交情一向不错，却不料在这件事情上被推向了对立面。

这封电报不亚于火上浇油。川内已经成立保路同志会，签名反对朝廷收路者已逾十万，矛盾激化明显，复电更是十分愤怒："甘等窃名送款……请除籍，并严究。""大璋以下人名，希查确见示。"

6月22日，川汉铁路股东总会紧急致电邮传部，痛斥附股一说：

> 邮部钧鉴……大璋何人，乃敢悍然不顾，以一私人资格支配川路股款，实属违制营私，妄诞之尤！是甘大璋之始终蠹害川路，情罪显然，无可遁饰。……川路并未委任有人呈部附股，即肯钧部主持查明参办，以杜煽惑而儆贪邪……

事情还没有完，对自己人在关键时刻发出的不和谐音，川汉铁路旅京的股东们愤怒得难以克制，于7月1日前后在北京散发传单，点名斥责甘大璋、宋育仁、施愚等人，中有"丧心病狂，甘为蟊贼，诚吾川股东所不料有此"之类用语，还准备在全蜀馆开会当面诘问对方。

宋育仁和甘大璋自觉持身端正，当然不愿忍气吞声，遂洋洋洒洒写下数千字驳文，针对各方责问，逐一还击，指斥对方"秽心秽行，隐为蟊贼，视鄙人等为何如"，将挨的骂原样奉还。又上书盛宣怀，希望在四川搞个真正的全民调查，认为己方可以得到全川舆论拥护，以回击铁路公司股东总会的"一小撮"捣乱分子。

两人这时还没意识到一个关键问题，不管自己的建议是否有理，比起四川咨议局和川汉铁路股东总会，他们确实缺少代表全川人民发出声音的资格，唯一该做的是保持沉默。

川省局势远超宋育仁的想象，事情越闹越大。7月11日，甘大璋焦急地致信宋育仁："咨议局接赵熙等电后，屡次开议，极力煽动，主张掘弟之祖墓，并派人来京暗杀等语。"请求他赶紧拜托盛宣怀致电四川总督，派兵保护自己在遂宁的老家。

宋育仁也大吃一惊，立刻给盛宣怀写了一封密函，说当初的呈文"系职承谕约甘赞成国有，事出为公，今危迫不救，难以对之。……并请将宪部照会赵（熙）等批呈，电知川督、藩转谕公司人等……"

经过这次折腾，书生宋育仁多了一份警觉，在7月下旬给盛宣怀的密函里，他虽然依旧赞成将原有路款附股，但一再强调"国有铁路以与民共利为主义，多招民股，则少借外债"。而且再次提起将民股转为成渝段修筑经费一事。

盛宣怀对此并不理会，他认为收回川民的铁路修筑权，将原有路款附为国股已经是最好的解决办法。不过盛宣怀疏忽了股东们的想法：如果自行修筑铁路，虽然成期难料，但建成后总有还本获利的一日；如果将路权转让，即便现有款项还在，前期亏损的部分却永远无法挽回了。

8月初，成都又生变化。

总督王人文因屡次为川民请命，又弹劾盛宣怀，甚至有"邮传部横施压力，强制川人，川人有死而已，不能从也"的激烈字句，终于惹恼了朝廷，被赵尔丰替代。

8月中旬，路事决裂，风潮日剧，保路运动成为四川的主旋律。

川汉铁路宜万段工程被强行接收，川民怒不可遏，保路同志会从8月24日起组织罢课罢市，成都及附近州县百业停闭，交易全无。为保证活动合法性，保路会又连夜印发光绪皇帝牌位，正中大书"德宗景皇帝之神位"，两边联语则是五花八门，有的是"毅然立宪"，有的是"庶政公诸舆论，川路仍归商办"，于各家门前供奉。又在各街道中心搭"皇位台"，上设香案供奉光绪牌位，下面悬挂"文官下轿，武官下马"条幅，弄得维持秩序的兵警也不好下手。

盛宣怀获知四川情况后大怒，致电赵尔丰说"要胁罢市、罢课即是乱党……有'格杀勿论'字样，乃能相安无事。……罢市、罢课倡首数人，一经严拿惩办，自可息事宁人"。

在此刻，宋育仁保持了沉默，虽有不同见解，但这些人都是自己的同乡和旧识，他绝不愿他们陷入危险的局势。倒是甘大璋不肯放弃报复的机会，悄悄给盛宣怀递了告密名单，把四川保路运动的为首者蒲殿俊和京官赵熙等列名其上，要求捉拿。

成都的紧张气氛越来越浓，9月1日，保路同志会通过决议，即日起停止纳粮纳捐，拒绝承担一切外债。

就在赵尔丰束手无策的时候，荣县人朱元慎散发的《川人自保商榷书》传单出现在了成都的大街小巷，号召川人共图自保。赵尔丰认为这是保路同志会造反的前兆，决心镇压。

9月7日，赵尔丰诱捕了保路同志会正副会长蒲殿俊、罗纶，川路股东正副会长颜楷、张澜，保路同志会会员邓孝可等9人。他们走进总督府后，就没有再出来。川民哗然，数千人头顶光绪牌位前往督院街的总督府前请愿抗议，要求释放被捕者。

赵尔丰命令巡防军开枪，不过巡防军却将枪口对准了天空。而赵尔丰的私人卫队却将目标对准了眼前的群众，30多条生命瞬间倒在血泊中，酿成"成都血案"。

在此之前，革命党人已有筹划。8月4日，四川同盟会会员龙鸣剑、王天杰、陈孔白等联络会党首领秦载庚、罗子舟、孙泽沛等人召集四川哥老会（俗称袍哥）首领，在资州（今资中）罗泉镇举行会议，商定借保路之名行反清之实，举行武装起义。

杀人的当天，赵尔丰担心节外生枝，下令立马关闭城门，以防有人借机闹事。但同盟会员龙鸣剑、曹笃等于当晚就将消息写在木板上（称水电报），从南郊放入锦江，水电报由此漂向下游各地。第二天，各路同志军开始会攻成都，武装斗争就此爆发。9月25日，吴玉

柒　京都尴尬：保路与保皇

章、王天杰等在全国第一个宣布川南荣县独立。

10月上旬，烽火已燃遍四川全省。

清廷急令端方率武昌新军入川，结果造成武昌空虚，革命党人于10月10日一举独立成功，端方本人也在军至资中时，因士兵哗变掉了脑袋。

此后，全国各省多米诺骨牌一般连锁反正，堂堂大清国还是应了梁启超的预言，不要说宣统五年，连宣统四年都没能挨到。

至于保路运动直接激发者之一的盛宣怀，还没有等到清政府垮台，就被资政院作为"误国首恶"弹劾下台。

成都血案后，宋育仁的姐夫易昌楣作为四川旅京绅民代表，到资政院递交了说帖，劾举赵尔丰十八大罪状，赵尔丰虽然一时无事，却吸引了资政院对川路事变的关注，最终将矛头指向了盛宣怀。据《清史稿》记载："盛宣怀、端方会度支部奏定办法，对待川民，纯用威力，未为持平……川乱遂成，而鄂变亦起，大势不可问矣。资政院以宣怀侵权违法，罔上欺君，涂附政策，酿成祸乱，实为误国首恶，请罪之，诏夺职，遂归。"

而宋育仁则是自责得不知如何是好。

保路保到最后，酿出一场血案，川省绅民深受其苦。虽然并无人来追究宋育仁的问题，但他没能从一开始就跟家乡父老站在一边，以至于抵挡不住良心煎熬。痛定思痛，他随即上折弹劾自己，决意辞官，"昔所谓先天下而忧，今皆成误苍生之具……推原夫祸始之所始，应坐以不应为而为……"，请求立予革职，"使终身杜口，长为农夫"。

那条引发一切事端的川汉铁路，最终还是划归了国有。仅两年后，1913年，四川省议会通过决议，将川汉铁路资产——包括银行存款——交给中华民国交通部接管。由于此后数十年的时局变幻，这条路在1949年前几乎没有什么进展，直到1952，四川才拥有了有史以来的第一条铁路：川汉铁路原有规划中的成渝段。当然，它还是国有。

保路运动漫画传单《各国联合龙灯大会》

至于从1904年起即提出构想，又在詹天佑主持下，于1909年最早动工的宜万段，更是久经曲折。

甘大璋曾在奏折里抱怨，"且现开工之二百余里，即需九年方能完工，全路工竣，需九十年"。

这条路的沧桑历程远超甘大璋的想象。

成渝铁路完工之后，1965年，铁道部对这条线路进行了勘测设计，因技术、财力等多方限制搁浅；1993年，该段线路的筹建工作重新启动；在首次提出修路构想的整整一百年后，2004年，我国施工难度最大的山区铁路、总投资达227亿元的宜万铁路终于动工；2010年12月22日10时，宜万铁路在恩施举行首发仪式，正式通车。

一条蜿蜒铁路，悠然间已越百载。

当年川人寄托其中的自豪、辛酸与血泪早已化去，只剩下一页保路的传奇，在历史中默默沉淀。

溥仪：听说有个宋育仁

1914年，已经是民国创建的第三个年头，美好的生活还是没有到来。袁大总统对国民党下了手，东南各省乒乒乓乓打成一片，各地独立之后又赶紧宣布取消，孙中山轻车熟路地又当起了"通缉犯"……世面上的风声很是奇怪，遗老遗少们开始四处活动，在民国三年，京城里涌动的是一股复辟潮流。

中国的最后一位皇帝爱新觉罗·溥仪在紫禁城内也有同样感受。

他在后来成为新中国特赦战犯时期所写的自传《我的前半生》中写道：

> 到民国三年，就有人称这年为复辟年了。孤臣孽子感到兴奋的事情越来越多：袁世凯祀孔，采用三卿士大夫的官秩，设立清史馆，擢用前清旧臣。尤其令人眼花缭乱的，是前东三省总督赵尔巽被任为清史馆馆长。陈师傅等人视他为贰臣，他却自己宣称："我是清朝官，我编清朝史，我吃清朝饭，我做清朝事。"……劳乃宣在青岛写出了正续《共和解》，公然宣传应该"还政于清"，并写信给徐世昌，请他劝说袁世凯。这时徐世昌既是清室太傅同时又是民国政府的国务卿，他把劳的文章给袁看了。袁叫人带信给劳乃宣，请他到北京做参议。前京师大学堂的刘廷琛，也写了一篇《复礼制馆书》，还有一位在国史馆当协修的宋育仁，发表了还政于清的演讲，都一时传遍各地。

仅仅数年过去，宋育仁怎么就从维新人物，变成一个溥仪笔下的遗老？他不是要"终身杜口，长为农夫"吗？

回望以前，让所有人都大吃一惊的是，宋育仁在1911年的自劾折子并不是说说而已。第二年，他辞掉所有官职，甚至包括京师大学堂的兼职教习，带着全家搬去江苏，定居于南京附近的茅山，真的当起了农夫。

宋育仁选择的地方，现在被称作茅麓，这个名字的产生正是因为他所创办的农业公司。

前些年在江南任职的时候，宋育仁就曾多次造访茅山，他是讲究知行合一的人，在研究财经理论的同时，对兴办企业也很有心得。茅山东麓一带气候温和、土壤肥沃、植被茂密，非常适合茶叶种植，宋育仁一见之下甚为满意，决定在此购置田地，成立农业公司，主营茶叶和树木。

据记载，江苏茅麓树艺公司注册于1906年7月前后（光绪三十二年六月），由"宋育仁创，杨良骏办"，"买山九千余亩，田二百五十余亩"，这也是"茅麓"地名的由来。

当时清廷已成立商部，颁发商律，公司章程中规定以董事兼任稽查，与商律冲突，被打回更正。公司又于1907年10月31日（光绪三十三年九月二十五日）重新注册，并且将名字改为"江苏茅麓明农树艺有限公司"，这里后来逐渐发展成江南最大的茶叶种植基地茶乡茅麓。

茅山以道教圣地扬名，是三大道派之一的上清派宗坛所在，古有"秦汉神仙府，梁唐宰相家"的美誉，又以"第一福地，第八洞天"著称。在这里居住也让宋育仁的性格里平添了几分清虚冲淡之气，当他再次出现在世人面前的时候，已是身着道装，头挽道髻的形象了。

时局变乱纷纷，宋育仁在茅山觅得一块清净之地，垦辟山田，养茶种树，倒也颇为自得。自他中进士以来，眼中所见耳中所听，尽是朝政腐败、民生艰难、国势倾颓，无一日不在忧国忧民，无一日不在唏嘘感慨，已有近30年没能过上这样闲适的日子，耕读颐养，天下政治与之全然无关，令他颇有隐逸出尘之感。

在乱世中，好日子总是难以长久，因为命运不由自己把握。大人物们互相争斗，一点点余波所及，也足以让小民毁家破身。

1913年，因宋教仁遇刺，袁世凯牵涉其中，孙中山从日本返国，号召用武力讨伐袁世凯。7月15日，黄兴在南京组织讨袁军，宣告江苏独立，江西、安徽、上海、湖南、四川、福建、广东等各省市纷纷响应。袁世凯随即调动冯国璋、雷震春、张勋等部军队，合力进攻南京。

张勋是清朝的死忠，在进军途中听说宋育仁躬耕于茅山，可能以为这是新时代的伯夷、叔齐故事，心有戚戚，专程遣人来表达慰问之意。但战争就是战争，谁也照顾不到那么周详。9月初，南京城破，乱兵流窜，烽烟四起，茅麓所在也被战火牵连，成了废墟一片。

　　骤然失去了生活来源，宋育仁总不能看着一家老小衣食无着，他只好重拾旧日本领，到张勋的幕府混口饭吃。

　　这也许就是宋育仁和"复辟"二字挂钩的起始。

　　关于这段历史，宋育仁的进士同年王树枏曾在编年体自传《陶庐老人随年录》中提到，说他"入张勋幕，谋复辟"；而在宋育仁去世以后，由家人编写公布的《宋芸子讣告及行状》也说"1913年，张忠武领徐州阴有兴复之志，往投之参幕，下与谋议，以时会未至，举事为难"。

　　张勋是民国历史上头号复辟怪杰，任何人只要跟他沾边，一概难免嫌疑。

　　自民国建立之后，张勋依然以清廷忠臣自居，在他所管辖的范围，一切都按照清朝旧制执行，黄龙旗代替五色旗在天空飘扬，军队穿的是清军的老制服，如果想进都督府——按张勋的说法是总督府——找他办事，那更是条件苛刻：你必须要设法重新在脑袋后面长出一根辫子！这次攻打南京，张勋打出的旗号也不是袁世凯任命的江苏都督，而是"两江总督"和"江淮宣抚使"，连用的纪年都是"宣统"。

　　到了1917年7月，他借入京调解总统黎元洪和总理段祺瑞冲突的机会，会同康有为等人，居然以3000名士兵一举复辟成功，将溥仪重新推上了皇位，虽然持续时间只有短短12天。

　　连孙中山都有点佩服他的偏执，在给广西督军陆荣廷的电报里称："张勋强求复逆，亦属愚忠，叛国之罪当诛，恋主之情可悯。文对于真复辟者，虽以为敌，未尝不敬也。"

　　宋育仁在高举清廷大旗的张勋身边做事，的确很难不让人以为他也有一样的理想。

不过历史容不得太多假设，1913年和1917年的中国其实是两个概念，这时的军阀势力还不像数年后那样多得令人眼花缭乱，袁世凯依然是北中国的镇海神针，有他安坐北京，根本轮不到张勋出来扮演主角，康有为等专心复辟的遗老们，这时都在袁大总统身上打主意，哪会有人去指望张勋。

实际上，在宋育仁居于张勋幕府的短短数月间，没有过任何值得一提的举动，而且很快他就离开了张勋，在1914年春天响应新任国史馆馆长、老师王闿运的召唤，去了北京。

1912年底，民国政府即颁布了《国史馆官制》，规定该馆"纂辑民国史、历代通史，并储藏关于史之一切材料"，也就是说，主要职责是修当代史（清史单立一馆，由赵尔巽负责）。袁世凯邀约王闿运来当国史馆长倒不稀奇，由名满天下的清代大儒牵头修民国史，极有象征意义，况且袁世凯身旁两大文胆杨度、夏寿田都出自王门，请老师出山撑腰实为正常。

但王闿运已高龄八十有三，一辈子都没当过官，临老却被袁世凯招安，出山接掌新成立的国史馆，令各位老友都摸不着头脑。王闿运倒是延续了游戏风尘的风格，自称年纪大了，只能去当官混饭："少壮时，遨游公卿间，或主书院，不愁无啖饭处。今老惯，百事莫办，惟做官能藏拙，是以愿往。"

这种不着调的解释，也预示了他在国史馆馆长任上的做事风格。

李定夷的《民国趣史》提及，《国华报》记载了王闿运来京之事，内容令人捧腹：

先生来京，第一件事则与财政部较量薪俸之发给期限；第二件事制造概算向财政部领款（每年十二万有余）；第三件事则承请任命总纂协修；第四件事则颁布馆令派办事员。政府公报所载国史馆令由第二号至第十四号，皆关于派人支薪之事；第五件事则王先生返乡矣。至于一部"二十一史"，从何说起，至今未尝议及，只见派人用钱而已。

情形确如报纸所言。1914年4月，王闿运到了北京，沉住气不做半点事情，吃喝游玩将近两月，一直等到开办费入手，才写信召唤宋育仁、骆成骧、柯劭忞、曾广钧等多名饱学之士，其中大半都在民国后经济拮据、生活无着，王闿运这个馆长当得十分及时，一举解决了好几个门生故旧悬在空中的饭碗问题。

不但如此，王闿运召集众人任职国史馆，却对修民国史一事漫不经心，从不关心成果，来不来上班悉听尊便，他委任宋育仁代为主持馆务，自己只负责要钱发薪。也不是没人用心，大家本打算先拿出一个修史的章程，结果王闿运嗤之以鼻："瓦岗寨、梁山泊也要修史乎？"

馆长来京不是为了做事，是为了触民国的霉头！馆员们恍然大悟，当然更加散漫，饮酒听戏，谈文弄诗，好不潇洒自在。也有认真的，如柯劭忞就在家中拼命创作他的巨著《新元史》，最后终成一代史学大家，不过正该修的那部中华民国史，几个月过去依然未成一字。当时的报纸曾经报道：某政界人士面晤湘绮老人，询以国史馆近状，王回曰："国已不国，何史之有，吃饭而已。"

王闿运花民国的钱打民国的脸，却没人找他计较，与1914年的时局也脱不开关系。

前面曾经提到，连深居禁宫的溥仪都觉得今年气氛不对，人们纷纷以复辟为潮流，归根结底还是袁世凯引发的。

袁世凯一向对清室执礼甚恭，1913年他干掉了那些最讨人厌的国民党，公开为隆裕太后"在天之灵"致哀，最近又开始任用前清旧人，还私下对内务府大臣世续承诺，定不会让皇上搬离皇宫。

遗老们开始研究起袁世凯的做法，觉得他一举一动隐含深意，随时都有可能复辟，"大总统常说'办共和'办得怎样。既然是办，就是试行的意思"。

有了这个认识，遗老们纷纷跳出来吸引眼球，做出无数稀奇古怪的举动。但这一年最轰动、最被舆论关注的事件，还是由刘廷琛、劳乃宣要求袁世凯"还政于清"开始、宋育仁被遣送回乡结尾的"复辟案"。

最早是1914年7月间，民国政府致函寓居青岛的刘廷琛，准备聘请他为礼制馆顾问，结果刘廷琛撰写了一份《复礼制馆书》，先是斥责共和制度"沉观三载，灼见病源实在于此"，继而要求袁世凯向溥仪返政，"夫民主国与中国国情不适，已为众人所信。……为今之计，惟返大政于大清皇帝，复还内阁总理之任"。

袁世凯不置可否，也住在青岛的劳乃宣却觉得机会到了，把自己之前所作的《共和正解》与《续共和正解》合印成一本书，定名为《正续共和解》，在京师内外免费发送。

劳乃宣的"共和正解"发人所未闻，十分奇特：周宣王因天子太幼，不能执政，由朝中公卿"和"而"共"修政事，名曰共和。因此共和乃是君主政体而非民主政体，现今政界人士乱加民主于共和，其实是不学无术。劳乃宣在书中罗列了中国不该推行民主制的种种理由，又主张创行中华国共和宪法。称中华国而不称民国，表示要行君主制；不称大清则因中华是全名，大清只是族名。

他还给清史馆馆长赵尔巽、袁世凯的儿女亲家周馥，以及国务卿徐世昌分别去信，说袁世凯"心实未忘大清也……不得已而出于议和，而议和之中首重优待皇室。……其不忘故君，实为众所共见。特限于约法，不能倡言复辟。且幼主方在冲龄，不能亲理万机，亦无由奉还大政，故不得不依违观望以待时机也"。拜托他们将自己所言转达到袁大总统处，请他还共和以正解，恢复君主制，再用十年时间归政溥仪，即可获王爵之封，世袭罔替，强过当迟早要下台的大总统。

袁世凯还是一笑置之，既不说好也不说不好，不过这次他吩咐徐世昌请劳乃宣来京担任参政一职。

消息传出之后，遗老们大为兴奋，都觉得这个信号再清楚不过了，大总统分明是和咱们站在一边啊！

宋育仁也看到了《正续共和解》这部"大作"。他是资深的周礼专家，又对君主立宪有长期研究，自然知道整本书纯粹是在胡扯，忍不住要来点议论。他的发言对劳乃宣很不以为然：

柒　京都尴尬：保路与保皇

> 徒欲就名词以改政体，不如就政体以改名词……援春秋托王称公之义，定名大总统，独称公，则其下卿、大夫、士有所统系。援春秋共奖王室之义，酌易"待以外国君主之礼"，为"上国共主"之礼，朝会有时。

劳某人提出恢复君主制，宋育仁分明是在驳斥其人，说与其为了附和共和二字的所谓"正解"，搞得要改变政体那么麻烦，还不如反向操作，用现在的体制去套春秋时期的官位名字，把大总统叫成公，各官员也跟着换成卿、大夫之类。

另外，民国与清室签订的优待条件中，第一款就是："大清皇帝辞位之后，尊号仍存不废。中华民国以待各外国君主之礼相待。"这个也可以学习春秋时期尊周的习惯，把名字一换，变"外国君主之礼"为"上国共主之礼"，定期开个朝会意思意思——宋育仁话虽这样讲，但春秋时期，又有哪个国家的官员会去上周天子的朝堂？

如此一来，两处把名字一换，中国不就在形式上复辟成功了吗？

劳乃宣欲以共和之名行君主之实，宋育仁的驳斥则是以共和之实套君主之名，反讽意味极强。

不过在当时那种混乱的局面中，你主张什么立场并不重要，关键是别人认为你会是什么立场。宋育仁有个连辫子都不剪的老师王闿运，国史馆同事都是些前清耆旧，他又长期支持君主立宪，此时言论一出，谁还去仔细研究你究竟蕴含了什么意思，全城都风传他要求袁世凯改封为公，还政于清。

宋育仁正好撞在了靶子上。

这段日子的复辟活动实在太过活跃，京城中甚至谣传皇室勾结了日本人，即将起事，一时闹得满城风雨。这也让袁世凯对现在的舆论氛围很不满意，复辟并非只是妄想，但得利的不应该是清室！他当即决定下手整治，第一个目标就是指向风头正劲的宋育仁。

1914年11月19日，王闿运的日记里记载："宋芸子一夜未还，云已被捕。"

宋育仁是因"主张变更国体，还政清室"的嫌疑，被步兵统领衙门请去询问，随后被捕。接下来警察登门大肆搜查，"起出信函文字，间有隐约之语，不无可疑之窦"。

虽然"不无可疑"的说法和"莫须有"的罪名没什么区别，但袁世凯这次铁了心要杀鸡儆猴，以免真造成他要还政溥仪的印象，对未来的大事不利。

部下们很快拿出了调查结果，"劳说悖谬，宋已认为可行，妄托尊王，竟欲动摇国本"。"查该员议论荒谬，精神瞀乱，应遣回籍，发交地方官察看。"

11月23日，袁世凯发布了一道严禁紊乱国体之邪说的大总统令，声明如再有制造谣言，著书立说以紊乱国宪者，以内乱罪从严。不过为表大度，他又同时申令既往不咎。

遗老们噤若寒蝉，劳乃宣听到消息，吓得不敢进京就任参政，半路上溜回了青岛。宋育仁倒是很聪明，知道辩解无用，自己就是袁大总统选出来的反面教材，于是上了封呈文，说自己早想回乡归田，远离政治。

袁世凯达到了目的，也不想和老派势力弄得太僵，当即批准将宋育仁遣送回籍，还说宋育仁"以廉吏故，特为清苦"，发了一千两银子当旅费，又下令沿途官吏和解送人员，"从优待遇，勿稍疏忽"。

大总统如此体贴，让受惊不已的遗老们更加迷惑，溥仪在禁宫中听闻此事，也觉得弄不清宋育仁"到底是受罚还是受奖"。

11月30日晚，朋友们送宋育仁前往车站，其中一位留到最后的人，是他的姐夫易昌楷。

少年子弟江湖老。国家多故，兴亡有责，两人为了各自梦想奔忙于尘世，20年后再见之时，都已是白发苍然。

在妻子宋令修去世之后，易昌楷渐渐从一个儒者蜕变为革命者，后来又加入了同盟会。辛亥之前，他在成都组织起义未果，秘密前往北京，与汪精卫、彭家珍等针对清朝高官展开暗杀活动，宋育仁与他理念不容，所以一直避而不见。直到民国三年，宋育仁到京担任国史馆纂修，才与时任稽勋局审议官的易昌楣重新相遇，回想起前事真是恍如隔世。

宋育仁这次无辜坐罪，易昌楣对袁世凯所为愤怒不已，专程赶来送行，许以"有勇批逆鳞，何伤刺羽残"，词意激昂。宋育仁久历浮沉，反而心气平和，倒过来劝血气犹存的姐夫学学自己，早日收敛锋芒，归乡韬隐。

随着宋育仁的离去，复辟案荡起的波浪也渐渐平息，却还有一个出人意料的插曲。

袁世凯本来只想弄走宋育仁，没想到最后搭进去了他用来撑门面的王闿运。

自从王闿运入主国史馆，唯一目标就是不让馆员们饿肚子，关心的只有帮大家要钱，可财政部经常拖延拨款时日，偶尔还不足额发薪，馆员们屡屡发出怨言，令他觉得好心办了坏事，十分扫兴。复辟案更让王闿运暗自恼怒，袁世凯这次无端加罪宋育仁，事前事后都没有来向自己这个馆长沟通解释，让他觉得颜面大伤，顿时动了归心。

不过王闿运一生行事都讲究率性自在，就算走，也要走得天马行空，来去如风。

除了告知馆员，事前并没有透露风声，王闿运略做收拾，就于12月28日晚乘火车离开北京，等两天后抵达了汉口，他才提笔给袁大总统写了一封信，说自己"承赐以月俸，遂成利途。按时支领，又不时得。纷纷问索，遂至以印领抵借券。不胜其辱，是以陈情辞职……"

王闿运这一手大出人们所料，纷纷赞他不为功名利禄所拘，一派名士风范。章太炎当时被袁世凯幽禁在北京龙泉寺，得知此事后拍案狂笑，大叹："八十老翁，狡猾若此，岂能小觑！"

王闿运达到了他所追求的效果。这个八旬老人以独有的狡黠方式完成了对袁世凯的小小报复，也如愿以偿地留下一个潇洒出尘的背影，为世人长相品味。

捌

叶落归根：前度宋郎又重来

废兴万变，斯人其间。这位中国书生的梦，似近犹远。

"老不死"与"讨人嫌"

王闿运离开北京的当天，宋育仁一行才刚刚进入重庆。

虽然匆匆离开北京，名义上又是递解回籍，但宋育仁这趟返家的旅程走得十分悠然，一个月了才回到四川。

他的行程是从北京出发，坐火车前往湖北，再由湖北乘船到达重庆，由陆路返回成都。因为袁世凯主张"宽大为怀"，具体处理此事的徐世昌跟宋育仁在翰林院当过同事，又是同榜进士，自然愈加照顾，他在内务部派了八个护兵一路保护，又密电沿路官吏嘱咐加以优待，说是递解回籍，看上去倒像荣归故里。

宋育仁此前曾在湖北任职，朋友颇多，署理湖北将军段芝贵接到老上司徐世昌的通知，也算得上热情周到。他在当地逗留了一段时间，继续乘船前往四川。

1914年12月28日，宋育仁抵达重庆。他的归来显然是件值得关注的事情，社址在成都的《国民公报》很有点亢奋，拿出一腔追星的热情，趁他还在途中的时候，就把复辟案拿出来详细分说，又连续刊出《宋育仁之返川期》《宋育仁回川之详情》等文章，追踪他的归途日程和回川安排，还派了记者到码头，报道巴县知事周宜甫迎接宋育仁的现场情况，"送肩轮一乘，并招呼一切菜馔"，又说他"年貌已衰老，惟精神尚好，头蓄满发，顶挽一髻"。

20年前，宋育仁在此开始了他改造四川的行动，如今重登故地，已经是天下鼎革，此身依旧，物事全非。

宋育仁在重庆的门生故旧比湖北还多，流连了半个多月，他才踏上了返蓉的路程，这期间求字求诗者极多，据《国民公报》报道，"临行前一日，自晨至晚，挥毫不暇"，名士风度满满。位于重庆渝中半岛最高处的鹅岭公园（原"礼园"）建于宣统年间，背倚山城，高挑出世，至今仍是夜观灯海的绝佳去处，此地存有宋育仁这次路经重庆时所作的《题礼园亭馆》：

> 步虚声下御风台，一角山楼雨涧开。
> 爽气西浮白驹逝，江流东去海潮回。
> 俯临木杪孤亭出，静听涛音万壑哀。

虽然平平安安回到了成都，但对这次无辜被遣返，宋育仁也是深以为训，不愿再掺和政治，全家寓居城内，汇集了以往的经学、文学、史学等作品，编为《问琴阁丛书》。他没能料到的是，树欲静而风不止，1915年底，有人直接找上家门，又张罗起另一种复辟的事情。

来者是掌管四川军政大权的陈宧。复辟案发不到一年，北京就成立了以杨度为首的筹安会，敲锣打鼓地为恢复君主制度制造舆论支撑，不过这次连一心复辟满清的遗老们都高兴不起来，每个人都看得清清楚楚，袁大总统是在为自己规划，不论他成功与否，大清的希望都是更加渺茫了。

按照中国人的传统，袁世凯就算再想当皇帝，也不能自己站出来表态，非得全国人民民心所向，再三拥戴劝进，他才能"勉为其难"地顺应民意。

陈宧正是来找宋育仁领衔劝进表，希望他能代表四川士绅，赞同恢复帝制。

愚我一次，其错在人；愚我两次，其错在我。宋育仁当然不肯在同一个坑里跌下去两次，无论如何都不肯列名。双方纠缠多次，期间传来陈宧枪逼四川国会代表，产生"一致赞成帝制"投票结果的消

宋育仁《问琴阁诗录》《问琴阁文录》《哀怨集》和《问琴阁诗指》。《诗指》系复印件。

息，宋育仁担心再顶下去会招致杀身之祸，干脆一走了之，跑到家住蒙顶山下名山县的老友吴之英处盘桓了数月，直到1916年春，袁世凯不得已宣布撤销帝制，他才重返成都。

年岁已近六十的宋育仁，再也没有出任过任何官职。他在成都东南郊附近东山（即今锦江区三圣街道办事处辖地幸福梅林所在）一块地上，修起一座"东山草堂"，此后半年居城，半年居乡，真正摆脱了政治的纠缠，换来一种返璞归真的平静生活。

远离了喧嚣中心的宋育仁并不孤单，他的周围有了越来越多的同伴。大都是在前清取得过功名，又以学识渊博闻名的川内耆旧，包括尹昌龄、徐炯、廖平、曾鉴、骆成骧、刘咸荣、赵熙、陈钟信、林思进、方旭、颜楷等十多人。

他们之中有状元、翰林，也有曾经官至正二品的朝廷大员，身上承载着巴蜀文化的荣耀与光辉，政治上也曾经奔走维新，后来大多倾向于君主立宪，在辛亥事变之后无心仕进，卸下了官位职衔后陆续返回四川，一身云淡风轻，不时聚在一起诗酒唱和。

虽然远离了权位，但他们的社会影响力却不曾减退，反倒因为回乡人数的增多，以及彼此之间的互动而有所扩大。数千年来，中国的基层管理从来就是与士绅体系紧密结合，民国刚刚建立，四川的执政者照样要依靠这些德高望重的社会贤达沟通民意，抚慰地方，而民众更是将其视作己方的代言人。久而久之，从中产生了"五老七贤"。

"五老七贤"的称号自诞生起就是一个松散的概念，更像是指代一个绅耆群落，并非确定的某12个人。除了少数几个德望最高的人选达成了共识，具备一定社会声望的绅耆都有可能被民意拥戴，比较公认的说法是宋育仁列名"五老"，而"七贤"之首则为骆成骧。

在新文化运动以后，"五老七贤"就成为了新派人物口中的老顽固，在现有的书籍中也大多以尊孔复古的守旧面目出现，似乎纯粹是些阻碍历史的反面派。

实际上，对"五老七贤"而言，他们成长于中国最多难、也最多变的年代，一生中久经涛浪，现在因世道翻覆，抽身而退，内心中无欲无求，剩下的都是造福桑梓的热情。但凡地方有事，这群老人们都会不遗余力地参与，在民国初期军阀混战的四川，他们多次起到缓和、安定各方冲突，维系社会框架的作用，民间对此评价非常之高，报纸也直白道出了心中的敬佩：

> 吾川绅耆当变乱之际，无不发其爱护桑梓之心，悯恤同胞之念，或通电申请，或出而调停，迨乱事既平之后，更极力筹拯难民，是故人民多有仰之如泰斗，倚之为屏障。

有趣的是，对于自己的名号，"五老七贤"并不看重，尹昌龄就曾讲过"五老"是"令人烦恼"，骆成骧更是自嘲为"五个老不死，七个讨人嫌"。

也许骆成骧说得不无道理，在执掌四川大权的军阀看来，这几个人名望太高，杀又杀不得，买又买不动，屡屡出来唱反调，实在是老而不死，很讨人嫌！

但就是这些个看上去早就过气的老家伙，始终坚持站在家乡民众的立场上，在息战、慈善、教育等公益事业上倾力而行，更为四川的文化传承、文脉延续，做出了不可低估的贡献。

捌 叶落归根：前度宋郎又重来

183

在1916年袁世凯复辟之时，蔡锷率领护国军从云南攻入四川。四川都督陈宦身受袁世凯知遇之恩，不过时势所趋，他也知道复辟难以长久，因此和护国军时打时停，始终摇摆不定。这个时候，曾在京师大学堂与陈宦有过师生之谊的骆成骧站了出来，不但规劝其加入讨袁队伍，还为他代拟了致袁世凯的电报。陈宦考虑再三，决定接受老师的意见，通电宣布独立，将四川从无谓的战火中解脱出来。

讨袁胜利后，来川作战的滇黔联军却原地不动，并且控制了成都、重庆等重镇和大片城市，在蔡锷离川东渡日本治病后，入川滇军总参谋长罗佩金和入川黔军总司令戴戡先后成为了四川督军。

蔡锷的"重建四川"计划，被易以滇黔军实际控制者唐继尧的"强滇弱川"政策，滇黔军开始拼命搜刮财富，截留盐税，与四川本地军民产生了很深的矛盾。

1917年，罗佩金和戴戡先后与川军刘存厚部在成都发生巷战，上百条街道陷入一片火海，毁坏房屋数千间，民众死伤近万。

这两战彻底激起了川民的愤怒，宋育仁、陈钟信、徐炯等联名致电中央政府，提出"川滇嫌怨蓄积既深，理难同处川"，呼吁"滇军归滇，川军保川"，又发出《绅耆告军民各界书》，通告全川军民父老，指出滇黔军吞并四川的野心。在其后刘存厚、熊克武联合川军各部发动的靖川之战中，宋育仁等频频致函各川军将领加以慰劳，还以士绅名义请中央拨款接济军饷。

在对滇黔军的战斗中，绅耆们坚决站在了川军一边，但他们并没有因此倒向某一位掌权者，只有这片土地和土地上的人民，才是他们选择立场的出发点。

在川军内部发生冲突，战斗刚刚挑起的初期，宋育仁就曾以中国红十字会四川临时妇孺救济会会长的名义，联同骆成骧、文龙等人，致电握有军权的刘湘、但懋辛以及各部将领提出了一个很有创意的想法，请求参战各方"画出战线，自决胜负，不得借此攻城略地，殃及人民"。

华西协和大学特聘文科教授合影，前排中间三人从左依次为"五老七贤"中的刘
成荣、方旭、曾焕如。

而四川虽然陷入军阀的连年内战，犹如走马灯一般轮换督军和省长，成都却再也未曾重演1917年巷战的惨况，这与"五老七贤"的努力是分不开的。

数年中，成都屡次易手，基本都是在相对和平的情况下进行交接，起因是在1921年的成都之战。当时三路大军兵临蓉城，城内的刘存厚胜机渺茫，正准备孤注一掷发动巷战，"五老七贤"担心成都再陷兵火，倾尽全力奔走各方，他们之中或与川军将领有师生之情，或曾为某方势力的座上客，这么多老人的面子加在一起，终于说服攻城方网开一面，给了刘存厚率领护卫营体面离开的机会。有了这个范例，此后的多次大战中，攻守双方也常常沿袭这种模式，心照不宣之间就让成都易主，让这座千年古城少遭了几许劫难。

连绵的兵灾也让"五老七贤"感到个人的渺小与无奈。到了四川军阀内战的后期，将领们争地盘争得厉害，再也听不进去民意，"任何种言论，皆漠不为动"，虽然大家一直在奔走呼号，但部分人也把精力投入到了更有效果的公益事业。

民国时期，成都的社会救济事业非常活跃，曾先后出现过100多个慈善团体，"五老七贤"中有多人都曾加入其中。骆成骧、陈钟信就在四川筹赈事务局任过职；颜楷卖字筹款，开办崇善局；刘咸荣也和朋友一道发起成都众善会，还开办小学，免费为穷困子弟提供教育机会。

真正把慈善办成了一个大事业的是尹昌龄。1923年，他把一系列面临各种问题的慈善机构合并，归入"慈惠堂"进行管理，经过数年努力，"慈惠堂"发展出自有盈利能力，在此基础上创办了民生工厂、女婴教养所、学校等，养育了数千孤贫老弱。"慈惠堂"还收养了众多盲童，尹昌龄别具心裁地安排他们学习扬琴，出人意料地创造出活跃在四川曲坛上的"堂派"，其传承持续至今。

为善之事，宋育仁当然不落人后，他跟中国红十字会渊源很深。1904年，清朝工部尚书、会办商约大臣吕海寰于上海创设该组织并自任会长时，宋育仁正担任他的幕僚。自成立以来，中国红十字会本着人道主义襟怀，救死扶伤，发展迅速，到民国时已经成为中国首屈一指的慈善机构。1916年，袁世凯称帝引发"护国战争"，战事主要爆发于四川、湖南等地，中国红十字会总会相距甚远，协助不便，于是决定大力推动分会和临时救护机关发挥作用，表示"医队追随鞭鞚，实力未逮，且稍有不慎，尤易滋生流弊。兹本会为杜渐防微起见，拟通电各处一律就地备设救护机关及固定医院，万一当地起有战事，均由该军队就近送往医治"。

由于总会的积极推动，各地分会和救护机关纷纷成立，自总会通电起一个月内，四川各地已成立了11个救护机构，相关组织还在源源不断产生，由宋育仁担任会长的四川临时妇孺救济会也是其中之一。社会各界通过这些渠道，捐助源源不断，得以尽可能在战事中减少各方伤亡。

"护国战争"以四川战场最为激烈，泸州、叙州等战役伤亡累累。各临时救护机关全力救治，"自流井已疗伤五百余名"，泸州、荣县等地"救治伤兵均有五六百名之多，医院满塞，几不能容"。又因为《日内瓦公约》对于内战的救护没有明文规定，红十字会只能"纯抱慈善观念，畛域不分"。无论是哪方的伤兵，一视同仁收治。

战争还会带来很多额外的问题，干戈四起，生灵涂炭，需要的不仅是救死扶伤。除了战地医院外，有更多像四川临时妇孺救济会这样的分支机构专注于赈济难民，针对遭受战争波及的无辜民众进行援助。如湖南常德分会在报告中称："自驻常事务所成立后……携款前赴辰溪灾区施赈，并拟再由溪进赴洪江一带调查办理。刻据辰溪来电，该地缺乏粮食，已电省巡按先拨仓谷三万石运赴辰州。"

一直到去世那年，宋育仁热心公益的习惯都没有改变。

1931年7月，四川遭遇特大水灾，宋育仁和赵熙联名致电铁道部，告之四川的重大灾情，指出交通银行尚存有川汉铁路公司多年前的路款，希望能拨出一部分用以赈济灾民。最后政府果然如愿颁下赈灾款，并于12月1日宋育仁去世前夕成立了四川临时水灾赈济委员会。

捌 叶落归根：前度宋郎又重来

君子和而不同。虽然在此之前，他们的诗词唱和早已续上旧谊，但辛亥时在"川路国有"问题上一度对立的两位老友，若再回首前事，想必也是会心一笑。

令"五老七贤"在家乡取得更大声望的，还是要数教育事业。他们几乎都具备很高的传统文化修养，获得过科举功名，之前至少都是有过丰富的教书经验。

在这方面，骆成骧是最有心得的一位。他中状元后，先后出任过广西、贵州的乡试考官、山西提学使，参与创立和管理的学校有京师大学堂、成都资属中学、四川高等学校、四川国学专门学校等，即便在因母丧回籍丁忧期间，都在家乡开馆授课，可以说一生跟教育有缘，连梁启超都开玩笑说他，"状元公教书有瘾"。民国时期，骆成骧推辞了各方邀约，仅以教书维持生计，据他的学生回忆，当时每逢下课，教室门口都要围上一大群人，全是跑过来瞻仰状元公的。从1916年起，他又开始为创建本土大学而呼吁，一直到骆成骧1926年去世为止，都还在为四川大学的筹建事务奔忙。

宋育仁也是个中好手。26岁时他就已经接管过资州艺风书院，34岁外放广西副主考，41岁那年，更是执掌了代表四川最高学术水平的尊经书院，后来又在江阴南菁学堂和京师大学堂任课，回川后，宋育仁还担任过四川国学学校校长，完全是一个教学经验丰富的老教育家。在四川大学的各届校史庆典中，作为大学前身尊经书院的执牛耳者，历代后学都没有忘记这位先师。

其余如徐炯、刘咸荥、吴之英、赵熙等人，也都在教育方面各有所长。徐炯在戊戌年后即从事教育，主办过东文学堂、泽木精舍，在十多个学校有过任教经历，桃李满天下，熊克武、吴玉章、张群等都出自他门下；刘咸荥也是很早就在家设馆教徒，民国后又在四川高等学堂、成都大学、华西大学等授课，学生中还出了郭沫若、李劼人这样的著名文学家。吴之英、赵熙也分别在名山和荣县的老家，开设学堂，普及教育。

当然，"五老七贤"们主讲的课程几乎都是国学，也提倡尊孔，属于传统纲纪的维护者。在新文化运动兴起之后，他们自然而然就被新派人物视为顽固守旧的堡垒、时代潮流的对立面，尤其是吴虞这种"打孔家店的老英雄"，更是将旧派士绅们称作"老怪物"，痛恨至极，恨不得将他们一扫而空。

是否"五老七贤"真的只懂旧学，满腹都是不合时宜呢？在这个问题上，宋令修的孙子易公度先生，对舅公宋育仁曾有过一段生动回忆：

> 一九二七年他在成都总纂《四川通志》，因文名很大的，成都大学张澜校长想聘他主讲中国古典文学。他历来鄙弃"词章"，唾为"小道"、"雕虫"，向他请教诗词，等于是侮辱他，是会挨骂的。
>
> 大学以此欢迎，他同样不高兴，幸好没发脾气，只回答说，要讲就讲政治。
>
> 一句话惹得同学们大笑不止，都说：这位"五老七贤"的老骨董莫非发疯么？你先生只有"老得霉臭，懂得什么政治啊！"当然，大学不能请他上政治讲坛，而同学们中，却引起对他的研究。
>
> 我记得有个历史系的同学叫朱德尊，和我谈及此事，我希望他们不可随便讥笑人。指出宋育仁先生是戊戌前后时期一个重要的历史人物，值得研究。
>
> 叶秉诚教授也介绍了他许多事迹。这位同学以同乡关系，一次去见过他。
>
> 单是满屋成堆，盈筐皇案的政、经、史、地报刊专著，已看未看，已圈已批，都是这位史学系大学生难得接触过的。尤其是短短半小时的对谈，竟是那么纯熟的史、地、政、经语言，甚至当时目为禁书的马克思资本论中的论点，也谈到了。

这个同学退而向我称叹道："谁说他没有资格讲政治呢？"

实际上，宋育仁不但自己努力钻研新学，同时也积极寻找与年轻一代学者的交流渠道，他对知识的渴求永不满足。被视为四川绅耆的极端对立派、曾经任教北大的吴虞就曾在自己1922年的日记里，用怪异语气提到，"宋育仁嘱转之《政治学讲义》三册，请予代送胡适之、陈莘农一册，真妖孽也"。

一叶知秋，"五老七贤"并不都是死抱过去不放的"老骨董"，更何况，仅仅在十多年以前，他们都还是"新"的代表，中国的精英。从宋育仁身上可以看出，他们完全能够随着时代的节奏前进，让人觉得陈朽的，是这些人在文化与生活上挥之不去的恋旧情节。

但也正是"五老七贤"的这种眷恋与坚持，才能让好些不该消失的中华文明的DNA在一方水土生根发芽，成长闪耀，为多灾多难的四川带来一种独特的文化气场，埋下国学复兴的火种。

宋育仁晚年曾与赵熙、方旭、林思进等人结了一个锦江词社。成都人的习惯是到茶馆聊天，他们也不例外，每月的聚会地点选在枕流茶园（现成都人民公园内），大家闲坐聊天，吟诗品茶，自然流露出一股名士风流气派。

他们也喜欢四处游山玩水。徐炯只要听到哪里有好景、好花，必然携家出游；赵熙则特别喜欢峨眉山，一生中竟然作了上百首吟咏峨眉的诗词；而宋育仁自从有过归隐茅山的经历，就对道教产生了浓厚兴趣，不但晚年自号道复，还常常去道教发祥地青城山游览，至今青城山三清殿前仍挂有他撰书的楹联：

玄重为道德所宗，太上总三清，信有丈人尊五岳
正一授明威之箓，宝仙题九室，别传真宰领诸天

一到了节庆之日，更是大家饮酒聚会的好时光。比如林思进家中环境不错，"园池俱具，曲径回槛"，有什么佳辰节令，就"辄召客

饮，厨传精好，冠绝蜀都"。骆成骧的后辈也回忆到，每到春秋佳日，宋育仁、赵熙等人就联袂而来，下棋、饮酒、谈天、赋诗，直到夕阳西下才尽欢而散。

林思进曾作诗一首，虽然只写了宋育仁一人，但说是"五老七贤"的群像也未尝不可：

> 白头嵯峨宋学士，茅舍鱼陂满生趣。
>
> 酤酒重开旧时社，作诗不悔平生误。
>
> 岂惟文采映乡邦，还向遗民说朝故。

虽然生活在一个充斥着混乱与变革的年代，但这群蜀国名流总能找到一种超然的生活状态和完全属于自己的精神天地。

宋育仁的内心其实并不复杂，他一生都盼望着通经致用，复周礼以开太平，对新学虽有研究，但心之所向依然只有国学。所以在1916年，经过廖平的介绍，宋育仁欣然受聘为四川国学学校主讲，后来又于1917年末出任了校长一职。

四川国学学校建于1912年，以经学、史学、国文为主课，学校里人才济济，大师云集，首任校长吴之英1913年因病辞职，在荐举接任者时称："院中人士，美尽西南，德行如伯春，鸿括如季雅……谓皆翘足独步。至于谢（无量）、刘（申叔）、曾（笃斋）、廖（季平），脱颖出囊，尤堪宗主关西……"

谢无量、刘师培、廖平等人还创立了四川国学会，定期举行开放性的学术讲演，校内外人等皆可参加。国学会附设有《四川国学杂志》，办刊宗旨是"发扬精深国粹，考征文献"，从1912年到1919年，共出版了63期，在四川和全国范围内都产生了学术影响。四川历届省长也很重视国学学校，认为"国学为国民精神所寄托，并与各科学知识在在相关。此科若无根底，其阻碍科学之进步者弊尤小，其断丧本国国民固有之精神者害实深"。

捌　叶落归根：前度宋郎又重来

当时还没开始反孔的吴虞曾在学校执教，后来回忆起这段时光居然赞誉有加，以西汉时司马相如传学蜀中的盛况相比："其时吴伯师，廖季平前辈，刘申叔、谢无量诸公，聚于一堂。大师作范，群士响风，若长卿之为学师，张宽之施政。蜀才之盛，著于一时。"

这种盛况到五四运动之时一度中断，《四川国学杂志》也于1919年停刊。

大家很快重振旗鼓，于1920年再立四川国学会，公推宋育仁为会长。他对这项活动异常重视，常常在国学会所在地少城公园（现人民公园）举行演讲，内容包括各类经史子集，对社会听众免费开放，如果有其他机构邀他去宣讲国学，宋育仁也是欣然前往。他还将近年来研究的礼学成果付诸实践，亲自整理了冠、婚、丧、祭四种礼仪程序，"远近传抄，好礼者多习之"。

1922年，宋育仁主办的《国学月刊》问世，每月两册，他在序言里强调：

> 本报抱定宗旨，述先圣先师之言，非从己出。欧美成专门有用之学，皆成之学会，非成于学校。学校之专门，尚属专门之普通；出学校再由学会讲求增进，始成专门之专门。有高深之学理，始能支配浅近之学科。有精微之理论，始能发生国家学、政治学专家之学业事业。

宋育仁始终把国学当作一门基础学科，认为"高深之学理"和"精微之理论"只能从国学中来，为一切西学学科的主体和基础，国民应以此开拓智识，习礼修身。为此，宋育仁还和廖平、骆成骧等人成立了国学学制改进联合会，希望通过革新学制的方法，使国学达到"汇通新旧，支配学科"的终极目的。

同一时期，由胡适主导的《国学季刊》编辑部也在北大成立。

1923年1月，《国学季刊》创刊号与公众见面，这是一本有着崭新姿态的国学刊物，版面由左向右横排，文章使用新式标点，兼收文言与白话的文章。其编辑条例规定："本季刊虽以'国学'为范围，但与国学相关之各种科学，如东方古语言学、比较语言学、印度宗教及哲学，亦予以相当之地位。"

胡适在《发刊宣言》提出，要"整理国故"，扩大研究的范围，注意系统整理，博采比较资料，"各还它一个本来面目，然后评判各代各家各人的义理的是非。不还它们的本来面目，则多诬古人。不评判它们的是非，则多误今人，但不先弄明白了它们的本来面目，我们决不配评判它们的是非"。

宋育仁的《国学月刊》与胡适的《国学季刊》，倒也不无交集，例如东方古语言学，宋育仁早有心得。在学者钟永新《麦克斯·穆勒与宋育仁的学术交往录》一文中，就提到宋育仁在作为参赞出使英国时，与享有盛誉的东方学大师、德裔语言学家麦克斯·穆勒相会，并与之讨论各文明古文字的共通之处。归国多年后，麦克斯·穆勒还托人万里传话，探问宋育仁在这方面的研究进展，才有育仁感慨万分，抽空愤发著成《同文解字》一书。《国学月刊》创刊后，宋育仁即将《同文解字》及《说文部首笺正》等语言文字类著作在其中连载，影响启发了如刘师培等众多学人。

不过胡适提倡的国学研究，有着欧美汉学的影子，倒像是考古学家对待旧物，把国学看成古董来钻研，而在当时很多以激进为时尚的新派知识分子眼中，国学已经不是一门"活着的学问"。

这近似于从根本上去否定宋育仁遵循一生的"通经致用"，他当然不可能认同。在他和"五老七贤"的眼中，这分明是"欲用白话以破灭国文，别求哲学以破坏伦理"。宋育仁用行动表示了对新国学运动的极端不满，甚至在《国学月刊》中分期发表胡适的发刊词，并逐句逐条进行批驳。

可是，潮流浩荡，再忠诚的精神一样要被席卷而空。"五老七贤"谁也敌不过时间的催逼，一个又一个陆续离去。经史诸子、无不赅贯的吴之英溘然长逝；博学精思、教泽绵延的骆成骧继而辞别；工诗善书、风调冠绝的赵熙最终也撒手仙归。随着大师们的谢幕，"国学"也被雨打风吹，飘离了思想和学术的主流。

几十年之后的21世纪，2006年7月，作为研究中国传统思想文化锲而不舍且成果斐然的学术机构，台湾中研院中国文哲研究所著名学者林庆彰、蒋秋华两位教授，带领晚清蜀学考察团专程赴川。

对于晚清蜀学的研究，海峡彼岸鞭先一着。台湾学人独辟蹊径，把晚清蜀学分为《易》学、《尚书》学、《诗经》学、三《礼》学、《春秋》学、《四书》学、《孝经》学等若干方面，系统地爬梳了巴蜀学人在专经研究方面的进展和成绩。他们还对当时的蜀地经学大家及其成长环境勾玄索隐，挖掘出27位学术史上叱咤风云的蜀人经学家，如宋育仁、刘沅、廖平、吴之英等，唤醒我们重新审视那些好长时间被自我贬低与无知忽略，其实却真知灼见繁花似锦的本土文化与学术。

吾以吾手书汗青

民国十一年（1922）阴历十月，酝酿已久的《国学月刊》开始出版，宋育仁准备将自己心爱的国学事业进行到底。

两年之后，《国学月刊》正式停刊。

是因为国学渐微，世局变换，让倔强的宋育仁都心灰意冷，还是他发现了更好的渠道，可以弘扬心中的理想？

从1920年执掌国学会起，宋育仁就积极推动讲学活动，后来又发行《国学月刊》，想方设法延续和扩大国学的影响。

1923年，他赢来了一个新的机会，清史馆要征集巴蜀学者的著作，以便选入正在编纂的清史之中。宋育仁非常重视此事，认为这是表扬蜀国先贤的大好机会，专门向省政府打了报告，在少城公园设立文献征集处，聘用了两个校理，还把国学会的办公地点也搬了过去。

征集来的文献渐渐增多，内容包罗万象，脉络分明，勾勒出清代四川的种种情况。宋育仁眼见这些情况，心思一动，觉得完全可以借此时机，重修省志。

他的这个想法是有其根源的。

1917年，北洋政府内务府会同教育部发出通令，要求各地纂修地方志书。这是"盛世修志"的念头在作怪，希望用志书来粉饰太平，不过一些省份确实遵循了此令，山西、黑龙江等都陆续成立了通志局。四川也有过同样的打算，杨庶堪担任省长之时，大力支持修志，与督军熊克武会商之后，于1920年成立四川通志局，聘宋育仁、骆成骧、林思进等共襄志事。

大家拟订了十项《征采纲要》，通告全川各地，征集新旧县志稿本。但还没正式动工，杨庶堪就跟熊克武闹得兵戎相见，可他依靠的滇黔联军又不争气，只好辞职下台，修志一事也告作废。

一耽搁又是数年，在此期间，宋育仁已经成为了国学会长，又开始征集文献，满门心思都是恢张国学。他突然想到，完全可以将国学会、文献征集处和四川省志联系在一起，三者都是"维持旧学"，完全可以就修志容纳国学会，借梳理文献来丰富提升志书的水准，使之成为一部鲜活的地方史和蜀学研究的参考书，而不会沦落到被人疏远的枯燥记录或言之无物的华丽无物的文字辞藻。

宋育仁向政府提出重修省志的想法，当时的主政者是杨森，他很快就回复表示赞同。

1924年，重修四川通志局成立，局址位于成都市陕西街。宋育仁任通志局总裁，他邀约同乡进士陈钟信担任自己的助手，请苏兆奎负责一应行政事务，又聘任了龚煦春、周翔、张森楷等十余名编纂，加上校理、勤杂等若干人，然后给了杨森一顶"监理"的高帽子，认认真真地开始修志，连《国学月刊》都停止了发行。

这已经不是宋育仁第一次参与修地方志的工作。1919年，老家富顺县也准备修志，专门成立了一个叫修志馆的机构，向宋育仁发来聘书，请他作为监修，主持县志修订。

捌 叶落归根：前度宋郎又重来

195

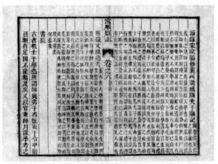

出版于1931年、由宋育仁主编的《富顺县志》。

　　富顺县志的编纂始于明朝景泰年间，然后在嘉靖、万历、清康熙年间又有增补。乾隆年间，大学者段玉裁到富顺担任知县一职，重新发起志书的编纂事宜，他是江苏常州金坛人，在音韵学、训诂学方面成就极大，亲自发凡起例，考定事实，加注按语，编成了后来被称作"段志"的《富顺县志》。这部县志体例简严、材料翔实、文字安雅，被公认为全国地方志的代表作。

　　段玉裁纂修《富顺县志》的目的是"论古证今，以遗县民"，使"秀者以古处自期，顽者以桀黠为耻"，意在化民易俗。

　　这正跟宋育仁不谋而合，因此他非常重视"段志"，虽然道光、同治年间，富顺人黄靖图、吕上珍分别补充了段玉裁之后的历史，但宋育仁一样明确提出民国修志是"踵段志而作"，在此基础上进行发扬创新。他既将段玉裁首创的"建置"列目继续居为第一，同时又把"段志"25个列目简化为17个，更与时俱进，在志书中增加了图表，让人看起来一目了然，方便有利。

　　富顺这次修县志还有个特点，由于这里文化昌盛，才子众多，所以人手全部就地选拔，除了宋育仁以外，还有大批本县的知识分子参与进来，其中由张懋宣、陈伯勋牵头具体工作，光绪二年举人、自流井炳文书院前山长卢庆家担任总纂。

　　由于宋育仁常年都在成都，所以除去1922年回老家居住那段时间，对富顺的工作一般是通过信件参与，1924年重修四川通志局成立后，他大部分精力都集中到了四川省志的修订上。

四川省志的源头是明朝中期熊相的《四川志》，共37卷，到宋育仁接手为止，已经有了9个版本。第九次修志是在1812年嘉庆时期，距民国重修时已相隔112年。期间中国的天朝梦碎，国体由帝制跃入共和，内里军阀混战，列强又虎视眈眈，变化之大，有史以来所未曾见，要记录这样一段历史，真是既丰富，又艰难。

如何才能良好表达如此复杂的历史阶段？宋育仁不想一味平淡直录，把省志写成档案文件，因为这不符合他的终极目的，"此不足以维持旧学，更何望有关于改良社会"；更不想下笔轻薄，写出一堆词章小说。

好在他约请的编纂们都是经验丰富的学者，张森楷主持编修过《合川县志》，龚煦春30年前就与人合编了《井研县志》，又参与过《营山县志》的修纂工作，在大家的辅助下，宋育仁的要求"重新厘定义例，因革损益，提出国学精神"得以实现。

在省志修纂过程中，宋育仁还挖掘出一位年轻的俊才：刘咸炘。

刘咸炘是天才型的国学大师，他生于1896年，22岁即在尚友书塾担任塾长，这是成都最好的私立国学学校。在他短短36年的生命中，留下了200余种著述，约400万字，经史子集无不包括。后来史学巨匠陈寅恪曾四方搜求刘咸炘的著作《推十书》，并认为他是蜀中最有学问和成就的学者。

这时的刘咸炘是标准的国学"宅男"，足迹不出百里，交接的几乎都是姻亲，谁也搞不清宋育仁是怎么把他弄进省志编纂班子的。刘伯固、朱炳先在《四川近现代文化人物》一书中提到，"刘咸炘1924年编写《蜀诵》定稿后，送请四川省通志馆馆长宋芸子先生阅读。宋先生看后，大为赞扬，即将稿本交通志馆全体人员传观，以此为楷模撰拟《四川通志》。"

《蜀诵》是一部叙述四川古今变迁大势的地方史，令宋育仁青眼有加并不奇怪，但这个说法未免忽略了宋育仁求贤若渴、奖掖后进的风范。其实，刘咸炘是凭一部史学评论书籍《太史公书知意总论》得到了宋育仁的赏识。

这个事实是宋育仁去世以后，刘咸炘在挽诗中提到的。在《清典礼院直学士宋公芸子挽诗》中，刘咸炘动感情地说：

> 闭户守孤陋，缘悭接老师。一篇忽见赏，再聘遂先施（公于余本不相识，见《太史公书知意总论》，遂来聘襄志事）。文献固我志，陪以负公期。嗟余怀来写，徒有感知词。

当然，并不是有了一个厚实的班底就能顺利修成省志，宋育仁很快发现了新的问题——缺钱。

比起老师王闿运在国史馆遇到的情况，他面对的局面更加复杂。杨森虽然支持修志，但他并未在省财政中单列此项支出，而是规定各州县每年支援款项，相当于临时赞助。

这就几近搞笑了，四川的地方军阀之多，混战之激烈，简直就是全中国的缩影，大家各占一块区域，杨森的政令只能通行于自己军队的枪炮射程之内。到了1925年秋天，杨森更是连现有地盘都没保住，被刘湘赶得走投无路，几乎是只身逃往汉口。

四川打得昏天黑地，连省政府都收不到税，更不要说通志局区区一个文史单位，哪来的办法搞定地方。宋育仁无可奈何，只好仗着自己这张老脸，厚着面皮亲自写信给各方，意思脱不开两个字：要钱。撞的木钟多了，在逢年过节的时候，偶尔也有少许收获。

智慧都是煎熬出来的，通志局在无可奈何之下，居然想出了一个办法。

在那个世道，只有权力才能带来金钱。通志局正是瞄准这一点下手，他们规定，只要有哪个地方派人缴来修志款项，当即按数额的30%给予回扣。不仅如此，通志局还主动与各地区实力军阀的身边人联系，聘请他们担当修志局的提款委员，只要能搞到经费，回扣立马兑现。不知道这是不是宋育仁从报纸的广告发行中得出的经验，可惜这个办法也是时灵时不灵，即便他经常用私人财产添补，还是缓不济急。

1926年出版的《重修四川通志例言》，
阐明了修志宗旨和体例。

实际上，有限的经费连买书都不够，如果不是靠着严雁峰父子的帮忙，省志根本就无法进行下去。

严雁峰是宋育仁在尊经书院的同学，家里是大盐商，广有资财。他屡试不中后寄情于书，不惜重金搜集海内精本，又将自己在子龙塘（今和平街）的宅邸扩建成"贲园"书库，据张森楷所撰《贲园书库目录辑略》，当时藏书共计14145种，45982册，115232卷，甲于蜀中。

但严雁峰1918年就已去世，还好他的嗣子严谷声爱书之心更有过之，他继承了贲园之后，竟然将11万卷书扩充到了30万卷，所藏胜过全国知名的天一阁，包括曾国藩、顾炎武的手稿信件，黑旗军首领刘永福的《使越日记》，堪为海内珍品的"马元调本"《梦溪笔谈》，以及对修地方志大有帮助的全国1000多个县的县志……

修志期间，宋育仁和他的同事们屡屡造访贲园，从这里获取了关键的资料支持。

在宋育仁的勉力维持下，省志的工作艰难向前进展，倒是富顺的县志先有了结果。

县志的成果来之不易。因宋育仁长期在成都，总纂卢庆家的一些门徒开始攻击宋育仁不负责任，光拿钱不做事，主张倒宋，换成卢庆家来当监修一职。

据曾亲自参与县志编写工作的老先生陈茂枢回忆，当时拥宋派和倒宋派对立十分尖锐，但由于宋育仁的资历、学望远非卢庆家可比拟，因此支持宋育仁留任监修的人很多。负责具体事务的张懋宣也证明，他凡遇疑难，都是事事向宋育仁请示，任何大的决定，全由成都作出，期间来往信函不下数百件。如此一番，倒宋派才悻悻而止。

县志交稿时，险些又出风波。张懋萱汇齐文稿，正准备送交宋育仁审定，倒宋派又跳了出来，要求由总纂审稿，幸好张懋萱态度坚决，不但拒绝交出，还亲自把文稿立刻送往成都，事件才算平息。

文稿汇总到成都，宋育仁在张懋宣的协助下，花了数月时间审定稿件。定稿后，宋育仁又犯了书生毛病，还打算继续磋磨，待到臻于至善，再行出版。张懋宣却很有政治头脑，认为一部县志花去十年时间，耗费金钱不少，中途又有争议，再无成书，恐怕在家乡父老面前不好交代。宋育仁认可了他的意见，由此一来，这一部被后学誉为"宋志"的《富顺县志》终于在1931年面世。

县志面世，省志却还刚完成初稿。

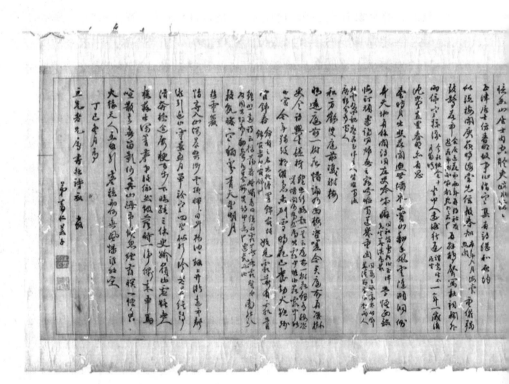

宋育仁诗书卷手迹（兰肇熙收藏）

《四川通志（初稿）》于1930年草成。全稿共300余册，全部用毛笔缮正线装。《四川通志》陈义甚高，在其《修纂凡例》中宣称，要弘扬旧学，将集会讲学和修纂著述联结为一体，增进文化和改良社会。

《四川通志》结构以《华阳国志》为其义法，大略仿《畿辅通志》分门，志则仿郑樵《通志》。主要内容要务求"职国纪民生之故，不徒事增文省，要使宛而分章，读能终卷，达于社会，有裨学林"。共分为建置、图经、食货、学校、礼俗、官政、民职、人物、艺文等九门。其中以建置、图经、食货、礼俗、人物、艺文六门为重要。各门之下，再细分为若干子目。此外，尚有"拟选四川文征"等的规划。

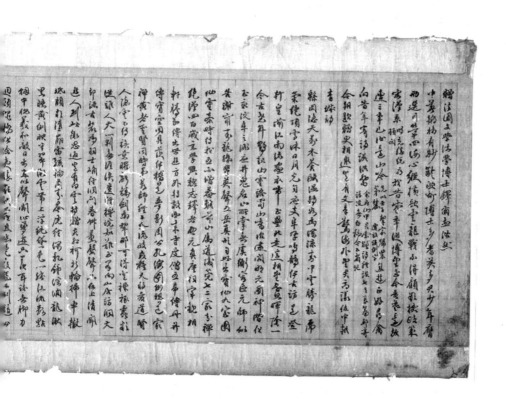

捌　叶落归根：前度宋郎又重来

但这个时候，宋育仁衰老的身体已经无法支撑下去了。自修省志开始，他"既疲神于铅椠，复纷志于筹署"，在精神与金钱的双重压力下，终于心力交瘁，志书还未修完，就于1931年12月5日（民国二十年年十月二十六日）遽然病逝，享年74岁。他去世后，弟子们为先生私谥"文康"。

据宋育仁最小的女儿、2012年9月在雅安去世的宋闻琴生前回忆，父亲就葬在东山，后事办得十分隆重，挽联摆满了院子，学界、文苑、官场与社会各方人士，络绎不绝前来悼念，时间长达一个月。

最能概括宋育仁一生的，是富顺同乡欧阳国群的挽联：

论使节曾经万里，论离忧直比三闾，元遗山回首前朝，问今日衣冠，是何年代？

惟著述自足千秋，惟声灵合附九老，苏内翰早醒春梦，怅昔时耆旧，尚有典型。

元好问生于金国逝于元朝，于亡国后发出"衣冠今日是何年"的痛问，而苏东坡官场沉浮，屡遭贬谪，功业如春梦早醒。二者经历与宋育仁映照，怎不令人感到沉痛。

宋育仁是带着遗憾去世的，他临终前还拉着陈钟信的手，嘱咐他接过四川省志："为我完之。"

陈钟信没有辜负逝去好友的期盼，毅然接手这个艰难局面。据林思进所言，陈钟信"念育仁故人同邑，且乡邦文献……遂先从事汇讨有绪矣，顾款绌而人才不副。以是日夜焦思，浸渐成疾……但唏嘘《志》事如何，而语不及其他"。

1935年，接手补辑《四川通志》的陈钟信也在成都寓所病逝。

第二年，《四川通志》全稿终于告成。《重修四川通志目录》和《四川郡县志》分别出版，这也是宋育仁版《四川通志》当时唯一面世的内容。

《四川郡县制》是省志中的沿革地理部分，由龚煦春编纂完成，共12卷，内容精核翔实，同事们都劝他先行付梓。于是龚煦春将稿本交付成都古美堂，自费刊行，其副题尚存《四川通志稿本》字样。

　　1939年，《四川通志》文稿交由四川省图书馆保存；抗日战争爆发后，又移往新都桂湖；最后由1942年成立的四川通志馆接收。

　　四川通志馆的建立纯为应付，连专职馆长、总纂和编纂都未聘请，直到1948年才由陈廷杰、林思进分任馆长和总纂。这个通志馆的唯一成果，是30余万字的《四川方志简编》文稿，依然未能付印。

　　1950年，四川通志馆解散，《四川通志》的出版再无音信，接下来的岁月里，连宋育仁的名字都几乎被人遗忘

　　时光流转，56年后，《四川日报》2006年12月25日的一则报道出现在人们眼前：

　　《民国四川通志》整理工作启动

　　记者从四川省图书馆获悉，《民国四川通志》的整理编辑工作近日启动。

　　……《民国四川通志》一书为手稿本，分建置、舆地、图经、食货、官政、礼俗、学校、艺文、人物九志共267册，实存约240余册，有部分散失，由有"四川报业第一人"之称的宋育仁主持纂修。此次整理工作将在原书主持编修者的旨意内尽量完善该书，定稿以影印加注释形式成书，补充部分用铅字排印。

　　可惜的是，截至2012年底，《民国四川通志》依然没有成书。

　　新的世纪，旧的延续。

　　盖棺论定，宋育仁自己的历史呢？

　　废兴万变，斯人其间。

　　这位中国书生的梦，似近犹远。

宋育仁年谱简编

出生　咸丰八年　戊午（1858年）

农历十一月二十三日（12月27日），生于四川省富顺县倒石桥（后为富顺县仙市镇大岩村所辖，2008年仙市镇改属自贡市沿滩区），父宋时儒，母高氏，行三，两姊、后有两妹、一弟。

是年，康有为生于广东南海。《中英天津条约》签订。

6岁　同治二年　癸亥（1863年）

父赴浙江宁波镇海（今宁波市镇海区）任县丞，全家随行。

是年，石达开就义于成都。曾国藩建江南制造局。

8岁　同治四年　乙丑（1865年）

农历七月初五（8月25日），母殁。

是年，太平天国余部被歼于应州（广东梅县）。李鸿章任两江总督。

13岁　同治九年　庚午（1870年）

父宋时儒殁于任所。遗育仁、姊、弟、妹共六人，依靠父亲旧日同僚接济为生。

是年，发生天津教案，数十名教士和信徒被杀，七国公使联合提出抗议。

14岁　同治十年　辛未（1871年）

扶父母灵柩返乡。伯母陈氏遣人赴镇海，携六遗孤回富顺老家，亲自抚养。

随堂伯父汉州（今四川广汉市）训导宋时湛读书数年。

是年，王闿运会张之洞于北京。

17岁　同治十三年　甲戌（1874年）

考中秀才。

农历四月，前工部侍郎、退居故里四川宜宾的薛焕联络蜀地官绅15人上书，请办书院，以"通经学古课蜀士"。学政张之洞采纳此议，会商于总督吴棠，筹资择地开工。

是年，农历十二月初五，同治皇帝去世。

18岁　光绪元年　乙亥（1875年）

继续随堂伯父读书。

"尊经书院"在成都开办，严禁研习八股，以培养"通博之士，致用之材"。薛焕任山长，在各州县生员中选拔100名精英入院，杨锐、张祥龄、吴之英等首批中选。

是年，慈禧再度垂帘听政。云南引发"马嘉理事件"。

19岁　光绪二年　丙子（1876年）

与廖平同年入选尊经书院。

是年，因为"马嘉理事件"，《中英烟台条约》签订，兵部侍郎郭嵩焘为钦差大臣使英，著《使西纪程》。11月，张之洞卸任四川学政，调文渊阁校理。

21岁　光绪四年　戊寅（1878年）

继续就读于尊经书院。

四川学政谭宗浚作《尊经书院十六少年歌》，宋育仁为其中最年少者："短宋词笔工雕搜，华缦五色垂旌游。"

是年，王闿运应四川总督丁宝桢邀请入川。

22岁　光绪五年　己卯（1879年）

娶妻富顺县自流井陈氏。乡试中举。

1月，王闿运至成都，出任尊经书院山长。其后曾回忆道："入蜀办学八年，英才辈出，其尤者'宋玉（宋育仁）'、'扬雄（杨锐）'。"

是年，日本占领琉球。

宋育仁年谱简编

23岁　光绪六年　庚辰（1880年）

初次入京参加会试，不中。

是年，英国开始考察川江通行轮船事宜。

24岁　光绪七年　辛巳（1881年）

伯母陈氏丧。为报教养之恩，守制三年不应科举。

是年，《中俄伊犁条约》签订。

26岁　光绪九年　癸未（1883年）

受聘于资州知州高培谷，主持艺风书院三年。期间著成《说文部首笺正》《周礼十种》《周官图谱》等，其中《周礼十种》《周官图谱》为托古改制提出蓝图。

是年，中法战争爆发。

29岁　光绪十二年　丙戌（1886年）

二次进京参加会试，中三甲第四十六名进士，授翰林院庶吉士。

是年，王闿运离开尊经书院。《中英缅甸条约》签订。

30岁　光绪十三年　丁亥（1887年）

著成《时务论》初稿。与各方维新人士交游。

是年，廖平出版《今古学考》，康有为读后引为知己。《中葡北京条约》签订。

32岁　光绪十五年　己丑（1889年）

留翰林院，任检讨一职。

逢光绪将行加冠、大婚、亲政三大礼，献二万余言的《三大礼赋》，时人誉为"雅管风琴"，比于《三都》《两京》。

是年，廖平赴广州拜谒张之洞，结交康有为，出示以《知圣篇》《辟刘篇》。康有为大受震动，"尽弃旧说"。

34岁　光绪十七年　辛卯（1891年）

任广西乡试副主考。

《时务论》完稿，四方传诵，声名鹊起。后来任维新派强学会会长的陈炽读后称赞宋为"管子天下才，诸葛真王佐"。光绪的老师翁同龢得宋育仁送阅后，在日记中写道："此人亦奇杰。"

是年，康有为著成《新学伪经考》，天下震动。

36岁　光绪十九年　癸巳（1893年）

著成《守御论》，阐述军事思想，提出"大治军旅以重边防"等措施。

是年，《中英会议藏印条款》签订。

37岁　光绪二十年　甲午（1894年）

经兵部尚书孙毓汶推荐，被任命为英、法、意、比四国公使参赞，出使欧洲。期间主要驻扎于伦敦，与各国政治家、学者、工商界人士交往；出入于英国议院、学校，着意考察诸国风俗文教、政治生活等，回国后著成《泰西各国采风记》。

任代理公使，在甲午战争期间谋划奇袭日本。拟从英国银行贷款购兵舰，再招募外国水兵两千名，由前北洋水师顾问琅威理统领，伪装成澳国商团，经菲律宾北上，直攻日本长崎。

是年，孙中山上书李鸿章，未得回应，赴美国檀香山成立兴中会。

38岁　光绪二十一年　乙未（1895年）

公使龚照瑗返回伦敦，"奇袭长崎"计划被其察知后禀告国内。清廷下旨撤职回国。归国途中作《借筹记》，记录事件过程。

归国后，返翰林院闲置。

11月，维新派组织"强学会"在北京成立，任都讲，主讲"中国自强之学"。

是年，北洋舰队覆灭，中国战败，清廷与日本签订《马关条约》。4月，康有为、梁启超发动"公车上书"，请求拒和、迁都、变法。骆成骧殿试夺魁，成为清代四川唯一的一个状元。

宋育仁年谱简编

39岁　光绪二十二年　丙申（1896年）

得国子监祭酒张百熙举荐，被清廷派为四川矿务商务总局监督，办理四川商矿事宜。

农历三月，返川主持矿务商务总局。期间大力兴办新式企业，在京城及沿海设立办事处，开巴蜀风气之先。

出版《泰西各国采风记》。

是年，梁启超在上海创立《时务报》，开始发表《变法通议》。法、日、美三国相继在重庆设立领事馆。

40岁　光绪二十三年　丁酉（1897年）

以股份制方式，创办四川第一家近代报刊《渝报》。《渝报》为旬刊，创刊号于10月26日出版发行。该报以鼓吹变法为宗旨，在四川22个州县、17省26州县设有代派处，并同时代销上海《时务报》、湖南《湘学报》等，成为四川维新思想的策源地。

是年，四川各地开始创办新式学堂。

41岁　光绪二十四年　戊戌（1898年）

2月，清廷下诏设"经济特科"，由三品以上京官及督抚学政推荐"洞达中外时务"、"通晓实学"人才参试。四川荐经济特科人才4人、出使外洋人才5人，宋育仁同时名列两类人才。亦被湖北巡抚谭继洵（谭嗣同之父）荐为出使人才。

4月，返回成都，任尊经书院山长，倡导"无论中西，取其切于实用"，对传统内容、方法进行改革，领风气之先。并推动创办西文学堂、算学学堂，为清末四川专门学堂创设之始。

5月初，与廖平、吴之英等在川组织蜀学会，成都设总会，各府、州、县陆续设分会。5月5日创办成都第一家近代报刊《蜀学报》，任总理。《蜀学报》大力倡言维新，风行四川，发行逾两千份。蜀学会频繁举办演讲，大量出版新学书籍，翻印西方启蒙著作，令长期闭塞沉寂的巴蜀死水狂澜迭起。

"戊戌变法"期间，与杨锐、陈炽等京城维新人士函电往还，互通消息，密切配合。

10月，四川蜀学会、《蜀学报》遭封禁，旋被罢黜，返京赋闲。

是年，农历二月，川籍维新派人士刘光第、杨锐等在北京成立蜀学会、办蜀学堂。四月，北京蜀学会加入康有为的"保国会"。

6月11日，光绪帝下诏实行新政改革，史称"戊戌变法"。

9月21日，慈禧太后发动政变，囚禁光绪，废除新政。28日，富顺刘光第、绵竹杨锐等"六君子"被杀害，康有为、梁启超逃亡日本。

43岁　光绪二十六年　庚子（1900年）

避难西山，作感时事词数十首。八国联军攻占北京后，赴西安追随光绪、慈禧。

是年，6月初，义和团入京，慈禧"召集义民"，围攻各国使馆。翰林院被清军和义和团焚毁。八国联军攻占北京，慈禧、光绪匆忙逃难西安。东南各地督抚拒不奉诏参战，实行中立。

44岁　光绪二十七年　辛丑（1901年）

陈疏上奏，讲理财、教务两事，皆不得用。

被授以道员身份，赴湖北，任宜昌土药税局督办，改良税法，杜绝舞弊。

是年，《辛丑条约》签订。慈禧发布"变法"谕旨。清廷废书院，改办学校。李鸿章去世。

46岁　光绪二十九年　癸卯（1903年）

朝廷重开经济特科，入京参加考试。初试排在第四，复试时被弹劾为康（有为）党，黜落。

是年，7月，四川总督锡良奏请设立川汉铁路公司。邹容《革命军》一书出版。

47岁　光绪三十年　甲辰（1904年）

赴上海，入工部尚书、会办商约大臣吕海寰幕，驳斥美使精琦（J.W.Jenks）的中国币制改革方案。任教江苏全省高等学堂（原江阴南菁书院）。出版《经术公理学》。

是年，日俄战争爆发，东三省沦为战场。官办川汉铁路公司在成都成立。

48岁　光绪三十一年　乙巳（1905年）

继续在上海、江苏一带逗留。

出版《经世财政学》。

是年，清廷派载泽、端方等"五大臣"出洋考察政治。同盟会在东京成立。清廷下旨从1906年起停止科举。

49岁　光绪三十二年　丙午（1906年）

应江西巡抚吴重熹之请，出任江西铜元局总办，清厘弊实，成效显著。

是年，"五大臣"考察归国，9月1日，清廷下诏"预备仿行宪政"。蒲殿俊等川籍留日学生上书清廷，要求改川汉铁路为商办。

50岁　光绪三十三年　丁未（1907年）

任江苏南菁高等文科第一类学堂（原江阴南菁书院）监督。

是年，清廷宣布设立资政院。川汉铁路公司改为商办。

51岁　光绪三十四年　戊申（1908年）

入直隶总督、北洋大臣杨士骧幕，任北洋造币厂总参议。后来分别在学部、礼部、民政部、邮传部、度支部挂职。

是年，清廷公布《钦定宪法大纲》。11月，光绪、慈禧先后病逝，宣统帝溥仪即位。

54岁　宣统三年　辛亥（1911年）

清廷改礼部为典礼院，任典礼院直学士。

盛宣怀铁路国有政策引起各省反抗，6月，上书邮传部，提议"路收国有，募集商股，与民共利，分段接修，以期速效"。

9月，"保路运动"激发成都血案。上自劾疏，请求将自己革职，"使终身杜口，长为农夫"。

是年，清廷成立"皇族内阁"，全国哗然。10月，武昌起义成功，各省相继独立，溥仪退位，清朝终结。

55岁 民国元年 壬子（1912年）

举家迁到江苏金坛市茅麓，种树、种茶自给。

是年，中华民国成立。3月10日，袁世凯在北京宣誓就任临时大总统。

56岁 民国二年 癸丑（1913年）

被"二次革命"战火牵连，家产尽毁，投入张勋幕府。

是年，"二次革命"失败，孙中山被通缉。

57岁 民国三年 甲寅（1914年）

赴京任国史馆纂修，代馆长王闿运主持馆务。

11月，卷入"复辟案"。因对劳乃宣的复辟文章发表意见，虽"非附和劳意"，却仍被舆论以为"主张变更国体，还政清室"。经袁世凯当局拘禁调查，认作"年老荒悖，精神瞀乱"、"别有用心，尚无着手之实据"，递解回籍。11月30日晚离京。

是年，孙中山在日本东京成立中华革命党。第一次世界大战爆发。

58岁 民国四年 乙卯（1915年）

回到成都，寓居少城锦江街。门生等协助编辑出版《问琴阁丛书》。

被四川督军陈宧胁迫为袁世凯称帝"劝进"，逃往蒙顶山躲避。

是年，12月，袁世凯宣布变更国体，成立中华帝国，蔡锷、唐继尧宣告云南独立，建立护国军。孙中山发表《讨袁宣言》。陈独秀发起"新文化运动"。

59岁 民国五年 丙辰（1916年）

返回成都，受聘为四川国学学校主讲。

是年，因反对浪潮汹涌，袁世凯撤销帝制，忧惧而亡。王闿运去世。

60岁 民国六年 丁巳（1917年）

继廖平任四川国学学校校长，次年辞去。

是年，成都发生巷战，市民伤亡惨重。四川陷入军阀混战。张勋拥戴溥仪复辟，十二天后失败。广州非常国会举孙中山为大元帅，发动护法战争。

宋育仁年谱简编

62岁　民国八年　己未（1919年）

于成都东山（今锦江区幸福梅林）浅丘建"东山草堂"。

是年，五四运动爆发。孙中山将中华革命党改组为中国国民党。

63岁　民国九年　庚申（1920年）

就任四川国学会会长，常在成都公开演讲，宣扬国学。

入四川通志局，参与拟订《征采纲要》十项，为民国四川修志的第一个条例。后因省长杨庶堪去职，修志中止。

富顺县建修志馆，聘宋育仁为监修，主持续修《富顺县志》。

是年，熊克武、刘存厚发动靖川之战，驱逐驻扎于四川境内的滇黔军。

64岁　民国十年　辛酉（1921年）

3月，以红十字会名义致电川军各部将领，请参战各方"画出战线，自决胜负，不得借此攻城略地，殃及人民"，期间多次发电呼吁停战。

是年，孙中山在广州就任非常大总统。中国共产党成立。

65岁　民国十一年　壬戌（1922年）

农历十月，开始出版《国学月刊》，至1924年止，共27期。

是年，四川省大学筹备处成立，开始筹建四川大学。

66岁　民国十二年　癸亥（1923年）

在成都少城公园（今人民公园）设立巴蜀文献征集处，替清史馆征集巴蜀学者著作。

是年，胡适提出"整理国故"，开启"新国学"运动。

67岁　民国十三年　甲子（1924年）

"重修四川通志局"成立，受聘为总裁，主持《四川通志》修纂工作，兼理《富顺县志》《大邑县志》。

是年，6月，黄埔军校开学。11月5日，末代皇帝溥仪被逐出紫禁城。

74岁　民国二十年　辛未（1931年）

《四川通志》初稿完成，填补了1816年清嘉庆年间修志年后四川志书的百年空白。

《富顺县志》刻印完毕，在继承清"段志"（段玉裁编修）优点基础上，新增图表，精简列目，被誉为"宋志"。

7月，四川遭遇特大水灾，和赵熙等联名致电铁道部，得以川汉铁路公司存款赈济灾民。

12月5日病逝，葬于成都东山。逝世后，弟子私谥"文康"，并将其遗稿辑为《问琴阁文录》《问琴阁诗录》。

是年，国立四川大学正式成立。

宋育仁年谱简编

追寻这位救世者，从"钩沉"做起

——在宋育仁先生诞辰150周年纪念会上的感言

伍松乔

　　2008年是中国戊戌维新运动110周年，又是四川近代史上"睁眼看世界第一人"、巴蜀维新领袖、报业鼻祖宋育仁先生诞辰150周年，还是新中国第九个记者节（11·8）的年头。经过各方热心人士的张罗，大家齐聚自贡，在宋育仁先生的故里纪念他。在此之际，重新"钩沉"宋育仁这位已被很多人遗忘的一代先驱，很有必要。

　　上一个世纪之交，宋育仁是四川这只古老大船扬帆起锚、驶入时代大潮的舵手式人物，又是四川维新运动高擎光焰的火炬手。从改制思想研讨，首创报纸开道，组织维新团体，到兴办第一批民族资本工、商、矿实业，创建首批新式学校，宋先生皆动心动脑、亲力亲为，贡献巨大。可以毫不夸张地说，没有宋先生的呕心沥血，四川近代史上的第一次思想大解放或许要延迟好些年，巴蜀百年之初的威武活剧，要失掉好多精彩。

　　其人其事，波澜壮阔，高山仰止。我以为，在这个四川大动荡、大转型的历史拐点上，如果说只需要记住一个人，那就是宋育仁。

　　四川的维新派是一个优秀的群体，宋育仁、刘光第、杨锐、廖平等人，具有全国性的影响。这个群体的所作所为，"蜀派"特色十分明显，比如理想鲜明、学问深厚、人格高尚、稳健务实，总体上不趋时、不偏激。这些长处，在很长的时间内被贬低为"右派"、"保守"，当历史的尘埃落定，让人不禁感慨：如果是这样的精英成为改革变法的操盘手，百年曲折，或许会少走多少弯路！

以知、行"总分"而言，论等身著述，丰富阅历，涵盖政治、学术、经济、财经、文学、新闻、教育等多方位的作为，宋育仁在巴蜀维新派中，无疑居于"之最"的地位。对于这位本土籍时代先驱，数十年来，由于极"左"思想的影响和对晚清蜀学大师的某种偏见，宋育仁及其著作长期默默无闻。1962年，由郭沫若主编的《中国史稿》中，第一次提到宋育仁及其《时务论》。"文化大革命"后拨乱反正，20世纪70年代末期有关史料、研究开始出现。《四川近代史》（1985年版）、《四川通志》（1994年版）分别对宋育仁作了重点介绍和充分评价。正名之后的宋育仁，却又遭遇了拜金时代的文化边缘化，地方政要急功（"只唯上"的政绩）近利（单一追求GDP），大众传媒娱乐至上，对宋先生之类的"题材"几乎集体"失语"。这，或许就是宋育仁几十年间被"湮没"、鲜为人知的主要原因吧。

在文化与学术界，历史文化的传承链中，也有生态失衡的严重问题。这些年，因为考古发掘与旅游产业的突飞猛进，古蜀王国以及四川古代史上的重大遗存与人物，引起了较为充分的关注。而对当代影响最大、最直接的地方近现代史，着力甚少，成果寥寥。

风云激荡的百年人文刚刚成为历史，却已迅速灰飞烟灭。举例而言，清代"老皇城"，如今安在？辛亥保路，只剩一座纪念碑；巴金老人才去世，故居早已面目全非；川人、川军八年的巨大牺牲，却几乎只靠着民间"一个人的抗战"来支撑……

纪念时代先驱、新学巨子、四川"睁眼看世界第一人"、报业鼻祖宋育仁先生，对于我们将新世纪改革开放的旗帜高高举起、巴蜀文化的传承创新，具有强烈的现实意义与深远的历史意义，不能不引起重视。

对于宋育仁其人其事的关注，我是从1980年采写戊戌君子刘光第开始的。1984年，拟在富顺为他立诗碑未果。2000年11月

附
录

215

7日新中国第一个记者节时，参与发起在富顺举办了由四川省新闻学会与自贡市、富顺县联合举办的首次宋育仁研讨会。当时，四川主要新闻媒体领导都来寻根，"朝拜"自己的开山鼻祖，浩浩荡荡，可谓壮观。会上倡议多事，会后却烟消云散。2006年6月，意外"发现"宋先生在成都东山三圣乡的残墓，台湾中研院学者专程前往拜谒，墓之破败，让人既感慨又惭愧。我在当月30日川报天府周末上撰写了《数典四川　不能忘记宋育仁》，幸得锦江区、成都市领导批示，乡里赓即雷厉风行，两月即在幸福梅林移葬宋先生遗骸，并重建东山草堂中式四合院，上有讲坛式小会议室，两廊设置了分别名曰《世纪风》《巴蜀潮》的宋先生生平大幅图文（由伍松乔撰文，成都连连看文化传播公司供图）。后来，又增塑了宋育仁胸像。不料，好事多磨，2008年9月，东山草堂竟于雷雨之夜毁于火灾，所幸墓亭完好无损。此时，当地人事业已变迁，据说原址将"另有安排"。孤坟如何保护？草堂何时再现？一代伟业如何纪念？一切尚须从头做起。当月，我向四川省文化泰斗、作家协会主席马识途汇报相关情形，94岁高龄的马老特地为宋先生墓撰句题碑，其中深意，不言而喻。10至11月，自己又在"成都讲坛"宣讲宋育仁其人其事，并于《成都日报》《天府周刊》相继发表半个版、两个版的纪念文章，目的在于紧急呼吁与继续钩沉。

时至宋育仁先生诞辰150周年纪念日（12月27日），幸得宋先生故里四川理工学院与自贡市沿滩区、仙市镇热心人士及有识领导张罗，宋氏后裔配合，宋育仁先生诞辰150周年纪念暨学术研讨会适时举办。为了讲求实效，不至于流于清谈，又走形式，我郑重提出以下建议，抛砖引玉，请大会认真考虑在此之后的有关事宜：

一、基础性、抢救性工作：宋育仁著作收集、出版（可是文录，再选集，后全集）；宋育仁生平搜寻、再现（大事加小事加故事直至年谱）；宋育仁遗物收集，包括家族、社会、收藏界。可统一归纳建立目录，个存共用。在此同时，力求突破，将宋育仁先生墓申报为文物保护单位。

二、研究：整合高校、社科、作协、文联各类资源，从宋育仁开始，逐步建立区域（川南）文史研究中心。

三、传播：多媒体内容、形式，多样化活动，持续进行。讲究择机与策划，向社会普及与解读。

四、与文化、旅游市场结合：推动成都市锦江区三圣东山草堂的复建、利用，调动故里仙市的后发优势、后来居上；将宋育仁事迹纳入古镇规划，定位人文景观亮点，精心策划推广。成都、自贡两地可互动、合作。

五、保障：做事第一在人，有心人、热心人是骨干，本地、外地（四川、重庆、全国包括台湾），学术、学校、工商、媒体多业都与宋育仁有关。做事的人多多益善，不搞小圈子。过去基本是"散战"，今后应当多集合、整合，包括建立研究会、协会——如果一时办不到，可以以"筹备会"的方式先行动起来。第二是经费。资金、基金都可以尝试，多样化筹集。

六、时间：每年度有实质性推进，五年（即2013年，宋先生诞辰155周年）有相当成果与气象。

总的方法，其实就是向宋先生学习，从理论、研究、传播、组织、实事、实业多方面着手，简而言之，形而上、形而下同时进行。

曾被粗暴斩断的百年文脉需要续上，百年巴蜀遗产的探索、发现，打捞、钩沉，进而推广、继承、发展，时不我待！从个人近30年与宋先生的"缘分"，深感少数人的奔走虽然有效，但作用确实很有限。一件有意义的大事，需要更多的人来参与，尤其是要靠有见识、办实事的热心领导来牵头与推动（没有文化的领导是愚蠢的领导；不作文化的领导是"短命"的领导）。因此，对于这次群贤毕至的会议，我深感欣慰，并寄予厚望。希望在此之中、之后，能依托仙市古镇这样的难得平台，凝聚起好的"气场"，一步步扎实做来，相信会渐入佳境，功德无量。

2008年12月27日

伍松乔，四川日报高级编辑、中国作家协会会员，四川大学新闻传播研究员、四川省社科院巴蜀文化研究员。长期担任《四川日报》副刊主编。有散文随笔、评论、人文地理、报告文学等十余部专著出版。主编30余部编著。

个人获"全国报纸副刊突出贡献者"称号，作品获中国新闻奖、文化部文化新闻奖、冰心散文奖、中国徐霞客游记文学奖、四川省文学奖、巴蜀文艺奖、四川省社科奖等。

系中国散文学会理事、四川作家协会主席团成员，四川文艺评论家协会、四川报纸副刊研究会、四川散文学会、四川文艺传播促进会副会长。

中国北京、台北与日本现藏宋育仁图书书目

北京

中国国家图书馆藏：

周官古经举例　宋育仁著　刻本　清

宋氏四礼　宋育仁著　铅印本　北京　天华馆　民国二十二年（1933）

富顺宋氏考订四礼　宋育仁著　铅印本　北京　天华馆
民国二十二年（1933）

乐律举隅　宋育仁撰　刻本　四川存古书局　清末

研究经籍古书方法　宋育仁撰　刻本　清末民国间

同文解字 五卷　宋育仁撰　抄本　周鲁齐　民国四年（1915）

说文讲义 二卷　宋育仁撰　油印本　民国间

重修四川通志目录 一卷　宋育仁，陈钟信纂修　铅印本
民国二十五年（1936）

重修四川通志例言　宋育仁纂　铅印本　成都　昌福公司
民国十五年（1926）

借筹记　宋育仁著　年代不详

借筹记　宋育仁撰　铅印本　清末至民国初

郭高焘等使西记六种　中国近代学术名著　北京：生活·读书·新知
三联书店　1998

三唐诗品 三卷　宋育仁撰　铅印本　上海　广益书局　民国二年（1913）

三唐诗品 三卷（清）　宋育仁撰 铅印本 上海 广益书局　民国初年

三唐诗品 三卷（清）　宋育仁撰　刻本　考隽堂

问琴阁文 一卷　问琴阁诗录　一卷（清）　宋育仁撰　刻本　清末

问琴阁诗录 一卷（清）　宋育仁撰　刻本　清末

问琴阁文录 二卷　宋育仁撰　刻本　清末

问琴阁诗录 宋育仁撰　铅印本　民国间

问琴阁文录 二卷　宋育仁撰　铅印本　民国间

城南词 一卷　宋育仁撰　铅印本　羊鸣山房　清宣统二年（1910）

哀怨集 一卷　宋育仁撰　秦嵩年编　铅印本　羊鸣山房

清宣统二年（1910）

会议银价说贴（清）　宋育仁等撰　铅印本　北京京报馆

清光绪三十三年（1907）

经术公理学 四卷　宋育仁撰　铅印本　上海同文社　清光绪三十年

（1904）

采风记 五卷 （清）宋育仁　刻本　清

采风记 五卷　附纪程感事诗一卷　宋育仁撰　刻本　成都

清光绪二十三年（1897）

采风记 五卷　宋育仁撰　质学丛书初集三十种八十卷　第20-22册

汤寿潜 辑　刻本　质学会　清光绪二十三年（1897）

采风记 五卷附纪程感事诗一卷　宋育仁撰　石印本　袖海山房

清光绪二十二年（1896）

采风记 五卷　宋育仁撰　石印本　袖海山房　清光绪二十二年（1896）

泰西各国采风记　宋育仁撰　小方壶斋　舆地丛钞再补编　第11册

王锡祺辑　铅印本　上海　著易堂　清光绪二十三年（1897）

时务论 一卷　宋育仁撰　刻本　清

时务论　宋育仁撰　石印本　袖海山房　清光绪二十二年（1896）

时务论 一卷　宋育仁撰　石印本　袖海山房　清光绪二十二年（1896）

时务论 一卷（清）　宋育仁撰　自强学斋　治平十议　第10册（清）

佚名编　石印本　文瑞楼　清光绪二十三年（1897）

宋芸子先生政法讲义　宋育仁撰　铅印本　清

台北

"中央研究院"藏：

孝经讲义（清）　宋育仁撰　故宫珍本丛刊　经部九类　孝　第16册
海南出版社 2000年

乐律举隅 一卷（清）　宋育仁著　民国戊午（七）年（1918）

四川存古书局刊本（傅斯年图书馆古籍）

三唐诗品（清）　宋育仁撰　古今文艺丛书　第1册

江苏广陵古籍刻印社 1995年

采风记 五卷（清）宋育仁撰　清光绪间刊本（傅斯年国书馆古籍）

台大图书馆藏：

《经术公理学》，光绪三十年活字本

《说文部首笺正》，《问琴阁丛书》本

《同文略例小篆通古文举要》，《问琴阁丛书》本

《问琴阁文录》五种，光绪考隽堂刻本

《名学释例》

《君子小人释义》

《夏小正文法今释》

《推论孔子以后学术流别》

《研究经籍古书方法》

《经学专门政治讲义》

《经术政治学》

日本

京大人文研东方藏：

《诗经》（不分卷）清　宋育仁　注　问琴阁丛书

论语新注 二卷　清　卢懋原撰　清　宋育仁　监订　问琴阁丛书

古本大学 一卷　清　宋育仁　问琴阁丛书

大学修身齐家章注一卷　清　蒲渊撰　清　宋育仁　监订　问琴阁丛书

说文解字部首二卷　清　宋育仁　笺正　问琴阁丛书

国语一卷　清　宋育仁　辑　问琴阁丛书

宋评明夷待访录 一卷　清　黄宗羲撰　清　宋育仁　评　四川存古书局
刊本（高知大）

宋评明夷待访录　一卷　清　黄宗羲　撰　清　宋育仁　评
四川存古书局刊本

宋评明夷待访 一卷　清　黄宗羲　撰　清　宋育仁　评　平成年　本所
用四川存古书局刊本影照　问琴阁丛书

问琴阁丛书　清　宋育仁　撰　民国中　富顺宋氏　成都刊本

时务论（不分卷）　宋育仁　撰　自强学齐治平十议

泰西各国采风记 一卷　清　宋育仁　撰
小方壶斋舆地丛钞再补编第十一帙

泰西各国采风记 一卷　清　宋育仁　撰　王立诚　校对　郭嵩涛等使西记
六种

礼记（不分卷）　清　宋育仁　补注　问琴阁丛书

采风记 五卷　清　宋育仁　撰　原石印本　质学丛书初集第三函

其他地点藏：

问琴阁诗录　一卷　文录二卷　清　宋育仁　撰　清末民国初

刊本（东大）

问琴阁诗录　宋育仁　撰　甲午中日战争文学集第一卷诗词（神外大）

时务论　清　宋育仁　自强学齐治平十议（东洋文库）

泰西各国采风记一卷　清　宋育仁　撰

小方壶斋舆地丛钞十二帙再补编第十一帙（东大）

泰西各国采风记一卷　清　宋育仁　撰

小方壶斋舆地丛钞再补编第十一帙第七十九册（国会 东京）

泰西各国采风记一卷　清　宋育仁　撰

小方壶斋舆地丛钞再补编第十一帙（东洋文库）

泰西各国采风记一卷　清　宋育仁　撰

小方壶斋舆地丛钞再补编第十一帙（东大东文研）

泰西各国采风记　五卷　附纪程感事诗　附时务论　清　宋育仁著

光绪二十二年　刊　石印（东京都立中央）

泰西各国采风记　宋育仁　小方壶斋舆地丛钞再补编第二十五册

（东京都产中央）

泰西各国采风记　宋育仁　小方壶斋舆地丛钞再补编（东洋文库）

经术公理学　四卷　清　宋育仁撰　光绪三十年　上海正本学报会

排印本（奈良大）

采风记五卷　纪程感事诗一卷　时务论一卷　清　宋育仁　撰

光绪二十二年　袖海山房　石印（国会 东京）

采风记五卷 纪程感事诗一卷 时务论一卷 清 宋育仁 撰 光绪二十年 跋刊

（国会 东京）

采风记五卷　纪程感事诗一卷　清　宋育仁　撰　光绪二十三年

成都刊（国会 东京）

附

录

223

于无形处起丰碑

——《宋育仁：隐没的传奇》读后

蒋涌

宋育仁，1858年出生于自贡市沿滩区仙市镇大岩凼倒石桥（原属富顺县），1886年中进士步入清朝官场，他"使节四国，万里袭倭，奠基维新，重振蜀学，在内陆开创报纸，振兴矿业……"，是上一个世纪之交的变革先驱、新学巨子、四川"睁眼看世界第一人"和巴蜀"报业鼻祖"。

一个曾经站在时代大潮风口浪尖的举旗手，而今却几被时尚的潮流湮没。那是世俗的潮流，亦是遗忘的潮流。所幸，有伍奕、多一木这样的热心人，作为宋育仁研究与传播最初的倡导者，他们用了多年的漫长时光，走进档案馆、博物馆查阅文档，亲临历史现场、旧址拜访知情人、当事人，去搜集、甄别、核实、梳理、研究史料，然后煞费苦心地表述成文，编印成书，可以说，每一个环节叠铺足迹，密洒汗点，呕心沥血。相对于"鲁（迅）学"的贵，"钱（锺书）学"的热，"沈（从文、雁冰）学"的风光，"宋（育仁）学"颇有费力不讨好的尴尬。所以，《宋育仁：隐没的传奇》这一部置于时代大背景、大格局、大思潮陪衬下的人物评传，思想脉络清晰，逻辑演进缜密，形象血肉丰满，文理求真求实。它的成书虽没有"上九天揽月"那么尖端，实在有"下五洋捉鳖"那么艰辛，因为，历史的"鳖"迹常常频频面临凶险又好动的暗流、愚昧又盲目的漂沙、冷酷又阴毒的淤泥所制造的无以计数的挤占、抹煞与遮蔽。伍奕、多一木合著的《宋育仁：隐没的传奇》一书，以"金刚石"般的醒神语，为宋育仁凿成并矗立起了一座"花岗石"般坚固的纪念碑，既凸现了作者仰慕报国长途中前赴后继的志士仁人的精诚襟怀，又彰显了作者治学治史始终奉守忠于事实、忠于真理的高贵立场。

可以说，《宋育仁：隐没的传奇》是一部颇具功力、下足苦力、必有传世影响力的好书。在此之前，有零星关于宋育仁研究的文章散见报刊，且有黄宗凯、刘菊素、孙山、罗毅四位学人《宋育仁思想评传》问世在先，应该说，一批批不计名利探索者的积极奉献，对于伍奕、多一木是启迪良多的，然而遗憾的是，多数人的研究是"点"、"线"扁平状的局部和片断，不似伍奕、多一木是以多维度的宽宏视角、有动感的翔实呈现、全景式的立体描述，兼具俯仰、环眺、透视、抽象、概括的手法，堪称集大成者，不能不说这是一个宋育仁史料钩沉和遗事探寻的里程碑式的收获。仅仅《宋育仁：隐没的传奇》一书作者后记中致谢面之广、致谢人数之多，便在相当程度上折射了成书的超常艰辛。

在当下涉猎文字写作的人群中，一类是创作型人才，多以才情见长；一类是研究型人才，多以学识见长。伍奕、多一木出手这一部的人物评传，兼备行文治学的品格、胆略、识见、才情、学养，真实再现了宋育仁超迈流俗的高峻和不合时宜的局促，思想前卫的凌厉和脚踏实地的笃实，以及壮志凌云的豪壮和宏图难展的悲怆，无疑经得起岁月的磨蚀，并赢得后世的赞许。诚然，这部人物评传也有不足，似乎关于宋育仁的史实还是有一些不应该有的短缺，甚至有的段落略带大房间置小家具的落寞。但是，念及史实钩沉之不易，打捞之困难，以及"事实支撑表述"的治史常识，读者自然明白个中酸楚，作者又岂不抱憾？

在本书里，作者着意强调了宋育仁"书生"（也就是中国知识分子）的身份，很有些真理追求与知识奉献就是报国的力量的潜台词。宋育仁是苦读成才，且因"学而优"步入"仕途"，这当然比"生而优"、"拍（马）而优"、"贿而优"更配受人尊重。须知，"学而优"曾经长期是封建社会打破阶层樊篱公开公平选拔精英的治国制度和有效措施，它绝难和"四体不勤、五谷不分"画等号。"文革"肇始首当其冲的我国报界栋梁人物邓拓，曾在1960

年参观福建东林书院时题诗："东林讲学继龟山，事事关心天下间；莫谓书生空议论，头颅掷处血斑斑。"其间流露出对以身许国的热血书生们的隔代仰慕。另闻成都宋育仁墓亭及东山草堂刻有四川著名报人、作家伍松乔撰联："文章留名非小我，书生入世乃大观"，这同样表达了对有济世襟抱的志节书生的无比嘉许。与宋育仁以老乡相称的"戊戌六君子"之一的刘光第，就是一位因参与变法、试图以变革手段实现国家兴盛而头颅掷地的堂堂书生。伍奕、多一木奉献的这部好书，选择宋育仁作为近代中国书生的代表，淋漓尽致又荡气回肠地讴歌了"书生"们与时代同进步、与社稷共存亡的历史担当。宋育仁入世在国难最深重、国脉最微弱、国人最迷茫的非常年代，国家正面临三千年所未有的遽速大变局，他衔命西使，漂洋过海去西土取经，风雨兼程回东土济世，肩负播火种启蒙和举火炬救亡双重责任，紧要关头每每不惮铤而走险，不拘剑出偏锋，不辞奔走呼号，于民立德，于国立功，于世立言，怎么可以被遗忘？！

《宋育仁：隐没的传奇》一书，为戊戌志士宋育仁争得了在阳光下接受国人景仰的荣誉席位，为作者锲而不舍的努力结了一个硕果，为激励后人慷慨报国提供了一册教科书，当然也为宋育仁的家乡赢得了一份久违的迟来的城市声誉，使寂寞数十年的宋育仁在天亡灵得到公道与慰藉。所以，伍奕、多一木煞费匠心建立的这一座具有特殊意义的巍峨史碑，将成为一个昭示将来的精神坐标，一定会在无数爱国者、众多后来人的心灵永远耸立。

（蒋涌，四川富顺县人，四川省作家协会会员。先后在自贡市从事新闻出版、人事管理等工作，现为自由撰稿人，有散文杂文集《清流》、长篇小说《穿云鸟》等出版。）

宋育仁先生移灵记

王端诚

公历2006年8月18日（农历丙戌七月二十五），宋育仁先生近亲后辈数十人，齐聚于成都郊外东山幸福梅林，为这位爱国主义思想家、近代著名学者、四川维新运动领袖移灵迁葬。

这一天，连续炎热的四川天气终于凉爽起来。我同大家一起肃立在外曾祖父墓前，等候那庄严肃穆的时刻来临。九时正，先生外孙女杨嘉伦宣布仪式开始，鞭炮齐鸣，大家恭行三鞠躬礼，启坟开始。

时光往回倒退75年，那是在1931年的12月，就在我们现在伫立的此地，省城冠盖云集，外曾祖父的门人弟子及社会名流数百人前来送别这位开四川风气之先的一代学者，并以非官方的名义公拟"文康"称号作为"私谥"。当时四川政要如杨森、邓锡侯等亦来致祭，备极生荣死哀之状。葬礼上挽联辐凑，而富顺贫士欧阳国群的一副长联尤为引人注目。联云："论使节曾经万里，论离忧直过三闾，元遗山回首前朝，问今日衣冠，是何年代；惟著述自足千秋，惟声灵合附九老，苏内翰早醒春梦，怅昔时耆旧，尚有典型。"对外曾祖父的一生作了准确的概括。

75年匆匆易过，而人间已是天旋地转，发生了先祖梦寐求之而不得的变化。

坟开启了，工人小心翼翼地捧出了装有先生及几位家人遗骨的两个陶罐，送上早已备好的灵轿。由先生的嫡孙宋元谡捧着遗像前导启行，先生嫡孙女宋元谦率领亲属们随灵轿缓缓前进。

宋育仁位于成都幸福梅林的墓亭

此地距新墓址不过一公里之遥，而我随队伍却好似走了一百多年。路上清风徐来，引人遐想。外曾祖父生当民族危难之际，力主通经致用，托古改制。他出使西欧，考察当时世界情势，写下《采风记》《借筹记》等具有时代意义的著述。在伦敦，更有潜师袭倭的壮举；回国后在重庆首创《渝报》，为四川报业之始；旋又在成都主持尊经书院，创办《蜀学报》，为闭塞的四川打开了一扇观察世界的窗户。也许，就像今天这自然界的阵阵凉风一样，当时给予川人的，应是思想上的一股新风吧！我生也晚，未及面晤先祖；可我的母亲是他的嫡长孙女，少年从其问学，我降生后，即幼承母训，间接得之于先祖的教诲也不少呢！

　　将灵骨送到新墓地，这里早已建好一座墓亭，亭中早已开好墓穴。这一切，均是地方热忱提供的。

　　原来，就在两个月前，外曾祖父的嫡孙宋元谖先生从昆明回成都，与姐姐宋元谦、姐夫陈孝思前往扫墓，发现墓地周围环境大变，墓道阻塞，坟头芜杂，而新修的建筑又不断袭来，墓将不保。于是致电媒体，并往访《四川日报》资深副刊主编伍松乔先生。松乔先生热心巴蜀文化，且为宋育仁同乡，早已写过多篇关于宋育仁的文章。一听之下，对此极表关注，即与记者同赴现场。6月30日，该报发表了记者黄里的相关报道，并有伍先生《数典四川　不能忘记宋育仁》的激情评说，引起社会的广泛反响。随后，经宋元谦、宋元谖、陈孝思及松乔先生等多方奔走呼吁，成都市及锦江区两级领导高度重视，批示对这位有影响的近代爱国主义思想家的墓地应妥善保护。三圣乡政府随即作出决定，迁葬新址，不仅拨款修建墓亭，而且在五亩地上，斥巨资重修先生晚年著书修史的东山草堂。不久之后，在这幸福梅林中，又将增添一处新的人文景观。

　　于是，我的外曾祖父终于有了最好的归宿。

附
录

2006年8月18日，部分后代亲属在成都幸福梅林整修以后的宋育仁新墓前合影。

2008年9月雷雨之夜毁于火灾的东山草堂废墟上，宋育仁雕像凝望着自己幸存的墓亭。

十时正，盛有灵骨的陶罐被缓缓放入墓穴，工人为之盖上水泥盖板。复行三鞠躬礼后，我代表亲属恭诵祭文。祭文对先生生平事略作了回顾，并抚今思昔，对先祖在天之灵表示了崇高的敬意。诵毕，献花，礼成。

　　此次随同移灵附葬的，有宋育仁先生的夫人陈氏、如夫人林氏（字绣丝），还有先生的长子、我的外祖父宋维彝（字闻博）及夫人毛氏、先生长女宋琨（字君西）五人的骨殖。

　　仪式结束后，特邀参加移灵仪式的伍松乔先生及三圣乡文化顾问谭良啸先生向与会者介绍宋育仁生平，受到热情欢迎。

　　下午，众人散归。我和一道参加仪式的端琦、端理二兄依恋流连于此而不忍遽去，便在幸福村生态园的荷塘旁坐下来，品茗倾谈，句句话语都表达出对外曾祖父这位近代先贤追思仰慕的心情。

写于2007年8月6日

（作者系宋育仁曾外孙、重庆市诗词学会副会长）

附

录

参考文献

[1] 吴康零，彭朝贵，曾绍敏等.四川通史.成都：四川大学出版社，1994.

[2] 王孝谦，刘丙文，冯庶康.神奇的仙市古镇.成都：四川民族出版社，2002.

[3] 陈世松.天下四川人.成都：四川人民出版社，1999.

[4] 宋育仁.乡试朱卷·顾廷龙.清代朱卷集成.台北：成文出版社，1992.

[5] 易昌楫，宋令修，李湘瑶.醒园诗残稿：棠华阁诗存.成都：四川文艺出版社，1990.

[6] 四川大学史稿编审委员会.四川大学史稿.成都：四川大学出版社，2006.

[7] 胡昭曦.四川书院史.成都：四川大学出版社，2006.

[8] 王闿运.湘绮楼日记.长沙：岳麓书社，1997.

[9] 郭嵩焘，宋育仁等.郭嵩焘等使西记六种.北京：生活·读书·新知三联书店，1998.

[10] 廖幼平.廖平年谱.成都：巴蜀书社，1985.

[11] 黄宗凯，刘菊素，孙山等.宋育仁思想评传.成都：西南交通大学出版社，2007.

[12] 吴之英.吴之英诗文集.成都：四川大学出版社，2007.

[13] 荀实.四川第一家报刊.政协四川省委员会.四川文史资料选辑：20辑.成都：四川人民出版社，1980.

[14] 易公度.宋育仁先生传略.政协富顺县委员会.富顺文史资料选辑：3辑.富顺，1989.

[15] 王绿萍.四川近代新闻史.成都：四川大学出版社，2007.

[16] 朱祖谋，刘福姚，宋育仁等.庚子秋词.上海：有正书局，1923.

[17] 普特南·威尔.庚子使馆被围记.冷汰，陈诒先译.上海：上海书店
      出版社，2000.

[18] 张鸣.历史的底稿.北京：中国档案出版社，2006.

[19] 郭汉民.论清末两大主流思潮及其相互关系.郑大华，邹小站.西方
      思想在近代中国.北京：社会科学文献出版社，2005.

[20] 陈旭麓.盛宣怀档案资料选辑之一：辛亥革命前后.顾廷龙，汪
      熙.上海：上海人民出版社，1979.

[21] 许丽梅.民国时期四川"五老七贤"述略.四川大学，2003.

[22] 谢桃坊.四川国学小史.成都：巴蜀书社，2009.

[23] 四川省地方志编纂委员会.四川省志·大事记述.成都：四川科学技
      术出版社，1999.

[24] 李晓宇.王闿运受聘尊经书院史事考.四川大学学报（哲学社会科学
      版）2008（2）.

[25] 李晓宇.尊经书院与近代蜀学的兴起.湖南大学学报（社会科学版）
      2008（5）.

[26] 刘海声.戊戌变法运动中的蜀学系在四川的深远影响.[EB/OL].
      [2009-1-17].

[27] 徐溥.宋育仁与庚子秋词.文史杂志，1985（1）.

[28] 冯玉荣.论四川保路运动中的立宪派.社会科学研究，1981（5）.

[29] 钟树梁.段玉裁与富顺县志.成都大学学报（社会科学版）1986（4）.

[30] 陈红梅.龚煦春的四川郡县志.乐山师范学院学报，2002（6）.

附
录

后记

　　本书的酝酿，从20世纪末即已开始，到2006年宋育仁先生岌岌可危的残墓被"发现"、迁葬、重修东山草堂，再到2008年草堂被毁，墓园保护与草堂重建重新提上日程，每一步都十分艰难。

　　始料不及的是，宋育仁这样一个不该被遗忘的人物，其"消失"速度竟然如此之快，关于他的资料、事迹竟然如此难找。对于一个曾经出使欧洲的外交官，居然仅有一张照片存世，真是匪夷所思！

　　在为保护宋先生墓园奔走的难处中，最难的是当事官员们基本不知道宋育仁何许人也——这或许是一切难题的关键所在。当然，不仅仅是领导，甚至在他的晚年故居地、育仁先生曾经写下过无数诗歌的第二故乡，以及由他首创的四川传媒界，知道他的人员也寥寥无几，知其名者，也大多不知其人其事。

　　希望这本书问世以后，会使这种状况多少有所改善。

　　知宋者谓他心忧，不知宋者谓他何求。

我们更希望有读者能借此与这位中国书生心灵相通，有所共鸣。

当然，需要记住的不仅仅是育仁先生。

让作者感到欣慰的是，仍有"知宋者"顽强存在，其中好些人对我们的采写提供了从精神到实际的切实支持，终使本书能够问世。

在此，谨向宋育仁先生的亲属宋闻琴、宋元谯、宋元谖、陈孝思、毛洁非、王端诚、易柯、徐明、宋光辉等，文化人士马识途、王火、胡昭曦、张新泉、陈世松、谭继和、舒大刚、魏学锋、谭良啸、钟永新、陈仁勇、刘海声、蒋涌、刘奇晋、李兴辉、冯俊锋等，媒体人士罗晓岗、李若锋、李扬舟、高富强、简霞、傅耕、黄里等对本书写作的鼓励与支持，表示由衷的感谢。并对自贡市富顺县、沿滩区、仙市镇党委、政府，富顺县政协、四川省历史学会、四川大学古籍研究所、四川大学图书馆、四川省图书馆、富顺县档案馆、中国第一、第二历史档案馆等单位的指导与协助表示深深的谢意。

伍　奕

宋 育 仁 隐 没 的 传 奇